IM MOOR

HANNES NYGAARD

IM MOOR

Hinterm Deich Krimi

emons:

Bibliografische Information der Deutschen Nationalbibliothek
Die Deutsche Nationalbibliothek verzeichnet diese Publikation
in der Deutschen Nationalbibliografie; detaillierte bibliografische
Daten sind im Internet über http://dnb.d-nb.de abrufbar.

© Emons Verlag GmbH
Alle Rechte vorbehalten
Umschlagmotiv: mauritius images/Robert Canis/
FLPA/imageBROKER
Umschlaggestaltung: Nina Schäfer, nach einem Konzept
von Leonardo Magrelli und Nina Schäfer
Umsetzung: Tobias Doetsch
Gestaltung Innenteil: DÜDE Satz und Grafik, Odenthal
Lektorat: Dr. Marion Heister
Druck und Bindung: CPI – Clausen & Bosse, Leck
Printed in Germany 2021
ISBN 978-3-7408-1138-9
Hinterm Deich Krimi
Originalausgabe

Unser Newsletter informiert Sie
regelmäßig über Neues von emons:
Kostenlos bestellen unter
www.emons-verlag.de

Dieses Werk wurde vermittelt durch die Agentur Editio Dialog,
Dr. Michael Wenzel (www.editio-dialog.com).

Für Petra und Bernd

Wer zu handeln versäumt,
ist noch keineswegs frei von Schuld.
Niemand erhält seine Reinheit
durch Teilnahmslosigkeit.

Siegfried Lenz

Prolog

Landgericht Flensburg

Im Namen des Volkes
Urteil

in der Strafsache

gegen

den Bauhelfer Hans-Dieter Dunker, achtunddreißig,
geboren in Heide/Holst, wohnhaft in 22115 Hamburg,
Dettinger Str. 97c, ledig, deutsch,

seit neun Monaten in dieser Sache in Untersuchungshaft in der JVA Flensburg,

wegen

schweren Raubes, heimtückischen Mordes, Mordes aus
niederen Beweggründen in einem zweiten Fall, räu-
berischer Erpressung, schwerer Körperverletzung,
Geiselnahme und sexueller Nötigung,

Verteidiger RA Barkenthin, Toosbüystraße, Flensburg,

hat die Große Strafkammer des Landgerichts Flensburg
in öffentlicher Sitzung, an der teilgenommen haben

Vorsitzender Richter am Landgericht Weitkamp als
Vorsitzender,
Richter am Landgericht Klapproth als Beisitzer,
Richterin am Landgericht Tietz als Beisitzerin,
Gartenbautechniker Holthusen, Schnarup-Thumby, als
Schöffe,
Verwaltungsangestellte Hansen, Sprakebüll, als
Schöffin,
Staatsanwalt Steinicke als Beamter der Staats-
anwaltschaft,
RA Barkenthin, Flensburg, als Verteidiger des An-
geklagten,
Justizhauptsekretärin Petersen als Urkundsbeamtin
der Geschäftsstelle,

für Recht erkannt:

Der Angeklagte wird wegen zweifachen vorsätzlichen
Mordes, vorsätzlicher schwerer Körperverletzung,
Geiselnahme, schweren Raubes, sexueller Nötigung
und Erpressung zu einer lebenslangen Freiheits-
strafe verurteilt. Es wird die besondere Schwere
der Schuld festgestellt.
Die Kosten des Verfahrens trägt der Angeklagte.

**

Mit diesem Urteil wurde der gemeinschaftlich mit Zülfü Göksu
ausgeübte Bankraub auf die Uthlande-Sparkasse auf Nordstrand vor fünf Jahren geahndet.

Hans-Dieter Dunker und sein Komplize hatten den Geld-
transporter abgewartet, der die kleine Zweigstelle mit Bargeld
versorgen sollte. Dunker hatte den Geldboten Ömer Akalin aus

Stockelsdorf, verheiratet, eine Tochter, hinterrücks mit zwei Schüssen ermordet. Anschließend nahmen die beiden Täter die Bankangestellte Dorle Hansen und den zufällig anwesenden Kunden, den Ersten Kriminalhauptkommissar Christoph Johannes, als Geiseln und verbargen sich bei ihrer Flucht in dem einsam gelegenen Haus des alten Ehepaares Egon und Luise Schimmelmann.

Der alte Mann wurde gezwungen, über einen Briefkasten Nachrichten an die Polizei zu überbringen. Um ihn gefügig zu machen und zu verhindern, dass er Hilfe herbeirief, verstümmelten sie die Finger seiner betagten Ehefrau mit der Drohung, sie noch schwerer zu verletzen.

Als die Polizei nach langer und mühevoller Suche das Versteck ausfindig gemacht hatte und stürmte, erschoss Dunker eine Geisel, den Polizeibeamten Christoph Johannes, »weil der Polizist war«.

Dunker wurde in die Justizvollzugsanstalt Lübeck »Lauerhof« überstellt, die sich auf dem Lauerhöfer Felde befand und die zweitgrößte des Landes ist. In der JVA Lübeck sind Täter, die für besonders schwere Taten verurteilt wurden und dafür lebenslänglich oder gar Sicherungsverwahrung erhielten, inhaftiert.

EINS

Dunker hatte aufgehört, die Tage zu zählen. Manchmal wusste er nicht, welcher Wochentag war. Es war ihm egal. Jeder Tag hatte das gleiche Gesicht. Sein Lebensrhythmus war fremdbestimmt. Man sagte ihm, wann er aufstehen musste und wann das Licht zu löschen sei. Die Stunden dazwischen waren streng reglementiert. Zunächst hatte er sich geweigert, zu arbeiten. Man hätte ihn nicht verhungern lassen. Und mit körperlicher Züchtigung wie in sibirischen Arbeitslagern konnte man ihm auch nicht drohen.

Seine Weigerung währte nicht lange. Mittlerweile wartete er darauf, dass seine Schicht begann. Der Arbeitstag als Helfer in der Gefängnisküche brachte Abwechslung in die Monotonie, die ihn sonst erschlagen würde. Er wehrte sich auch nicht mehr gegen die Demütigungen, die ihm widerfuhren.

Als er der Küche zugeteilt wurde, trat Igor an ihn heran. Der gebürtige Russe mit dem kahlen Schädel war der inoffizielle Chef der Helferbrigade, die sich aus Strafgefangenen rekrutierte. Igor saß seit sechzehn Jahren im Gefängnis und hatte sich das Wohlwollen der Schließer und damit eine herausragende Rolle erworben. Er beaufsichtigte die Helfer und teilte ihnen die Arbeiten zu. Für das Aufsichtspersonal in der Küche war das bequem. Man konnte sich darauf verlassen, dass die Arbeiten gewissenhaft ausgeführt wurden. Aufkeimende Unruhe erstickte Igor, ohne dass seitens des Personals eingegriffen werden musste.

Dunker hatte sich das zwei Tage lang angesehen. Als Igor ihn für Reinigungsarbeiten abstellte und Dunker die fettigen Großkessel mit den Soßenresten schrubben sollte, hatte er Igor geantwortet, dass das ein Job für Russen sei, insbesondere wenn sie einen flachen Schädel wie Igor hätten und damit den Neandertalern ähnelten.

Igor hatte Dunker aus dem Nichts heraus einen Leberhaken verpasst und gesagt, beim nächsten Mal werde die Maßnahme härter ausfallen.

Zwei Tage später hatte Dunker es erneut versucht. Es schien, als würde in der Küche ein Machtkampf entstehen, wer als Leitbulle das Rudel anführte. Dunker hatte eine Soßenkelle gegriffen und sich drohend vor Igor aufgebaut.

»Scheißrusse«, hatte er geschrien. Igor solle nicht den starken Max markieren, auch wenn er lebenslänglich in der Haftanstalt saß, weil er als »Wachmann« für einen russischen Clan zwei Mitglieder einer anderen Mafia-Familie wie räudige Hunde erschlagen hatte.

»Halt die Fresse, du alter Sack.« Igor hatte sich seelenruhig umgedreht. Alle anderen Strafgefangenen der Küchencrew waren eilfertig an weit entfernte Plätze gehastet, während Dunker sich zufrieden seinem Arbeitsplatz zuwandte und den Gemüseschneider auseinandernahm. Er hatte nicht mitbekommen, dass sich Igor von hinten näherte. Erst als sich drei Liter kochend heiße Brühe über seinen Rücken ergossen, schrie er auf.

Die Narben dieses »Unfalls« zierten noch heute seinen Rücken. Dunker hatte begriffen, dass er sich nach der Befragung durch die Anstaltsleitung bei Igor entschuldigen musste, da er dem Russen unvorsichtigerweise unter Missachtung aller Sicherheitsvorschriften in den Weg gestolpert war. Wie leicht hätte sich auch Igor verbrühen können.

»Wir sind hier ein Team. Und du bist ein Arsch. Nein! Der letzte Arsch. Verstanden?«, hatte Igor ihm danach erklärt.

Seit dieser Zeit hielt Dunker in der Küche den Mund und führte klaglos die ihm übertragenen Aufgaben aus. Igor war nicht nachtragend. Er hatte sein Ziel erreicht. Dunker fiel es schwer, sich unterzuordnen. Als Schüler war er wegen seiner Muskeln der Platzhirsch gewesen, als Jugendlicher waren seine Argumente die Fäuste. Im Gefängnis erfuhr er, dass Polizisten-mörder ebenso wie die Kinderschänder auf der untersten Stufe standen. Mörder und Gewaltverbrecher waren in diesem Zellentrakt alle. Die Schließer verrichteten ihren Dienst und ließen keine Aggressionen an den Häftlingen aus. Dafür erwarteten sie, dass alles reibungslos ablief und sich niemand gegen sie wandte. Wer sich nicht an diese Regeln hielt, wurde durch die Mitgefangenen abgestraft. Das Wachpersonal führte dann in kurzen Zeitabständen gründliche Zellendurchsuchungen durch und ließ durchblicken, wem das zu verdanken war. Den Rest erledigten die Häftlinge untereinander. Und auch ein harter Brocken wie Dunker fand hier seine Meister. Dunker hatte nicht nur Igors Warnung verstanden, sondern auch vernommen, dass es schon Unglücksfälle gegeben hatte, wo Männer den Lichtschacht hinabgestürzt waren.

Fünf Jahre waren seit dem Banküberfall auf Nordstrand vergangen. Es war ein lausiges Leben hier drinnen. Wer draußen einem Clan angehörte, wurde von der »Familie« versorgt und musste keinen Mangel an erlaubten Waren wie Fernseher, Kosmetik, Zigaretten und Zusatzernährung erleiden, sondern konnte sich hinter Gittern auch andere Luxusdinge leisten. Mancher wurde erst im Gefängnis rauschgiftsüchtig. Alkohol, Handy und andere Annehmlichkeiten wurden hier ebenso gehandelt wie Schutz. Wer bereit war, dafür zu zahlen, konnte sich den Schutz von Clans erkaufen.

Dunker verfügte über keine Mittel. Er gehörte zum Gefängnisprekariat und war auf der untersten Stufe angekommen, als er begann, sich gierig nach den Kippen anderer beim Freigang zu bücken. Die einzige Möglichkeit, die man ihm anbot, war, sich selbst zu verkaufen. Für nichts auf der Welt hätte er seinen Körper hingegeben.

Sein einziges Privileg war, dass er in der Küche Zugang zu Nahrungsmitteln hatte. Nach einem halben Jahr übersah Igor, dass Dunker Lebensmittel stahl. Das taten alle. Und er war überzeugt, dass sich auch das Aufsichtspersonal fleißig bediente, hütete sich aber, eine Andeutung zu machen. Sonst begannen wieder die Zellenkontrollen. Und die erfahrenen Justizvollzugsbeamten fanden immer etwas – wenn sie wollten.

Freunde hatte Dunker keine gefunden. Man respektierte ihn nicht. Er war froh, dass man ihn zufriedenließ. Leander, ein voll tätowierter Mithäftling, wurde von den anderen gemieden. Leander hatte eine Flüchtlingsunterkunft angezündet, bei der ein kleiner Junge aus Afghanistan fast verbrannt wäre. Das Kind würde lebenslang unter den Folgen der Verbrennungen leiden. Deshalb war Leander der Einzige, der gelegentlich mit Dunker sprach. Das wurde intensiver, als zwei Türken in den Zellentrakt einzogen. Leander, der eine »88« als Tattoo trug und sich mit diesem Synonym für »HH« als Nazi outete, begann von der ersten Minute an, gegen das »Türkenpack« zu stänkern. Dunker sah darin eine Möglichkeit, sich bei Leander anzubiedern, indem er sich dessen Sticheleien anschloss.

Benno, der bei einem Überfall auf einen Kiosk dessen Besitzer mit einer Schnapsflasche den Schädel eingeschlagen hatte, mahnte Dunker, sich nicht mit den Türken anzulegen. »Die sitzen hier nicht wegen Vergewaltigung oder Totschlags«, sagte er. »Sieh sie dir genau an.«

Orhan Günaydın sah auch in der blauen Anstaltskleidung stets wie aus dem Ei gepellt aus. Er hatte gepflegte schmale Hände, die einem Pianisten oder Chirurgen gehören könnten. Wer ihm auf der Straße begegnete, hätte ihn für einen erfolgreichen Geschäftsmann oder Banker gehalten. Seinen wachsamen Augen schien nichts zu entgehen. Der zweite Häftling war genau das Gegenteil. Rasim Kalyoncu war breitschultrig und hatte Hände wie Heuwender. Man hätte ihn für einen Türsteher in einem Szenelokal halten können. Kalyoncu wieselte ständig um seinen Landsmann herum und ließ ihn nicht aus den Augen.

»Das ist der Leibwächter«, hatte Leander festgestellt. Er war kurz nach der Einlieferung der beiden Türken mit Kalyoncu aneinandergeraten, als er ihn anrempelte.

Kalyoncu hatte sich vor Leander aufgebaut. »Was willst du Wichser? Lass uns in Ruhe, oder ich kastriere dich.«

Die Drohung war so laut ausgesprochen worden, dass alle

im Hof es mitbekommen hatten. Leander hatte sich umgesehen, aber niemand der Mithäftlinge machte Anstalten, sich einzumischen.

Dunker war ein unpolitischer Mensch. »Die da oben« waren ihm ebenso verhasst wie die Menschen mit Migrationshintergrund, die in seinem damaligen Hamburger Wohnviertel die Mehrheit stellten. Die Jugendlichen hatten sich dort zu Banden zusammengeschlossen und tyrannisierten die Bewohner, zogen andere Jugendliche ab und kämpften untereinander um die Vorherrschaft, auch über den lukrativen Rauschgiftmarkt im Viertel. Gewalttaten waren Alltag.

»Da hätten die Scheißbullen aufräumen sollen«, hatte Dunker geflucht. »Das trauen sich die Feiglinge aber nicht. Stattdessen machen sie Jagd auf Deutsche.« Er mochte keine Ausländer, schon gar keine Türken. Sie hatten ihm kein Glück beschert.

Der Geldbote bei dem Bankraub auf Nordstrand, dem er in den Rücken geschossen hatte, war Türke, obwohl der beschissene Richter immer wieder behauptete, Ömer Akalin sei deutscher Staatsbürger gewesen. So ein Quatsch. Ein Deutscher heißt nicht Ömer. Dunkers Komplize beim Überfall, Zülfü Göksu, war auch Türke. Ein Versager. Eine Niete. Es war eine Riesensauerei, dass man ihn lebenslänglich hinter Gittern sperrte und der verfluchte Göksu mit sieben Jahren davongekommen war. Diese Hure von Bankangestellter – wie hieß sie noch gleich? Ach ja. Dorle Hansen –, die hatte ausgesagt, dass Göksu sich für die Geiseln eingesetzt und immer wieder vergeblich versucht hatte, Dunker zu bremsen. Das hatte das Gericht zu Göksus Gunsten gewertet. Aber Dunkers Anwalt, diese Pfeife aus Flensburg, hatte nichts bewirkt. Ganz im Gegenteil. Barkenthin hatte in seinen Augen alles versiebt. Seinetwegen hockte Dunker im Knast ohne Aussicht auf Freiheit.

Was war Freiheit für ihn? Der Psychoheini hatte ihm diese Frage gestellt. Dunker hatte es dem Mann angesehen, dass er mit der ehrlichen Antwort nichts anfangen konnte. »Mit Kumpels einen draufmachen. Saufen. Und vögeln«, hatte Dunker geantwortet.

Göksu hatte man in Neumünster eingebuchtet. Man sagte, das sei ein Kurort im Vergleich zu Lübeck, zumindest diesen Trakt betreffend. Vermutlich waren dort Hunderte seinesgleichen untergebracht. Die halbe Türkei. Und die würden es untereinander treiben. Wie im Ziegenstall. Dunker lachte grimmig bei diesem Gedanken.

Und jetzt hatte man auch hier Türken einquartiert. In Dunker begann es zu kochen. Weshalb blieben die nicht in ihrer Steppe, bei den Kamelen oder was es dort sonst gab?

Er steigerte sich in seinen Zorn, wagte es aber zunächst nicht, offen gegen die beiden Türken anzutreten. Innerlich war es ihm eine Befriedigung, in das Essen zu spucken, dann auch seinen Nasenschleim hineinzurotzen. Schade, dass er es niemandem erzählen konnte, da die anderen auch davon aßen. Er schauderte, als er sich ausmalte, dass Igor ihm dafür die Zunge herausreißen würde. Und das nicht nur symbolisch.

Die Reibereien mit Kalyoncu gehörten mittlerweile zum Alltag. Bei jeder sich bietenden Gelegenheit stichelte Dunker. So behauptete er zum Beispiel, dass in der fleischlosen Tomatensoße zu den Spaghetti Schweinefleisch sei. »Ihr fresst kein Schweinefleisch, weil ihr selbst welche seid«, fügte er an.

Günaydın beachtete ihn nicht. Er überhörte jeden Kommentar und tat, als würde Dunker nicht existieren. Kalyoncu dagegen war ein schlichteres Gemüt und sprang zuverlässig auf die Anwürfe an.

»Halte dich zurück«, warnte ihn Igor. »Die Leute sind gefährlich. Ich habe gehört, dass du schon früher Streit mit Türken hattest. Du sollst deinen Komplizen mit reingerissen haben. Die Bank ausnehmen – das ist bescheuert, aber … na ja. Aber musstest du dabei einen Türken umnieten? Und dann in den Rücken? Und den Bullen?«

»Der Scheißtürke wollte seinen Colt ziehen. Soll ich mich

umnageln lassen? Und der Bulle … Um den ist es doch nicht schade. Einer weniger – das ist doch prima.«

»Als es Hirn regnete, hast du wohl unter einem großen Schirm gestanden und nichts abgekriegt.«

»Und bei den Türken regnet es nur Scheiße.« Dunker fand seine Antwort so gut, dass er sie bei der nächsten Gelegenheit Kalyoncu unterjubelte.

Dann tauchte ein weiterer Häftling mit türkischen Wurzeln im Trakt auf. Kurz darauf folgte der vierte.

»Was soll die Scheiße?«, fragte sich Dunker. »Nicht mal mehr im deutschen Knast bist du vor diesen Pissern sicher.«

Igor warnte ihn erneut. »Das ist der letzte gute Rat für dich.« Er berichtete, dass die vier Türken »irgendwie« zusammengehörten. Sie sollten zu den Osmanen Burners gehören, einer Motorradgang aus Flensburg, die sich nicht scheute, sich mit den Hells Angels oder den Bandidos anzulegen.

»Was sind Osmanen Burners?«, hatte Dunker provokativ gefragt.

Igor erklärte es ihm. »Das ist, wenn du so willst, der militärische Arm einer weitverzweigten Großfamilie. Da gibt es die Führung. Die planen und lenken. Von denen macht sich keiner die Finger schmutzig. Wenn es etwas zu erledigen gibt, dann bedient man sich der Osmanen Burners.«

»Und?« Dunker hatte sich in die Brust geworfen. »Du willst mir nicht verklaren, dass der Geldknecht, der damals draufgegangen ist, auch zu denen gehörte? Oder der verschissene Zülfü? Wäre das kein Weichei gewesen, wäre ich hier nicht eingefahren.«

»Das müssen keine Mitglieder des Clans gewesen sein. Aber wenn du dich mit einem Türken anlegst, kriegst du es mit den anderen zu tun.«

Igor – der Russe, dachte Dunker. Der hatte Ahnung – nur nicht davon. Dunker nutzte jede Gelegenheit, um sich mit den Türken anzulegen, und bekam in seiner Verbissenheit auch nicht mit, dass Leander sich zurückzog und »das Maul hielt«.

Er beleidigte weiter die vier Männer. Eines Tages drängten sie ihn in den Waschraum und brachen ihm die Finger der rechten Hand als Warnung.

Igor wollte keinen Stress im Trakt. Er sorgte dafür, dass Dunker aus der Küche abgezogen wurde. Das war ein harter Schlag, da ihm der Zugriff auf die Lebensmittelvorräte nicht mehr möglich war. So verlor er nicht nur sein Zusatzbrot, im wahrsten Sinne des Wortes, sondern auch sein Tauschgut. Kleine Leckereien hatte er gegen Zigaretten und anderes einsetzen können. Es war erniedrigend, dass man ihn zur Reinigungsbrigade, wie es im Jargon hieß, versetzte. Es half nichts. Ihm wurden die Nassräume des Traktes als Revier zugewiesen. Und seitdem Dunker diese Arbeit verrichtete, verschmutzten die Männer die Duschräume und Gemeinschaftstoiletten absichtlich. Ekelerregend war eine harmlose Umschreibung.

Ihn erfasste unbändiger Zorn. Für ihn waren die Türken dafür verantwortlich. Sie hatten das Regiment im Trakt übernommen. Innerhalb kürzester Zeit hatten sie ein florierendes Geschäft mit Zigaretten, Rauschgift, Handys und anderen gewünschten Waren aufgebaut. Auf Bestellung besorgten die Türken fast alles. Nur Dunker ging leer aus.

Er rächte sich, indem er dem Aufsichtspersonal einen Tipp gab. In einer konzertierten Aktion wurden alle Zellen durchsucht. Man fand dieses und jenes, zwar nicht bei den Türken, aber ein wenig Crystal Meth bei Sunday, einem kräftig gebauten Nigerianer. Sunday musste noch zwei Jahre absitzen, weil er den neuen Lover seiner minderjährigen deutschen Freundin halb totgeschlagen hatte. Dank des Fundes drohte ihm nun eine »Verlängerung«. Sunday erwischte Dunker im Waschraum und rammte ihm ohne Vorwarnung das Knie an die Stelle, die bei Männern mehr als empfindlich ist. Die schmerzhafte Hodenprellung brachte Dunker eine Woche Krankenstation ein. Vier Zeugen bestätigten unabhängig voneinander, dass Dunker gegen eine Tischkante gelaufen war.

Günaydın, der stets lächelnde Türke, steckte nach Dunkers

Meinung hinter den ganzen Aktionen. Seine Wut, sein Hass wuchsen von Tag zu Tag. Der Scheißtürke sah von oben auf ihn herab. Was bildete der sich ein? Dies war Deutschland. Dunker war Deutscher. Und da kam einer her und machte den dicken Max. Günaydın hatte es nie für nötig befunden, auch nur ein Wort mit Dunker zu wechseln. Ein kurzer Fingerzeig, ein verächtlich wirkender Seitenblick reichten, um seine Truppe zu aktivieren.

Der Hass fraß Dunker fast auf. Er wurde nachts wach und sann darüber nach, wie er es den Türken heimzahlen konnte. Ihre Verachtung ihm gegenüber, ihr perfides Spiel mit seiner Würde würden sie an die nachfolgenden Generationen von Häftlingen weiterreichen. Das Stigma, Zielscheibe zu sein, klebte an ihm wie Pech an den Stiefeln. Und es gab für Dunker kein Entkommen aus dieser Situation. Nicht für die nächsten Jahrzehnte. Es gab auch keine Beschwerdeinstanz. Das Personal wollte von den Problemen unter den Gefangenen nichts wissen. Den Psychologen hatte Dunker gleich zu Beginn seiner Haft verärgert. Und dem bescheuerten Knastpfaffen hatte er Prügel angedroht, als der Geistliche sich ihm das erste Mal genähert hatte.

Es war ein Donnerstag – glaubte er –, als er zornerfüllt zum Abendessen in den Speisesaal trat. Die Häftlinge weigerten sich, mit ihm zusammen am Tisch zu sitzen. Nicht einmal mehr während der Mahlzeiten fand er einen Gesprächspartner. »Hau ab«, hatte Igor ihm klargemacht. Auch Leander mied ihn.

Dunker kochte vor Wut an diesem Tag. Er hatte erneut Schmähungen erdulden müssen. Auf dem Weg zu seinem Platz in der Ecke passierte er den Tisch, an dem Orhan Günaydın mit seinen Gefolgsleuten saß.

Dunker baute sich vor Günaydın auf. »Was seid ihr nur für Wichser«, schrie er mit sich überschlagender Stimme. »Seid ihr eine Großfamilie, hä? Stammt ihr alle vom selben Ziegenbock als Stammvater ab? So wie wir von Adam?«

Rasim Kalyoncu stieß seinen Teller zur Seite, sprang auf

und wollte sich auf Dunker stürzen. Ein kurzes Kommando von Günaydın reichte, um seinen Angriff abrupt zu stoppen. Günaydın sah Dunker nicht einmal an, sondern lächelte. Dann sagte er etwas auf Türkisch, und seine Tischnachbarn lachten.

Dunker raste. Diese Aktion würde ihm für unabsehbare Zeit anhaften. Er war nicht einmal in der Lage, den smarten Türken zu provozieren. Dunker war Luft. Ein Nichts. Nein! Weniger als nichts. Er war wie von Sinnen und konnte keinen klaren Gedanken mehr fassen. Ehe jemand reagieren konnte, schnappte er sich eine Gabel und stach sie Günaydın ins Auge.

ZWEI

Acht Monate hatte es gedauert, bis Dunker erneut vor Gericht stand. Die Verhandlung hatte ihn nicht aufgeregt. Das Gericht, der Staatsanwalt, sein Pflichtverteidiger … Die hatten aus seiner Sicht eine Pseudoverhandlung durchgeführt. Es war doch alles klar. Hunderte Zeugen hatten gesehen, wie er sich am verhassten Orhan Günaydın gerächt hatte.

Der Vorsitzende hatte ihn immer wieder aufgefordert, Stellung zu beziehen, und gefragt, ob es Gründe gebe, die zu seiner Entlastung angeführt werden könnten. Dunker hatte begonnen, von den gegen ihn gerichteten Schikanen zu sprechen, hatte dann aber ins Gesicht des Staatsanwalts geblickt, der ihn verächtlich ansah und die Mundwinkel herabzog. Günaydın hatte sich von einem Anwalt, natürlich einem Türken, als Nebenkläger vertreten lassen. Schade, dachte Dunker. Er hätte gern gewusst, wie der Kerl mit einem Auge aussah. Hatte er ein Glasauge? Oder war dort ein Loch? Eine Höhle? Diese Frage beschäftigte ihn. Das andere, was die dort quatschten, war Bullshit. Von denen interessierte es niemanden, was man ihm angetan hatte. Wären die Türken bei sich zu Hause geblieben, wäre das alles nicht passiert. Wer hatte die eingeladen? Genau. Die Politiker gehörten als Schuldige auf die Anklagebank.

Der Prozess war eine willkommene Abwechslung von der Monotonie des Alltags. Gleich nach der Tat hatte man ihn abgesondert und zu seinem Schutz in die Justizvollzugsanstalt Kiel gebracht. Auch dort wimmelte es von Türken. Weiß der Teufel, wie es sich herumspricht, aber man wusste dort bereits von seiner Tat, bevor er in Kiel eintraf. Man versagte ihm den Aufschluss mit den anderen Strafgefangenen. Er drehte täglich zehn Minuten mutterseelenallein seine Runden auf dem Hof, begleitet von den Hasstiraden der anderen aus ihren Zellenfenstern. Die angespannte Personalsituation erlaubte es nicht, ihn jeden Tag aus der Zelle zu lassen. So saß er manchmal drei Tage hintereinander in den acht Quadratmetern. Das war Folter. Ein Bett, ein Tisch, ein Stuhl, das Waschbecken und die Toilettenschüssel. Nach zwei Wochen hatte er gefragt, ob er nicht arbeiten dürfe. Man hatte es aus Sicherheitsgründen abgelehnt. In seinen Augen war das reine Schikane.

Dunker begann, in seiner Zelle zu randalieren. Er tobte. Schrie. Zunächst erschienen die Vollzugsbeamten. Als deren Mahnungen erfolglos blieben, wurden ihm die Drohungen der anderen Häftlinge zugespielt. Die Ankündigung, man werde ihn kastrieren, wenn er nicht die Schnauze halte, war noch freundlich formuliert. Mittlerweile wusste er, dass auch ein Gefängnis kein sicherer Ort war. Auch dort konnte man ihn nicht mit hundertprozentiger Sicherheit schützen.

Gut. Der Prozess war eine Unterbrechung des Alltags, selbst wenn er sich im Gerichtssaal langweilte. Da saßen die Typen in ihren Roben und sprachen über ihn, als wüssten sie Bescheid. Erwachsene Männer mit ernsten Gesichtern, die in Frauenkleidern herumliefen. Und sie nahmen sich das Recht heraus, über sein Leben zu entscheiden. Er war sich bewusst, dass er nie wieder frei sein würde. Während der Verhandlungen hatte er sich jeden einzelnen angesehen. Wenn er je wieder den Knast verlassen könnte, würde er jedem von ihnen … ja was denn? Dunker hatte mitten in den Ausführungen des Staatsanwalts laut gelacht. Und niemand ahnte, dass er sich in diesem Moment vorstellte, wie er all diesen Figuren nacheinander eine Gabel ins Auge rammen würde. Es wäre ein Bild, das um die Welt ginge. Ein Dutzend Juristen mit Augenklappe.

Dann wurde das Urteil gesprochen. Dunker erhielt zehn Jahre wegen versuchten Totschlags. Lächerlich. Er hatte schon lebenslänglich. Würde man seine Leiche nach seinem Tod noch weitere zehn Jahre in einer Zelle vermodern lassen? Viel schlimmer war, was der Scheißrichter noch anfügte. Man verhängte gegen ihn Sicherungsverwahrung. Auch für einen Lebenslänglichen bestand eine klitzekleine Chance, ein Hoffnungsschimmer, dass sich für ihn irgendwann – vielleicht – die Gefängnistore öffnen würden.

Aber nicht für ihn.

Von seinem Anwalt erfuhr er nach der Verhandlung, dass sich die Schleswig-Holsteiner bemüht hatten, ihn gegen einen anderen Gefangenen in einem anderen Bundesland auszutauschen. Man hatte auf Anforderung seine Akte verschickt, aber jedes Mal kam eine Absage. Hamburg war bereit gewesen, ihn im Gefängnis Fuhlsbüttel aufzunehmen. Es war aber an der Kostenfrage gescheitert. Hamburg musste schon für Schüler, die medizinische Versorgung und andere Dinge aufkommen, die schleswig-holsteinische Bürger aus den Randgebieten in Anspruch nahmen.

Nach endlosen Monaten hatte man eine Lösung gefunden. Dunker wurde nach Flensburg verlegt. Die zweitkleinste Justizvollzugsanstalt des Landes, über deren Schließung schon oft diskutiert worden war, diente hauptsächlich der Unterbringung der Untersuchungshäftlinge für das direkt benachbarte Landgericht. In der 1882 als »Landesgerichtsgefängnis« gebauten Anstalt blieben etwa zwanzig Plätze für den Strafvollzug, fast ausnahmslos für Strafen bis zu einem Jahr Dauer. Der rustikale Bau im landestypischen roten Ziegel, dem man das Alter ansah, wurde im Petuh auch »Schloss Rotenstein« genannt. Petuh war der in Flensburg gesprochene Dialekt, der von den Petuh-Tanten ausging, älteren Damen, die sich zum Klönschnack trafen.

Dunker machte sich über die anderen Häftlinge lustig. Es waren Weicheier. Leute, die eine Geldstrafe nicht bezahlten, Kleinkriminelle, Fahren ohne Führerschein, Betrug und Urkundenfälschung. Auch Ältere verbüßten hier ihre Haftstrafe. Viele waren nur wenige Wochen in der Vollzugsanstalt. Trotzdem wussten sie schon kurz nach ihrer Ankunft, welches Kaliber Dunker war. Niemand wollte etwas mit ihm zu tun haben. Man mied ihn wie einen Aussätzigen, während die anderen untereinander ein fast kumpelhaftes Verhältnis an den Tag legten. Kaum jemand riskierte, sich seine Zeit in Flensburg durch unüberlegtes Handeln zu erschweren. Entsprechend entspannt gab sich das Personal. Gelassen überging es Dunkers Provokationen, ignorierte seine Aufsässigkeit und strafte ihn mit dem härtesten Schwert: Sie hielten ihn – soweit es möglich war – isoliert.

Er kochte innerlich vor Wut. Die Erfahrung hatte ihn aber gelehrt, dass er bei schlechter Führung noch weiter in die Isolation getrieben würde. Solange er sich ruhig verhielt, durfte er sich zumindest in der Nähe der anderen aufhalten, auch wenn diese ihn schnitten. Er nahm auch das Angebot an, in seiner Zelle zu arbeiten. Es war eine stumpfsinnige Beschäftigung, billige Kleiderbügel aus Kunststoff zusammenzubauen. Aus zwei Teilen einen Bügel machen. Immer der gleiche Handgriff. Ohne nachzudenken. Er bekam kein Werkzeug, keine Hilfsmittel. Nur zwei Kartons mit den Teilen. Dunker hatte aufgehört, zu zählen, wie viele Bügel er täglich zusammenbaute. Und es kam noch schlimmer. Irgendwann war die Batterie seiner billigen Armbanduhr leer. Er verlor das Gefühl für Zeit und Raum. Auch wenn ihn weder ein schlechtes Gewissen plagte noch Reue über seine Taten, konnte er nachts immer schlechter schlafen.

Zwei Gedanken kreisten unablässig in seinem Hirn. Er stellte sich vor, wie er in einer lärmenden Kneipe saß, rauchte und ihn niemand davon abhielt, ein ums andere frisch gezapfte kühle Bier zu trinken. Der Hals wurde trocken, er bekam Schluckbeschwerden und würgte, wenn seine Gedanken zum Tee wanderten, den man zum Abendessen ausschenkte. Ein Bier – ein kühles Bier mit Schaum. Hopfenfrisch.

Die zweite Phantasie kreiste um Frauen. Quälend war die Sucht nach weiblicher Nähe. Es machte ihn wahnsinnig. Seine Träume wurden immer wilder. Detailreich stellte er sich vor, wie … Ihm kam nie der Gedanke, dass seine dabei mitreisende Brutalität jeden Dritten verschreckt hätte. Jede Nacht stürzte er sich im Traum auf ein weibliches Wesen, erniedrigte es und benutzte es zur Befriedung seiner unermesslichen Gier.

Und die Gewissheit, diese beiden Phantasien nie umsetzen zu können, trieb ihn fast in den Wahnsinn. Er wäre bereit gewesen, alles – wirklich alles – dafür zu geben, dass sich diese Wünsche erfüllten. Ja!, gestand er sich ein. Er würde auch Gewalt anwenden.

Mittlerweile hatte der Sommer angefangen. Glaubte er. Hinter den Mauern des alten Gefängnisses blieb der Wechsel der Jahreszeiten verborgen. Es war immer trist.

Vor ewig langer Zeit – gefühlt waren es Jahre – hatten sich an der Mauer ein paar Löwenzahnblüten gezeigt. Ein wenig Gelb. Das war die Natur hier drinnen. Dunker erschrak, als er für sich selbst registrierte, dass ihn seine Schritte beim Freigang stets zu dieser Stelle leiteten. Die Monotonie, die Ausweglosigkeit, die Gewissheit, nichts daran ändern zu können, allem ausgeliefert zu sein, die absolute Fremdbestimmung … Ergab das Sinn?

Irene hieß sein Strohhalm. Vor zwei Monaten hatte er Post erhalten. Dunker hatte es zunächst für einen Irrtum gehalten. Der Brief war in einer klaren und leserlichen Handschrift verfasst. Es war nur der Vorname genannt. Irene schrieb, dass sie einer Gruppe angehörte, die sich um Menschen hinter Gittern kümmerte. Nicht nur das Grundgesetz besagte, dass die Würde des Menschen unantastbar war. Auch jenen, die schwere Schuld auf sich geladen hatten, gebührte menschliche Wärme.

Spinnerei, hatte er gedacht und den Brief zunächst unbeachtet gelassen, bis ihm bewusst wurde, dass er die Zeilen mehrfach täglich las. Dann bat er um Papier und einen Schreiber und verfasste eine Antwort. Es störte ihn, dass seine Gedanken, die in unbeholfenem Deutsch verfasst waren, vom Personal der JVA gelesen wurden. Ob Justizvollzugshauptsekretär Jungnickel sich heimlich über ihn lustig machte? Der alte Karnickelbock, wie er von den Insassen genannt wurde, versah seinen Dienst mit stoischem Gleichmut. Wenn man ihn zufriedenließ, schikanierte er niemanden. Jungnickel musste noch ein paar Jahre »absitzen«. Ein Leben hinter Gefängnismauern. Aber er durfte nach Dienstschluss hinaus in die Freiheit. Dunker bekam einen trockenen Hals bei diesem Gedanken. Ob Jungnickel, wenn er in seinem Reihenhaus eintraf, zunächst aus dem Kühlschrank eine Flasche kühlen Biers hervorholte? Hatte er überhaupt ein Reihenhaus? Oder ein richtiges Haus mit viel Garten drumherum?

Und Irene? Wie alt war sie? Wie mochte sie aussehen? In Dunkers Phantasie nahm sie Gestalt an. Sehr schnell wanderten seine Gedanken dann weiter, bis er wieder von der unendlichen Gier nach einem weiblichen Körper gepackt wurde.

Da draußen mochten die Menschen sich am Sommer erfreuen. Ihm fehlte alles. Freiheit. Die Natur. Die Bewegung. Ja, sogar eine sinnvolle Beschäftigung. Er wurde antriebslos und war ständig müde. Nachdem er den Anstaltsarzt darauf angesprochen hatte, erhielt er ein breites Grinsen als Antwort.

»Unter anderen Umständen würde ich antworten, Sie sollten sich etwas mehr an der frischen Luft bewegen …«

Dunker verlor an Gewicht. Das führte er auf den Saufraß zurück, den man ihnen servierte. Seine nächtlichen Träume verschwieg er dem Mediziner. Oft wachte er schweißgebadet auf und glaubte, Fieber zu haben. Ob das an den Infekten lag, die ihn öfter befielen?

Vor zwei Wochen hatte er seine Beschwerden erneut vorgetragen. Der Arzt hatte das erste Mal zugehört und bissige Kommentare unterdrückt. Stattdessen hatte er Blut abgenommen und ihn unter den Achseln und im Bereich der Leisten abgetastet.

»Was ist?«, wollte Dunker wissen, erhielt aber keine Antwort. »Geben Sie mir etwas gegen diese ständigen Infekte. Haben Sie auch ein Beruhigungsmittel? Und Schlaftabletten?«

Der Arzt wollte das Ergebnis der Blutuntersuchung abwarten. Nach einer Woche Warten lagen die Laborwerte vor. Dunker sah in das ernste Gesicht des Mediziners.

Der Arzt räusperte sich, bevor er sagte: »Es gibt Entzündungszeichen in Ihrem Blut. Die Blutsenkungsgeschwindigkeit ist erhöht.«

»Dazu brauch ich nicht studieren. Das merk ich auch so.«

»Das Blutbild hat ergeben, dass Sie eine Leukozytose haben.«

»Was ist das? Sprechen Sie Deutsch mit mir.«

»Sie haben zu viele weiße Blutkörperchen.«

»Weiße – ja? Dann geben Sie mir Rotwein. Damit fülle ich das wieder auf.«

Der Arzt war nicht darauf eingegangen. »Das β_2-Mikroglobulin ist erhöht.«

»Mensch – was ist das? Mich interessiert, wie ich den Scheißinfekt wieder loswerde.«

»Das sind Tumormarker, die auf eine mögliche Lymphomerkrankung hinweisen könnten.«

Dunker hatte nur ein Wort verstanden. »Tumor?«, fragte er laut und sprang in die Höhe. »Heißt das, ich hab Krebs? Wo? Bauch? Lunge? Sagen Sie schon.«

»Langsam, Herr Dunker.« Immerhin war der Arzt der Einzige, der ihn mit »Herr« ansprach. »Wir sprechen nur von einer Möglichkeit, einem Verdacht. Ein Lymphom ist ein in der Regel bösartiger Tumor des lymphatischen Systems. Der Laie nennt es Lymphdrüsenkrebs.«

»Wie kommt so was? Die Schweinehunde haben mir was ins Essen gemischt.«

»Blödsinn.«

»Doch. Ich krieg das raus. Und dann … Bevor ich am Krebs krepiern tu, geh'n die übern Jordan.« Dunker hatte eine Weile vor sich hingestiert. »Dann operieren Sie das Ding raus.«

»Das geht nicht so einfach. Das System besteht aus den Lymphbahnen, die das Gewebswasser durch den ganzen Körper transportieren.«

»Heißt das, ich hab überall Krebs?«

»Wir müssen eine gründliche Diagnose stellen, also suchen, wo sich die Krebszellen breitgemacht haben.«

»Dann tun Sie das. Oder soll ich krepieren?«

»Wir werden Sie unter Beobachtung halten und weitere Untersuchungen anstellen.«

»Mit Ihrer verfickten Nadel? Immer wieder Blut absaugen?« Der Arzt hatte bedächtig genickt. »Außerdem werden wir mittels Sonografie nach verdächtigen Stellen suchen.«

»Und dann?«

»Werden wir mit einer Nadel eine Biopsie, also eine Gewebeprobe, entnehmen und sie im Labor untersuchen lassen.«

»Sonografie – das ist doch …«

»Ultraschall.«

Dunker hatte den Arzt skeptisch gemustert. »Das können Sie?«

»Hören Sie mal. Ich bin Mediziner.«

»Mir stinkt es. Ständig muss man warten.«

»Wenn Sie etwas im Überfluss haben, dann ist es Zeit«, hatte der Arzt geantwortet.

Dunker hätte ihm am liebsten die Fresse poliert, aber das konnte er sich im Augenblick nicht erlauben.

Die folgenden Tage waren die Hölle für ihn. Die Untersuchungshaft, das Warten auf den Prozess, die Gerichtsverhandlungen … all das hatte Dunker ohne erkennbare Regung weggesteckt. Er hatte gewusst, dass man ihn wegsperren würde. Sein Fall hatte auch in der Öffentlichkeit Aufmerksamkeit erregt. Man hielt ihn für einen gefährlichen Verbrecher. Na und? Er wusste sich durchzusetzen, auch hinter Gittern.

Ein Lächeln huschte über sein Gesicht. Die Türken im Lübecker Knast waren in der Überzahl. Wie Kakerlaken tauchten sie auf. Er hatte bewiesen, dass er sich nicht einschüchtern ließ. Er hatte es der Ratte Orhan Günaydın gezeigt. Der Obertürke würde bis ans Lebensende gezeichnet sein. Ein ewiges Andenken an Hans-Dieter Dunker.

Doch jetzt stand ihm ein anderer Feind gegenüber, ein unsichtbarer Gegner. Den konnte er nicht zusammenschlagen, mit dem Messer massakrieren. Der …? Die …? Das Lymphom? Ach, scheißegal. Der Doc sollte an Land kommen, feststellen, wo der Krebs saß, und den Scheiß rausschneiden. Oder bestrahlen. Was auch immer. Und wenn der Weißkittel das nicht hinbekam, würde er ihm eine Spritze in den Hals jagen. Ihm, Dunker, konnte man nichts mehr anhaben. Sein Leben war ausgelebt. Wenn nur dieser verdammte Krebs nicht wäre.

Man hatte seine Zivilkleidung hervorgeholt. Der Beamte hinterm Tresen roch daran, zog die Stirn kraus und meinte: »Das riecht wie Bolle.«

Dunker hatte ihm nicht geantwortet. Das Duschen war auch in der Freiheit kein tägliches Ritual für ihn gewesen. Das T-Shirt und die Jeans waren modrig.

»Ich kann ja euren Blaumann«, dabei hatte er an der Gefängniskleidung gezupft, »tragen. Wenn wir damit ins Wartezimmer marschieren, haben wir gleich einen Termin.«

»Halt den Sabbel, Dunker«, hatte Jungnickel gesagt.

»Für Betriebsausflüge gibt es doch ein spezielles Kommando.«

»Wir wollen zum Radiologen. Der soll dich durchleuchten. Ich wette, der findet das Finstere in dir auch nicht.«

»Wir zwei beide allein?«, wollte Dunker wissen.

»Tickst du nicht richtig? Für dich müsste man ein paar scharfe Hunde einfliegen.«

»Mensch. Ich hab Krebs. Ich bin krank.«

Jungnickel winkte ab. »Ach. Das wird sich noch herausstellen. Die wollen dich röntgen.«

Dunker kniff die Augen zusammen. »In so 'ner Scheißröhre?«

»Hab dich nicht so. Du kennst es doch, wie es in engen Räumen ist.«

Ein Beamter mittleren Alters steuerte auf sie zu. »Sorry, aber ich war noch verhindert.«

Jungnickel sah auf die Uhr. »Wir haben einen Termin in der Praxis, Babender.«

»Das sind doch nur fünf Minuten Fußweg«, sagte Babender.

»Nix da. Es geht nach Vorschrift.«

»Von mir aus«, erwiderte Babender. »Verflixt. Mich hat irgendetwas erwischt. Ich bin nicht vom Topf runtergekommen.«

»Geht es?«, wollte Jungnickel wissen.

»Du kennst doch die Personalsituation. Wenn ich sage, ich bleibe mit Dünnpfiff zu Hause, ist unsere Leitung hellauf begeistert. Und die Kollegen müssen das ausbaden.«

Jungnickel wandte sich Dunker zu. »Hände«, forderte er.

»Wie? Mit Handschellen?«

»Wenn's nach mir ginge, würde ich dir auch eine Eisenkugel ans Bein schmieden.«

»Da sitzen doch Zivilisten. Was soll'n die denken?«

»Wenn sie dich sehen, das Schlimmste.« Jungnickel trat an Dunker heran. »Komm. Mach dich locker.« Dann tastete er ihn ab.

»Suchst du die Wumme?«

»Einem wie dir ist alles zuzutrauen.«

»Oder bist du schwul?«

Jungnickel stieß ihm den Ellenbogen in die Rippen. »So einen Schmierlappen wie dich würde ich auch in der größten Not nicht anfassen.«

»Dann ist ja gut.« Dunker senkte die Stimme. »Sag mal. Da gibt's doch sicher Weiber. Oder?«

»Frauen heißt das. Klar?«

»Sind da auch welche mit dicken Titten dabei?«

»Halt den Schnabel. Sonst gibt es Stress.«

Dunker lachte meckernd auf.

»Los«, forderte Jungnickel. »Die Pfoten.«

»Nicht so eng«, beschwerte sich Dunker, als der JVA-Beamte die Handschellen stramm zog.

Babender packte ihn am Ellenbogen und zog ihn mit sich. »Vorwärts.«

Dunker hielt die Hände in die Höhe. »Ist das euer Ernst?«

»Im Transporter liegt ein Tuch. Das legen wir drüber.«

»Ist überflüssig«, erwiderte Dunker. »Wir werden doch nicht mit einer Stretchlimousine fahren. Und an eurer Verkleidung erkennt jeder, was ihr seid.«

»Dein Pech, Dunker. Hättest du weiter im Kirchenchor gesungen, könntest du im feinsten Zwirn frei zum Arzt gehen. Los jetzt.«

Im Hof stand der Gefangenentransportwagen, ein älterer Fiat Ducato, bereit. Das Fahrzeug war weiß mit grüner Bauchbinde, auf der in großen Buchstaben »Justiz« stand. Hinter den kleinen Fenstern waren die Gitter zu erkennen. Dunker wurde an die Tür gebracht und bestieg den Käfig im Wageninneren. Die beiden Beamten nahmen in der Fahrerkabine Platz. Das Tor öffnete sich, und Babender, der am Steuer saß, ließ das Fahrzeug auf die Einbahnstraße Südergraben rollen. Der Zugang zum Gefängnis lag an der Spitze des an ein Dreieck erinnernden Areals und führte auf einen kleinen Platz hinaus. Hohe, auf der Krone mit gerolltem Stacheldraht bewehrte Mauern schlossen das Gelände ab. Sie thronten auf einem Sockel aus großen Feldsteinen. Der runde Eckturm erinnerte dagegen eher an eine Festung.

Auswärtige staunten stets, dass es von der Förde an steil bergauf ging. Das Gefängnis lag oben und erlaubte einen Blick über die Stadt. Zu seinen Füßen lag der Südermarkt, das Ende der lang gestreckten lebhaften Fußgängerzone, der von der St.-Nikolai-Kirche beherrscht wurde. Deren Turm reichte bis hier oben.

Babender fuhr langsam am Arbeitsgericht vorbei, das eher einem unscheinbaren Wohnhaus glich. Im direkten Anschluss an das Gefängnis folgten das Amts- und Landgericht sowie die Staatsanwaltschaft. Sie passierten die »Hauptstelle« der Nord-Ostsee Sparkasse und bogen beim Stadttheater in die Rathausstraße ab, die steil hinab führte. Am unteren Ende der Rathausstraße lag das prächtige gründerzeitliche Ensemble des ehemaligen Bahnhofshotels und der Reichspost, in dem heute die Polizeidirektion Flensburg residierte.

Der Gefangenentransporter bog jedoch zuvor in die Fußgängerzone ab und bahnte sich im Schritttempo den Weg durch die lebhafte Gehstraße, in der zahlreiche bunte Geschäfte auch auf Dänisch um die Gunst der Käufer warben. Das Fahrzeug erregte die Aufmerksamkeit der Passanten, die teilweise nur widerwillig auswichen. Sie mussten sich bis fast ans Ende vortasten. Am Südermarkt, nur eine steile Treppe vom Gefängnis entfernt, lag ihr Ziel. Im Ärztehaus befanden sich zahlreiche Praxen, darunter auch eine radiologische.

Babender stoppte das Fahrzeug, und die beiden Beamten stiegen aus. Sofort hatte sich ein Ring Schaulustiger gebildet. Die Leute gafften und gaben Kommentare ab, als die Beamten Dunker aus dem Sicherheitstrakt des Fiats herausholten, ihn in die Mitte nahmen und zum Hauseingang geleiteten. Ein Raunen ging durch die Menge, als Dunker eine schnelle Bewegung machte, die Zunge herausstreckte und laut »Buuuh« rief. Das Getuschel hallte noch nach, als sie die schmale Treppe im Haus erklommen.

Sie hatten Dunker ein Leinentuch über die Handschellen gelegt. Die Maßnahme war überflüssig. Die Uniformen der Beamten mit dem Aufnäher »Justiz« und die Art und Weise, wie sie Dunker in die Mitte genommen hatten, ließen keine Zweifel aufkommen, wer dort in der Praxis vorsprach. Schlagartig verstummten die Gespräche der in einer Schlange vor der Rezeption wartenden Patienten. Mit weit aufgerissenen Augen starrten sie die drei Männer an. Die beiden Beamten kannten eine solche Reaktion.

Jungnickel nutzte die Gasse, die sich gebildet hatte, um direkt bis zu einer der Angestellten vorzudringen.

»Moin«, grüßte er. »Wir haben einen Termin bei Ihnen.«

Die Frau musste nicht nachsehen. »Herr –«

»Genau«, fiel ihr Jungnickel ins Wort. »Sie haben den Namen notiert.«

Ihr Blick streifte Dunker. »Das dauert noch einen Moment.« Sie sah sich um und wollte in Richtung des Wartezimmers zei gen, entschied sich dann aber anders und sagte: »Nehmen Sie bitte da vorne im Gang Platz. Sie werden dann aufgerufen.«

Die drei setzten sich auf die Stühle, immer noch von den anderen Patienten beobachtet. Einige begannen zu tuscheln. Dunker grinste breit. »Hat jemand eine Zigarette dabei?«

»Rauchverbot«, sagte Jungnickel.

»Hab aber Schmachter.«

»Dein Problem.«

Dann schwiegen sie.

Nach zehn Minuten tauchte eine Arzthelferin auf. »Herr Dunker?«, fragte sie und sah Jungnickel an.

Der stand auf und nickte.

»Kommen Sie bitte.« Sie führte die drei zu einer Tür. »Hier hinein. Machen Sie sich bitte bis auf die Unterhose und die Socken frei, legen Sie Armbanduhr und metallene Gegenstände ab. Haben Sie Piercings oder Tattoos mit metallhaltiger Farbe?«

Dunker lachte dümmlich. »Keine Ahnung, was in meinen Kunstwerken drin ist.«

Die Kabine, in der es auf der gegenüberliegenden Seite eine zweite Tür gab, war eng. An der einen Wand war eine Sitzbank montiert, gegenüber ein Brett mit einem Spiegel. Dunker hielt Jungnickel die Handschellen hin.

Der JVA-Beamte zögerte kurz. »Kann mein Kollege da drinnen warten?«, fragte er und zeigte auf die zweite Tür.

»Das geht leider nicht«, erwiderte die Arzthelferin. »Da sind noch andere Patienten.«

Jungnickel kratzte sich den Hinterkopf. »Gut«, entschied er. »Babender. Du wartest vor der Tür. Ich gehe mit Dunker in die Umkleidekabine.«

»Kommt nicht in die Tüte«, beklagte sich Dunker.

»Nix da. Entweder so, oder wir gehen wieder. Das ist dein Krebs, Dunker.«

Man sah, wie es in dem Häftling arbeitete. »Gut. Aber toll finde ich es nicht.«

Babender zog sich zurück. Die Arzthelferin zuckte ratlos

mit den Schultern. Dunker wollte den Riegel vorlegen, aber Jungnickel hielt ihn davon ab.

»Mein Kollege passt auf, dass dich keiner überfällt.«

»Wie soll das geh'n?«, fragte Dunker und hielt dem Beamten die gefesselten Hände hin.

»Moment«, erwiderte Jungnickel, zog seine Waffe und reichte sie Babender hinaus. »Nimm mal. Ich öffne jetzt die Handfesseln.«

Der zweite Beamte nickte stumm.

Nachdem die Hände frei waren, entkleidete sich Dunker, setzte sich auf die schmale Bank und bohrte in der Nase.

»Schwein«, stellte Jungnickel fest. Dunker grinste ihn ungerührt an.

Die Zeit schien nicht zu verstreichen. Nach einer Viertelstunde klopfte es an der Außentür. »Alles okay bei euch?«, fragte Babender.

»Ja, bis auf die Tatsache, dass der Kerl stinkt«, erwiderte Jungnickel.

»Ist auch eine Dreckshütte, in der ich wohne. Wo sonst gibt es so was, dass das Scheißhaus mitten im Zimmer ist. Ich schlafe auf dem Klo. Ich fresse auf dem Klo. Wenn ich einen loslasse, stinkt mein ganzes Luxusappartement.«

»Halt die Klappe. Das interessiert mich genauso wenig wie das, was die Queen zum Frühstück isst.«

Dunker lachte kehlig auf. »Aber was Prinz Philip auf dem Klo liest – das möchtest du gerne wissen, was?«

Jungnickel winkte ab.

Die Minuten verstrichen unendlich langsam, bis schließlich ein Riegel betätigt und die zweite Tür geöffnet wurde. Eine Frau mit fülliger Figur und grauen Haaren stand ihnen gegenüber.

»Herr Dunker?«, fragte sie freundlich. »Kommen Sie bitte.«

Als die beiden Männer in den Raum traten, hob sie die Hand. »Sie nicht«, wehrte sie Jungnickel ab.

»Doch. Das muss sein.«

Sie sah sich hilfesuchend um.

»Lassen Sie, Hannelore. Das geht in Ordnung«, meldete sich eine zweite Frau. Sie mochte Mitte fünfzig sein, war brünett und trug einen Arztkittel. »Ich bin Dr. Sörensen«, stellte sie sich vor. »Würden Sie zu mir kommen?«, bat sie Jungnickel in einen Raum, der durch eine Glasscheibe vom Untersuchungsraum getrennt war. »Hier haben Sie alles im Blick.«

Hannelore hatte Dunker in den Raum mit dem Computertomografen geführt und erteilte ihm Anweisungen. Er solle sich auf der Liege niederlassen. Sie werde ihm einen Zugang legen. Dann …

Jungnickel hörte nicht zu. Er beobachtete die Ärztin, die vor dem Bildschirm saß und Eingaben tätigte.

Dunker hatte sich hingelegt, sagte etwas zu Hannelore und stand wieder auf. Er zuckte mit den Schultern und sah in ihre Richtung.

»Was meint er?«, fragte Jungnickel und zog die Stirn kraus.

Dunker kam auf Strumpfsocken in den Raum. »Wenn ich Krebs hab«, sagte er, »ist das doch schädlich, wenn ich jetzt noch 'ne Ladung Strahlen abkriege.«

»Die Untersuchung ist notwendig, damit wir eine exakte Diagnose stellen können«, erwiderte Dr. Sörensen in genervtem Tonfall. »Legen Sie sich wieder hin.« Es klang unfreundlich.

»Sie haben gut reden. Ärzte sagen immer: ›Das tut nicht weh.‹ Nee. Ihnen nicht. Warum steh'n Sie hinter der dicken Glaswand? Sie wissen, was das für 'n Mist ist, was?«

»Gehen Sie bitte in den Untersuchungsraum und folgen Sie den Anweisungen von Hannelore.«

Dunker kam näher. Er baute sich vor der am Computer sitzenden Ärztin auf. »Garantier'n Sie mir, dass nix passiert?«

»Wenn Sie nicht möchten, können wir das hier abbrechen.«

Ehe Jungnickel reagieren konnte, hatte Dunker eine neben der Tastatur liegende, noch verpackte Spritze gegriffen, war hinter Dr. Sörensen gesprungen und legte ihr den Arm um den Hals, dass der Ellenbogen unter dem Kinn lag. Er bog den

Kopf weit nach hinten zurück und setzte die Spritze an die Halsschlagader der Frau. Dabei presste er offenbar zu heftig mit seinem Arm. Die Ärztin begann zu röcheln und lief rot an.

»Hör auf, Dunker«, sagte Jungnickel. »Mach keinen Scheiß.« Dunker drückte noch ein wenig mehr. Dr. Sörensen begann nach Luft zu japsen.

»Mir ist es gleich, was passiert«, drohte Dunker. »Ich bin keine Katze mit sieben Leben. Ich hab nur eins. Und mehr als das kann ich nicht im Bau hocken.«

»Was willst du?«, fragte Jungnickel.

»Ich gönn dir was«, erwiderte Dunker und grinste. »Nimm die Maus da«, er nickte in Richtung Hannelore, »umarme sie ganz fest, dass deine Patschis über ihrem Hintern liegen.«

»Aber –«, begehrte Hannelore auf.

»Sei leise«, fauchte Dunker sie an. »Oder willst du mit ihr tauschen?« Um seinen Forderungen Nachdruck zu verleihen, drückte er der Ärztin erneut die Luft ab.

»Kommen Sie«, sagte Jungnickel. Er trat an Hannelore heran und umarmte sie.

»Nun fesselst du deine Hände«, befahl Dunker. »Vorher steckst du sie aber noch durch die Träger von dem Regal. Das da.«

»Es geht nicht«, klagte Hannelore, als sie sich notgedrungen eng an Jungnickel presste. »Es ist zu eng.«

»Du kommst nicht weit. Draußen wartet mein Kollege auf dich.«

»Das lass meine Sorge sein.« Dunker beobachtete, wie Jungnickel sich bemühte, seinen Arm um den Träger des Regals zu strecken, und anschließend Hannelore fest umschloss.

»Jetzt lass die Handschellen klicken«, wies ihn Dunker an. Es klackte leise.

»Ich kontrolliere gleich. Wenn du gepfuscht hast, muss sie das ausbaden.« Erneut würgte er die Ärztin.

Jungnickel seufzte. Dann hörte man das Klicken der nächsten Zahnraste.

Dunker lockerte ein wenig den Würgegriff um Dr. Sörensens Hals.

»Ich mache keinen Spaß«, sagte er drohend. »Klar?«

Die Ärztin nickte schwach.

»Du ziehst dich jetzt aus.«

Sie schüttelte den Kopf, soweit es ihr möglich war. Dunker drehte ihr den Kopf zur Seite, dass es knackte. Die Ärztin schrie auf.

»Hör auf«, rief Jungnickel und zerrte am Regal. »Sie hat nichts getan. Sie wollte dir helfen.«

»Mir helfen? Niemand tut das für mich. Sei du froh, dass du einigermaßen vernünftig warst. So bleibst du am Leben.«

Hannelore begann zu schluchzen.

»Was ist mir dir?«, wandte sich Dunker an Dr. Sörensen.

»Wenn ich dir das Genick breche, musst du nichts mehr tun.«

»Bitte«, stammelte die Frau.

Dunker lockerte den Griff ein wenig. »Ziehst du dich nun aus?«

Er ließ kurz von ihr ab.

»Du bist doch ein Ehrenmann«, versuchte es Jungnickel.

Dunkel lachte auf. »Du bist doch nicht so bescheuert, dass du dein eigenes Geschwafel glaubst. Mach schon.« Das galt Dr. Sörensen.

Mit angstgeweiteten Augen löste die Ärztin die beiden oberen Knöpfe ihres Arztkittels.

Dunker fasste das Revers und riss ihr das Kleidungsstück vom Leib. »Wir haben keine Zeit. Also fix, oder soll ich das machen?«

Sie versuchte zurückzuweichen, aber er war mit einem Schritt bei ihr, hob die Hand und deutete an, als würde er ihr ins Gesicht schlagen. Dr. Sörensen riss die Arme hoch.

»Das war die letzte Warnung«, fauchte Dunker.

Mit fahrigen Bewegungen entledigte sie sich des Kittels.

»Weiter«, forderte Dunker.

Die Ärztin zitterte. Sie hatte Mühe, die Bluse und anschließend die Jeans auszuziehen. Sie vermied es, Dunker dabei anzusehen. Der verfolgte ihr Tun mit gierigem Blick und leckte sich dabei mit der Zunge über die Lippen.

»Bitte, tun Sie das nicht«, flüsterte Dr. Sörensen.

Dunker holte aus und schlug ihr auf die Wange, dass der Kopf zur Seite flog. »Das kann ich noch besser.«

Die Frau vibrierte. Sie hatte die Augen weit aufgerissen. Ihr Atem ging stoßweise. Es gelang ihr erst im zweiten Anlauf, den Forderungen nachzukommen.

»Dunker!«, schrie Jungnickel.

Dunker warf einen schnellen Blick auf die Ärztin, die versuchte, ihre Blöße mit den Armen und Händen zu bedecken. Dann trat er zu Jungnickel und Hannelore. Er holte kurz aus und trat dem Beamten von hinten in die Wade.

»Halt die Schnauze. Das nächste Mal breche ich dir den Knochen.«

Er fingerte Jungnickel die Armbanduhr vom Gelenk, tastete ihn ab und nahm dessen Portemonnaie an sich. Während er die drei Leute im Auge behielt, ging er rückwärts zur Umkleidekabine, raffte seine Sachen zusammen und kehrte zu Dr. Sörensen zurück. Er nickte in Richtung der gleich aussehenden Türen, die mit Schildern von eins bis drei markiert waren. Über den Türen war eine Lampe angebracht. Zwei leuchteten rot.

»Was heißt das?«

Dr. Sörensen wollte antworten, aber ihr versagte die Stimme.

»Da ist ein Patient in der Kabine. In der Eins – das sind Sie«, erklärte Hannelore.

»Die Drei ist frei?«

»Ja.«

Dunker packte die Ärztin am Ellenbogen und zog sie hinter sich her. »Los. Da rein.«

Dr. Sörensen knickte kurz ein. Ihre Beine versagten den Dienst. Tränen liefen ihr über das Gesicht. Sie wollte sich nach ihrer Kleidung bücken.

»Nix da.« Dunker stieß sie in den kleinen Umkleideraum.

Bevor er die Tür schloss, drohte er in Richtung Jungnickel. »Wenn ich einen Laut höre, ergeht es ihr schlecht.«

Es war eng in der Kabine. Hastig zog sich Dunker an. Dann betrachtete er die Ärztin. »Nicht schlecht«, murmelte er. »Schade, dass ich es eilig habe.« Mit der linken Hand berührte er ihre Brust. Dann öffnete er vorsichtig die Tür zum Flur und streckte den Kopf hinaus.

Dunker sah nach links. Dann nach rechts. Von dem Justizvollzugsbeamten war nichts zu sehen. Auf dem Flur ging eine weiß gekleidete Angestellte der Praxis vorbei. Ein Stück weiter lümmelte sich eine jüngere Frau gegen die Wand und beschäftigte sich mit ihrem Handy. Niemand schenkte ihm eine Spur Aufmerksamkeit. Er drehte sich noch einmal um.

»Wenn du einen Mucks von dir gibst«, drohte er Dr. Sörensen, »dann bist du verschärft fällig. Klar?«

Ohne ihre Antwort abzuwarten, schlüpfte er durch die Tür, wandte sich in Richtung Empfang, ließ den Protest eines älteren Mannes unbeachtet, den er angerempelt hatte, und verschwand unbehelligt ins Treppenhaus.

DREI

Kurz vor vier Uhr hatte die Dämmerung eingesetzt. Ihr folgte ein weiterer sonniger Tag. Die Temperaturen waren angenehm. Ein leichter Windhauch sorgte für eine wohlige Frische. Während in anderen Regionen die Menschen auf die angekündigte Schwüle warteten, der später ein Gewitter folgen sollte, hatten die Meteorologen für Nordfriesland einen weiteren traumhaften Tag prophezeit.

Hauptkommissar Große Jäger liebte die Landschaft, Husum, seinen Beruf, seine Mitmenschen, sein Gegenüber, ja ... eigentlich alles. Und er liebte seine Sitzhaltung. Die untere Schreibtischschublade hatte er herausgezogen und darin seine Füße geparkt. Der Bürostuhl ächzte unter seinem Gewicht. Zufrieden strich er sich mit der linken Hand über den Schmerbauch, der die Gürtelschnalle seiner schmuddeligen Jeans überdeckte. Er sah versonnen auf seine rechte Hand, ignorierte die Trauerränder unter seinen Fingernägeln und führte den Kaffeebecher mit den angetrockneten Rändern zum Mund. Wäre es nicht seine zweite Haut gewesen, hätte er bei diesem Wetter sogar die Lederweste mit dem Einschussloch, die er über dem Holzfällerhemd trug, abgelegt. Seine linke Hand wanderte vom Bauch zum Kinn. Es gab ein schabendes Geräusch, als er über die Bartstoppeln strich. Fast automatisch fuhr seine gespreizte Hand durch die dunklen Haare mit dem leichten Fettglanz, die schon lange von silbernen Strähnen durchzogen wurden.

Sein Blick wanderte über den Schreibtischblock. Dort saß der junge Kollege Mats Skov Cornilsen. Kriminalkommissar. Sie teilten sich das Büro in der Kriminalpolizeistelle Husum, wie ihre Dienststelle formell hieß. Wenn er den Blick hob und die vertrockneten Blumentöpfe auf der Fensterbank ignorierte, konnte er auf den Husumer Bahnhof schräg gegenüber blicken.

Zu jeder Stunde um halb trafen sich dort die Züge nach Hamburg, Westerland, Kiel und St. Peter-Ording. Und gelegentlich vernahm man auch die Ankunft eines Intercitys.

Es war ein Privileg, hier leben zu dürfen. Husum war seine Stadt, Nordfriesland seine Wirklichkeit, ein wahr gewordener Traum. Na ja. Seit ein paar Jahren fuhr er auch gern nach Garding. Dort praktizierte seine Partnerin Heidi Krempl als Allgemeinärztin.

Große Jäger reckte den Hals. »Da draußen muss irgendwo der Baum sein«, sagte er.

Cornilsen unterbrach seine Arbeit am Computer. »Welcher Baum?«

»Ach. Nichts. Ich meine den virtuellen, dessen Zweige und Verästelungen unser Leben darstellen. Bist du christlich erzogen worden?« Bevor Cornilsen antworten konnte, fuhr Große Jäger fort: »Nein. Das ist hier in der Gegend niemand.«

»Hör mal«, beklagte sich Cornilsen. »Wir sind alle getauft.«

»Aber nicht richtig. Das hat Papst Benedikt einmal festgestellt. Für ihn sind die Lutheraner Angehörige einer Sekte.«

»Und du?«

»Als Westfale aus dem Münsterland ist man qua Geburt rechtgläubig.«

»Du und ein frommer Christ?«

Große Jäger lachte. »Ich bin ein U-Boot-Katholik.«

»Ein – was?«

»Einmal im Jahr, meistens zu Weihnachten, tauche ich auf. Sonst sieht man mich nie.«

»Aha.«

Große Jäger drehte sich um. Schlagartig war seine gute Laune verflogen. Der dritte Schreibtisch in seinem Rücken war leer. Dort hatte der Erste Hauptkommissar Christoph Johannes gesessen. Es waren schon fünf Jahre vergangen, seitdem Hans-Dieter Dunker mit seinem Komplizen die Uthlande-Sparkasse auf Nordstrand überfallen hatte. Dunker hatte kaltblütig den Geldboten erschossen und die Bankangestellte sowie Christoph als Geiseln mitgenommen. Nach einer fieberhaften Suche waren sie auf das Versteck der Verbrecher gestoßen. Als Große Jäger in das Verlies der Opfer eindrang, fand er seinen Kollegen und Freund erschossen vor. Es war eine sinnlose und brutale Tat gewesen. Er hatte Dunker verfolgt und vor dem Deich schließlich nach einem Schusswechsel gestellt.

Zu Recht hatte man Dunker zu lebenslanger Haft verurteilt. Große Jäger hatte zwischendurch immer wieder einmal Informationen erhalten, dass Dunker auch hinter Gefängnismauern aneckte und sich mit anderen Häftlingen, die türkische Wurzeln hatten, anlegte. Gestern war Dunker bei einem Arztbesuch mit einem Gewaltakt entflohen. Die Medien berichteten darüber und warnten davor, dass der Entflohene gefährlich sei und man sofort die Polizei verständigen solle.

Man hatte sofort nach seiner Flucht eine Großfahndung ausgelöst. Aber Dunker war verschwunden geblieben.

»Das hat mich die ganze Nacht beschäftigt«, murmelte er. »Ich hatte nach vielen Jahren ein wenig Frieden gefunden, nachdem er dich kurz vor deiner Pensionierung ermordet hatte.« Große Jäger sah zur Zimmerdecke. »Hoffentlich stört es dich nicht in deiner Ruhe auf Wolke sieben. Auch wenn selbst Anna sich neu orientiert und Dr. Hinrichsen geheiratet hat … Du bleibst unvergessen. Und nun ist dieser Dreckskerl auf freiem Fuß. Ich verspreche dir, wir finden ihn.«

Cornilsen sah ihm erschrocken nach, als er aufsprang und die Bürotür aufriss. Sie knallte krachend gegen die Wand. Große Jäger unterzog sich nicht der Mühe, die Tür wieder zu schließen. Er eilte zum Büro des Dienststellenleiters und stürmte in dessen Zimmer.

Kriminalrat Mommsen sah auf. »Wilderich?«

»Laufen hier nur noch Trottel herum? Wer ist schuld am Ausbruch dieser Bestie?«

Bevor Mommsen antworten konnte, hob Große Jäger die Hand. »Ich weiß. Du magst solche Vokabeln nicht, wenn ein

Mensch als Tier oder Bestie bezeichnet wird. Aber dieser Typ hat so viel Unheil angerichtet. Und er hat Christoph auf dem Gewissen. Nun behaupte nicht, er verdient Nachsicht.«

»Das hat niemand behauptet.« Mommsen wies auf den Besucherstuhl vor seinem Schreibtisch. »Ich habe damit gerechnet, dass du zu mir kommst. Nach Dunker wird fieberhaft gefahndet. Unter der Federführung der Flensburger sind alle Polizeidienststellen in Alarmbereitschaft versetzt. Auch die Dänen sind informiert. Jeder weiß um seine Gefährlichkeit. Allein sein gestriger Ausbruch hat es wieder unter Beweis gestellt.« Mommsen zog ein Blatt Papier zwischen den Unterlagen auf seinem Schreibtisch hervor und reichte es Große Jäger. »Das ist ein Vorabbericht über die gestrigen Geschehnisse.«

Große Jäger überflog das Schreiben. »Was ist das für ein Schwachsinn«, rief er erregt. »Da sind zwei angeblich erfahrene Justizvollzugsbeamte unterwegs. Und die lassen Dunker laufen. Warum war er nicht gefesselt?«

»Man musste ihm die Handschellen zur Untersuchung abnehmen.«

»Blödsinn. Mit Einmalfesseln wäre es möglich gewesen. Die sind aus Kunststoff. Und wo war der zweite Mann, dieser …« Er sah auf das Papier. »Babender?«

»Da steht es«, erwiderte Mommsen. »Der litt unter einem heftigen Magen-Darm-Infekt und hatte Durchfall.«

»Von mir aus kann der sich bis zum Stehkragen in die Hose machen, aber bei der Gefährlichkeit des Häftlings hätte er seinen Platz nicht verlassen dürfen.«

»Menschen machen Fehler«, sagte Mommsen.

»Aber nicht, wenn sie auf Dunker achtgeben sollen. Und jetzt wird er von Schnarchlappen gejagt.«

»Das ist unfair gegenüber den Kollegen.«

»Wir müssen –«, setzte Große Jäger an.

Mommsen unterbrach ihn abrupt. »Das ist kein Fall für uns. Flensburg ist am Ball. Wir Husumer sind nicht involviert.«

»Okay. Ich nehme Urlaub.«

»Das kommt nicht in Frage.«

»Ich habe ein Anrecht darauf.«

»Du kennst das Prozedere. Wenn du Wert auf Formalitäten legst … Als Beamter bist du weisungsgebunden. Der Fall Dunker wird nicht von uns bearbeitet.« Große Jäger kratzte sich den Hinterkopf. »Du weißt, was Christoph uns bedeutet hat. Dir. Mir. Uns allen. Es ist ein unerträglicher Gedanke, dass sein Mörder jetzt da draußen herumläuft.« Mommsen hob beide Hände. »Richtig ist, dass nicht nur eine gute Polizei hinter Dunker her ist, sondern sich auch die Presse an seine Fersen geheftet hat. Du allein kannst kaum etwas ausrichten.«

»Das klingt alles sehr logisch. Aber in mir, da brennt es. Versteh doch, Harm. Ich kann nicht ruhig auf meinem Husumer Stuhl hocken und Akten wälzen.«

Mommsen atmete tief durch. »Bist du wirklich überzeugt, dass du den Flüchtigen findest?«

»Nein. Bestimmt nicht. Aber es verleiht mir ein gutes Gefühl. Auch nach so vielen Jahren ist der Mord an Christoph nicht überwunden. Er stand uns allen sehr nahe. Und dir, lieber Harm, hat er das Laufen beigebracht, als du auf unserer Dienststelle noch ›das Kind‹ warst.«

Der Kriminalrat schüttelte den Kopf. »Bei neuen Kollegen werde ich darauf achten, dass sie nicht aus Westfalen stammen. Ihr seid ja noch hartnäckiger als die Nordfriesen.«

»Das heißt –«

»Nein! Du bekommst keinen Urlaub, aber da wir früher einmal involviert waren, stelle ich dich vorübergehend als Verbindungsmann ab. Du sicherst mir zu, dass du keine Alleingänge unternimmst. Ich will von dir täglich aktuell informiert werden. Ich verlasse mich darauf, dass du diese Regeln einhältst. Ich mache das nur, weil ich dich so besser unter Kontrolle habe, als wenn du als *lonesome rider* unterwegs bist.«

Große Jäger strahlte. »Natürlich. Es ist ja nur für eine kurze Zeit, bis wir dieses Schwein haben.«

»Wilder…« Mehr hörte Große Jäger vom Ordnungsruf nicht mehr, als er fluchtartig das Büro des Chefs verließ.

Als er in das gemeinsame Büro zurückkehrte, sah ihn Cornilsen gespannt an.

»Husum beteiligt sich an der Suche nach Dunker«, erklärte Große Jäger freudestrahlend. Der junge Kommissar schlug demonstrativ den Deckel der Akte zu, an der er gerade arbeitete. »Wo fangen wir an?«

»Du nicht. Leider«, erwiderte Große Jäger. »Wir können nur einen Verbindungsmann abstellen. Es tut mir leid. Es fällt mir schwer, ohne dich in die Schlacht ziehen zu müssen.«

»Ist das dein Ernst? Ich meine, dass es dir schwerfällt, so ohne mich …?«, stammelte Cornilsen verlegen.

»Ja, Hosenmatz. Ich habe mich an dich gewöhnt.«

»Ich bin also sozusagen deine Krücke?«

Große Jäger lachte. »Wenn du damit sagen willst, dass ich durchs Leben humpele, dann trifft das zu.«

Cornilsen schmollte trotzdem. »Es wäre mir wichtig gewesen, gerade in diesem Fall dabei zu sein.«

»Das glaube ich dir. Nun kannst du mir helfen.« Große Jäger zeigte auf die Rückseite des Bildschirms. »Kannst du mir alle Informationen über Dunker zusammenstellen? Ich meine wirklich: alle. Dazu gehören auch die Namen der zuletzt Beteiligten. Die von gestern.«

»Nur die Namen?«

»Natürlich nicht. Was sie ausgesagt haben, ihre Schuhgröße, das Leibgericht, der Name des heimischen Goldhamsters, eben alles.«

»Ich tu das machen«, sagte Cornilsen und setzte sich an den Rechner.

»Noch etwas«, unterbrach ihn Große Jäger.

Cornilsen sah auf.

Große Jäger hielt ihm den leeren Kaffeebecher hin.

Eine Viertelstunde später hatte der Hauptkommissar nicht nur einen frisch gekochten Kaffee, sondern auch die ersten Ergebnisse auf seinem Schreibtisch vorliegen.

Mit häufigem Kopfschütteln las er die Berichte über Dunkers Zeit in den Justizvollzugsanstalten, die Auseinandersetzungen mit türkischstämmigen Häftlingen, den Angriff auf Orhan Günaydın und den angeblichen Unfall in der Gefängnisküche.

»Kannst du einmal heraussuchen, was wir über Günaydın wissen?«, bat er Cornilsen.

Große Jäger überflog das zweite Urteil des Landgerichts Lübeck. »Es wundert mich nicht, dass Dunker Sicherungsverwahrung erhalten hat. So einer gehört für immer weggesperrt. Der darf das Zuchthaus nie wieder verlassen.«

»Zuchthaus?«, fragte Cornilsen über den Bildschirmrand hinweg.

Große Jäger winkte ab. Dann konzentrierte er sich auf die wenigen Angaben, die über den Ausbruch Dunkers aus der Arztpraxis vorlagen. »Jeder wusste, wie gefährlich der Mann ist. Und dann erlauben sich die beiden solche Fehler. Das ist doch klar, dass jemand, der nicht einmal als Leichnam ungefesselt die JVA verlassen würde, jede noch so kleine Chance zur Flucht nutzen würde. Dunker ist ohne jede Perspektive. Und was er auch anstellt, es ist für ihn ohne Belang. Zu mehr kann er nicht bestraft werden. Weshalb schmiedet man solchen Leuten keine Eisenkugel ans Bein?« Große Jäger blickte zu Cornilsen hinüber. »Das hast du jetzt nicht gehört. Das war unsachlich, reiner Frust.«

»Ich war mit anderen Dingen beschäftigt«, erwiderte Cornilsen und zeigte auf sein Display. »Orhan Günaydın, vierunddreißig, ist der mutmaßliche Sergeant-at-Arms der Osmanen Burners. Hm. Danach sieht er gar nicht aus. Auf mich macht er den Eindruck eines freundlichen, smarten Geschäftsmannes.«

»Osmanen Burners? Die sind doch verboten. Na ja. Es ist auch verboten, Leute umzubringen. Trotzdem geschieht es.

Die hauptsächlich aus Mitgliedern mit türkischem Migrationshintergrund bestehende Rockergang hat sich blutige Schlachten mit den Bandidos und Hells Angels geliefert. Alle Beteiligten sind nicht zimperlich miteinander umgegangen. Wenn die aufeinandertrafen, floss Blut. Schließlich ging es vordergründig um Macht und Ansehen. Tatsächlich spielten aber kriminelle Geschäfte die Hauptrolle. Drogen. Prostitution. Schutzgelderpressung. Waffenhandel. Es gibt kaum ein Feld, auf dem die Osmanen Burners nicht mitspielen. Alle Versuche der Bekämpfung sind bisher gescheitert. Es ist wie bei der Hydra. Wenn es gelingt, dem Ungeheuer einen der vielen Köpfe abzuschlagen, wachsen zwei neue nach. Und der Kopf in der Mitte ist unsterblich.«

»Vielleicht unsterblich«, merkte Cornilsen an, »aber seit Dunkers Angriff auf einem Auge erblindet.«

»Orhan Günaydın ist nicht der Kopf in der Mitte, sondern Sergeant-at-Arms, also so etwas wie der militärische Führer. Er ist für die Sicherheit und Bewaffnung zuständig, aber oft auch für die Einhaltung der Clubdisziplin.«

»Günaydın sieht aber nicht wie ein Preisboxer aus.«

»Das macht ihn umso gefährlicher. Er löst die Aufgaben mit Intelligenz. In der Hierarchie stand er ganz weit oben. Stand? Das gilt auch für die Zeit im Gefängnis. *Your brother ain't always right, but he's always your brother.* Für dich mit deinem Niebüller Abitur: Dein Bruder hat nicht immer recht, aber er ist und bleibt dein Bruder. Dieser Slogan zeigt die bedingungslose Kameradschaft innerhalb der Rocker-Szene.«

»Oje«, entfuhr es Cornilsen. »Ausgerechnet mit einem der Häuptlinge hat sich Dunker angelegt.«

»Deshalb hat man ihn auch sofort aus der JVA Lübeck herausgenommen. In Flensburg sitzen nicht die schwersten Kaliber ein. Man achtet zudem darauf, dass er keinen Kontakt zu Häftlingen mit Migrationshintergrund bekommt. Aber das ist nicht immer einzuhalten. Wo immer er sich auch befindet, die Osmanen Burners werden versuchen, Günaydın zu rächen.

Und ihr Arm reicht weit. Da sind Gefängnismauern kein Hindernis.«

»Das heißt, nicht nur die Polizei ist auf der Suche nach Dunker«, stellte Cornilsen fest.

»Er darf sich glücklich schätzen, wenn die Polizei ihn zuerst erwischt.« Große Jäger lehnte sich zurück. »Das wäre natürlich eine Lösung – aus Stammtischsicht. Man überlässt die Suche den Osmanen Burners. Damit hätte sich auch die Sache mit der Sicherungsverwahrung erledigt. Aber, Hosenmatz, wir sind deshalb Polizisten geworden, weil wir das Gesetz über unsere Emotionen stellen.« Große Jäger schloss kurz die Augen und ließ die Erinnerungen wieder wach werden, als er Dunker auf dem Deich auf Nordstrand verfolgte und Dunker so lange auf ihn schoss, bis das Magazin leer war. Erst später war es Große Jäger bewusst geworden, in welcher Gefahr er sich befunden hatte. Als er dann vor Dunker stand, winselte der und bat um Gnade. Große Jäger hätte ihn erschießen können. Aber das entsprach trotz seines ohnmächtigen Zorns nicht seinem Wesen.

Und nun wollte er sich an der Suche beteiligen, Dunker zur Not auch gegen seine Verfolger schützen. Große Jäger klatschte sich mit der flachen Hand gegen die Stirn. War es nicht aberwitzig?

Er drehte sich zu dem leeren Schreibtisch hinter sich um und sagte: »Du hättest es genauso gemacht, Christoph.«

»Bitte?«, fragte Cornilsen ratlos.

»Ach. Nichts.« Dann schloss er für einen Moment die Augen.

Wie würde Dunker sich verhalten? Er hatte weder Papiere noch Geld. Der Polizei war kein Rückzugsort bekannt. Dunker hatte keine Familienangehörigen, keine Freunde, keine Partnerin. Er war auf sich allein gestellt. Verkriechen konnte er sich nicht. Er musste essen und trinken. Auch wenn es in diesen Tagen warm war, konnte der Mann sich nicht über einen längeren Zeitraum verstecken. Er hatte weder Reservekleidung noch Toilettenartikel. Man würde ihn auf Distanz am ungepflegten

Erscheinungsbild erkennen. In den regionalen Fernsehsendern war schon gestern sein Bild gezeigt worden. Heute hatten die Tageszeitungen nachgelegt. Erfahrungsgemäß wurden solche Berichte aufmerksamer zur Kenntnis genommen als ein fundierter Artikel über die klamme Stadtkasse, auch wenn dies Auswirkungen auf das Leben der Einwohner haben würde.

»Wie gehst du vor?«, fragte sich Große Jäger.

Wollte sich Dunker in Flensburg verstecken? Auch eine überschaubare Stadt wie diese bot dazu Möglichkeiten. Hier ging es noch relativ anonym zu. Würde Dunker auf die ländliche Umgebung ausweichen, würden ihm weniger Leute begegnen. Die würden ihm allerdings mehr Aufmerksamkeit widmen. Fremde wurden immer argwöhnisch beäugt, zumal wenn sie in einem nicht alltäglichen Aufzug daherkämen.

Dunker war keine Leuchte, aber durch seine kriminelle Karriere mit einem Sinn für das Praktische behaftet. Er würde selbst wissen, dass er andere Kleidung benötigte, nachdem er für das Essenzielle gesorgt hatte. Vor allem brauchte er Geld. Das müsste er sich durch einen Einbruch oder durch einen Raubüberfall beschaffen. Mit etwas Glück – Glück? Große Jäger lachte bitter auf – würde er bei einem Einbruch Bargeld erbeuten können. Wertgegenstände waren für Dunker in seiner jetzigen Situation uninteressant. Wie sollte er sie zu Bargeld machen? Natürlich gab es noch die Option, die Region schnell zu verlassen. Er könnte ein Auto stehlen oder es einem Autofahrer durch einen Gewaltakt abpressen. Eine zweite Möglichkeit war die Flucht mit der Bahn. Dort würde Dunker aber bei der Fahrkartenkontrolle auffallen. Der Mann scheute sich nicht, Gewalt anzuwenden. Er würde nicht zögern, diese auch gegen den Zugbegleiter einzusetzen. Das war aber mit einem hohen Risiko verbunden, da andere Fahrgäste die Polizei verständigen und man Dunker an der nächsten Haltestelle erwarten würde. Und bisher war er unbewaffnet. Richtig, überlegte Große Jäger. Das stand auf Dunkers Liste sicher ziemlich weit oben: eine Waffe.

»Hör mal«, sagte er und unterbreitete Cornilsen seine Gedanken.

»Ich stimme dir in vielen Punkten zu«, sagte Cornilsen, nachdem er still Große Jäger zugehört hatte.

»In welchem Punkt nicht?«

»Ganz mittellos ist Dunker nicht. Er hat dem JVA-Beamten die Geldbörse gestohlen.«

Große Jäger stach mit dem Zeigefinger in Cornilsens Richtung. »Gut aufgepasst, Hosenmatz. Das hilft uns aber nur bedingt weiter. Dunker könnte sich eine Fahrkarte gekauft und mit dem Zug oder Bus weitergefahren sein. Es liegen aber keine dahingehenden Beobachtungen vor.«

»Wohin fährt einer wie er?«, fragte Cornilsen. »Ins Ausland? In andere Bundesländer?«

»Kaum. Dunkers Horizont ist in jeder Hinsicht eingeschränkt. Er hat zuletzt in Hamburg gewohnt.«

»Ich sehe nach«, erwiderte Cornilsen und widmete sich erneut seinem Rechner. »Ah«, sagte er wenig später. »Die Wohnung in Hamburg ist lange aufgelöst. Das ist nicht verwunderlich. Bei seinem Strafmaß wird er nie dahin zurückkehren. Die Flensburger haben auch am Bahnhof nachgefragt. Im dortigen Reisezentrum ist Dunker nicht aufgetaucht. Bleibt nur der Fahrkartenautomat.«

»Gibt es eine Überwachungskamera?«

»Die Auswertung ist noch nicht abgeschlossen. Irgendwo muss er doch abgeblieben sein. Das könnte dafürsprechen, dass er sich noch in Flensburg verborgen hält.«

»Autodiebstähle?«, wollte Große Jäger wissen.

»Oh – ich glaube, ich habe etwas.« Cornilsen strahlte. »Gestern Abend ist um kurz nach dreiundzwanzig Uhr ein älterer Mann überfallen worden. Hubert Barletzki heißt er und ist vierundsiebzig Jahre alt. Barletzki hat eine Parzelle im Kleingartenverein Adelbylund im Osten Flensburgs. Er gibt an, dort am Nachmittag gearbeitet zu haben. Danach war er erschöpft und hat sich vor seiner Hütte ein wenig ausgeruht. Er hat ein oder zwei Bier getrunken und muss darüber eingeschlafen sein. Gegen elf ist er wieder wach geworden, hat sich auf das Fahrrad gesetzt und wollte zu seiner Wohnung radeln. Dabei ist er noch auf dem Kleingartengelände von einem Unbekannten angehalten worden. Der Fremde hat ihm das Portemonnaie mit … mit … ah, hier, siebzehn Euro abgenommen, ferner hat er Barletzkis Pullover und Windjacke sowie dessen Fahrrad geraubt. Der Rentner hat kein Handy. Deshalb hat es gedauert, bis er die Polizei anrufen konnte. Die Umfeldsuche war allerdings erfolglos.«

»Ruf einmal die Karte auf«, sagte Große Jäger und besah sich die Stelle. Zu Cornilsens Missfallen tatschte er auf dem Bildschirm herum und hinterließ dort Fingerabdrücke. »Im Süden liegt die Europa-Universität. Ich gehe davon aus, dass Dunker in östlicher Richtung geflohen ist. Es ist nur ein kurzes Stück, bis er die Stadtgrenze hinter sich gelassen hat. Ich halte es für wahrscheinlich, dass er sich irgendwo Richtung Angeln bewegt. Ab wo dort?«

»Das sind aber nur Vermutungen«, warf Cornilsen ein.

»Stimmt. Wenn wir Fakten hätten, wären wir ihm dichter auf der Spur. Du rufst jetzt in –«

»Okay«, unterbrach ihn Cornilsen. »Tu ich machen.« Er griff zum Telefon und meldete sich mit »Cornilsen, Kripo Husum«. Sein Gesprächspartner wollte wissen, welches Interesse die Husumer am Fall hätten. Cornilsen konnte nur jeden zweiten Satz vollenden. Der andere schien ihn immer wieder zu unterbrechen. Nachdem er aufgelegt hatte, knurrte er etwas Unfreundliches, bevor er berichtete.

»Der war ziemlich ungehalten. Die wüssten schon, wie sie ihren Job zu machen haben. Auf die Idee, dass der Überfall Dunker zuzuschreiben ist, sind sie auch schon gekommen. Die herbeigerufene Streife hat heute Nacht die Umgebung abgesucht, aber nichts gefunden. Zu dem Zeitpunkt ist keiner auf die Idee gekommen, dass es sich um den Gesuchten handeln könnte. Außerdem wären die Erfolgsaussichten bei Dunkelheit gleich null gewesen. Er«, dabei tippte Cornilsen auf den Telefonhörer, »war noch so gnädig, mir zu sagen, dass man heute die Suche auf die Halbinsel Angeln konzentrieren werde. Eine Beschreibung der Kleidung und des Fahrrads liegt allen Polizeidienststellen vor. In der ganzen Region wird verstärkt Streife gefahren, auch mit zivilen Fahrzeugen. Und nun?«

»Dunker muss irgendwo da draußen stecken. Er kann sich nicht in Luft auflösen. Außerdem muss er in Erscheinung treten. Essen. Trinken. Schlafen. Und er benötigt Kleidung. Und selbst wenn er ein Schwein ist, und das in jeder Hinsicht, muss er irgendwann die Errungenschaften unserer sauberen Welt in Anspruch nehmen. Er muss duschen. Ich werde jetzt nach Flensburg fahren und mit dem JVA-Menschen sprechen.«

»Auch mit der Ärztin, die Dunker als Geisel genommen hat?«

Große Jäger schüttelte den Kopf. »Das bringt nichts. Sie könnte mir nicht mehr erzählen, als sie schon den Flensburgern berichtet hat. Zudem dürfte die Frau traumatisiert sein.«

Cornilsen schmollte, als sich Große Jäger auf den Weg machte.

Große Jäger verließ das Areal der Husumer Polizei und warf einen Blick auf das schmuddelige Nachbargrundstück, über dessen Bebauung sich die Stadt und der Eigentümer seit gefühlten Jahrzehnten nicht einigen konnten, ließ den Bahnhof hinter sich und bog am Kreisverkehr Richtung ZOB ab. Ihm war die Straßenführung vertraut. Rechts – links – rechts – links – rechts. Nach dem Passieren des Areals der Fliegerhorstkaserne und zweier weiterer Kreisverkehre hatte er schließlich die Bundesstraße erreicht und fuhr in Richtung Flensburg. Die Straße war um diese Jahreszeit nicht übermäßig frequentiert, und selbst Große Jäger mit seinem Smart fand Gelegenheit, langsamer fahrende Lkws zu überholen. Die wenigen kleinen Orte waren schnell durchquert. Am Südzipfel Flensburgs verließ er die gut ausgebaute Straße und umfuhr die östlich der Förde gelegenen Stadtteile auf einer ebenfalls gut ausgebauten Umgehung, bis er zu seinem Ziel, dem Stadtteil Fruerlund, abbog. Der war im Wesentlichen durch eine Geschossbebauung geprägt. Die Travestraße führte in einem lang gestreckten Bogen mitten durch Fruerlund. Zahlreiche Wohnblocks waren quer zur Straße angesiedelt. In einem wohnte der Justizvollzugsbeamte, der Dunker zur Arztpraxis begleitet hatte.

Große Jäger betätigte den Klingelknopf mit der Aufschrift »Jungnickel« und betrat das Treppenhaus, nachdem der Summer ertönt war. In der zweiten Etage erwartete ihn eine Frau in der Wohnungstür und sah ihm mit fragendem Blick aus verquollenen Augen entgegen.

»Moin«, sagte er schnaufend. »Frau Jungnickel?«

Die pummelige Frau nickte.

»Große Jäger. Kripo Husum. Ich würde gern mit Ihrem Mann sprechen.«

»Kripo Husum?«

»Ja. Wir haben seinerzeit den Fall bearbeitet. Deshalb sind wir an der Klärung interessiert.«

»Hört das nie auf? Gestern hat die Flensburger Kripo meinen Mann stundenlang verhört. Und heute Morgen waren sie schon wieder da. Zwei Leute. Er ist fix und fertig. Außerdem ist er dienstunfähig geschrieben.«

Große Jäger versicherte, dass er Verständnis dafür habe, es aber trotzdem wichtig sei.

»'nen Augenblick«, sagte die Frau und schloss die Wohnungstür.

Er musste sich in Geduld fassen, eine Übung, die ihm immer schon schwergefallen war.

Schließlich öffnete sich die Tür wieder, und die Frau sagte: »Kommen Sie bitte.«

Der Flur war eng und dunkel. Er stolperte über ein Paar der dort abgestellten Schuhe. An den Garderobenhaken hingen ein paar Kleidungsstücke.

Bodo Jungnickel saß zusammengesunken auf einem grünen

Stoffsessel. Große Jäger sah sich um und wählte den zweiten Sessel neben dem Couchtisch. Der Raum war klein und eng. Dafür sorgte auch die Möblierung. Eine Anbauwand aus Nussbaum, ein Esstisch, vier Stühle aus dem gleichen Holz und eine kleine Anrichte füllten ihn aus. Für das Zweiersofa blieb kaum noch Platz. Wer sich im Zimmer bewegte, musste stets einem Möbelstück ausweichen. Rüschengardinen vor dem Fenster, die Vase mit Schnittblumen auf dem Tisch und die Kunstdrucke an den Wänden komplettierten den Eindruck von einem sehr biederen Haushalt. Wer es mochte ... Es strahlte zumindest eine individuelle Behaglichkeit aus.

Jungnickel sah übernächtigt aus. Dunkle Ringe lagen um seine Augen. Die Haare hingen wirr über die Ohren und in die Stirn. Er trug einen Jogginganzug, auf dessen Oberteil sich ein Kaffeefleck abzeichnete. Selbst Große Jäger als bekennendem Raucher fiel die schneidende Luft im Raum auf. Der Aschenbecher quoll fast über. Daneben standen ein Glas und eine halb gefüllte Bierflasche.

»Moin.«

Jungnickel nickte statt einer Antwort. Fast automatisch griff er zur Zigarettenpackung und zündete sich die nächste an.

»Darf ich?«, fragte Große Jäger.

Als Antwort erhielt er einen erhobenen Zeigefinger. Er angelte nach der zerdrückten Packung in seiner Jeans, entzündete den Glimmstängel und inhalierte den Rauch. Sie saßen eine Weile schweigend da.

»Scheun Schiet«, unterbrach Große Jäger die Stille.

Jungnickel nickte unmerklich. Ohne Große Jäger anzusehen, sagte er: »Das hat mich umgeworfen.«

Sie ließen lange Pausen zwischen den Sätzen.

»Du machst deinen Job mit Leidenschaft.« Große Jäger spürte, dass er seinem Gegenüber mit dem »Du« nahekommen konnte.

»Seit fünfunddreißig Jahren. Da war nie was. Und dann so 'ne Scheiße.«

»Ich kenne Dunker. Und die Akten. Der ist 'nen Happen doof, aber brutal.«

Jungnickel nahm einen Schluck Bier. »Auch eine?«, fragte er.

»Jo.«

»Maren-Schatz?«

Als hätte sie an der Tür gewartet, erschien die Ehefrau auf Kommando. »Was?«

»Bringst mal 'n Bier für ... für ...?«

»Große Jäger.« Der Hauptkommissar wandte sich an Jungnickel. »Ich heiße Erich«, kürzte er seinen Vornamen ab. Hier im Norden war Wilderich ebenso ungebräuchlich wie sein Familienname, der in seiner Geburtsregion Münsterland genauso oft vorkam wie Hansen in Flensburg. Na ja – fast.

»Bodo.«

Sie warteten, bis Frau Jungnickel mit einer Flasche auftauchte.

»Glas?«, fragte sie.

Große Jäger verneinte und öffnete den Bügelverschluss mit dem Daumen. Es ertönte der aus der Werbung bekannte Plopp. Er hob die Flasche kurz in Augenhöhe, hielt sie Jungnickel andeutungsweise hin und nahm einen Schluck. Ihn, den passionierten Biertrinker, kostete es Überwindung, die Flüssigkeit herunterzuschlucken. Das Getränk war lauwarm.

»Lass hören. Wie war das gestern?«

»Hab ich alles schon runtergeleiert.«

»Ist nicht fürs Protokoll. Ich will das verstehen.«

Stockend begann Jungnickel zu berichten. Es waren einzelne Sätze, kein flüssiger Bericht, fast nur Fragmente. Sie brachten Große Jäger nichts Neues über das hinaus, was er schon wusste.

»Das war eine Verkettung unglücklicher Umstände«, versuchte er Jungnickel zu trösten. Er konnte sich gut in die Situation seines Gegenübers hineinversetzen.

Der nickte geistesabwesend. Plötzlich schien ihm etwas einzufallen. »Aus Husum kommst du? Warum?«

»Dunker und ich ... Das ist eine besondere Geschichte.« Er

berichtete kurz von Christoph, seiner besonderen Beziehung zu ihm und Dunkers Mord. Damit war das Eis gebrochen. »Verstehe«, sagte Jungnickel. Nach einer Unterbrechung fuhr er fort: »Dann hat er uns beide gebissen.«

»Jo.«

Minutenlang hing jeder seinen eigenen Gedanken nach. »Das glaubt kein ein«, setzte Jungnickel an. »Babender – eigentlich ein zuverlässiger Bursche. Der hatte Dünnpfiff. Viele andere bleiben damit zu Hause. Wenn die Schlaumeier ihm das jetzt vorwerfen – dann …« Erneut entstand eine Pause. »Was du auch machst – es ist verkehrt. Wir haben andere Ausfälle in der JVA. Und wenn du den Kopf unterm Arm trägst, du schleppst dich trotzdem zum Dienst. Nee, du. Da kommt keiner ums Eck und sagt Danke. Ganz im Gegenteil. Du reißt dir den Arsch auf, und wenn dann so was passiert, stehst du mit dem Rücken zur Wand. Babender, die arme Sau, den beißen sie noch mehr als mich. Ist immer so. Gehängt werden immer die Kleinen. Wer wirft denen in Kiel etwas vor? Die kümmern sich doch nicht darum, dass wir unterbesetzt sind. Und wenn kein Aufschluss ist, weil kein Personal da ist, schreien alle, wie schlecht es den Häftlingen geht. Die kommen nicht an die frische Luft, sondern bleiben in ihren Zellen. Keiner fragt, was passiert wär, wenn Dunker nicht zum Röntgen gebracht worden wär. Nee. Der arme Kerl … Ich hab 'nen dicken Hals, wenn ich solche Sprüche höre.« Jungnickel schluckte heftig und legte erneut eine Pause ein.

»Man wird Verständnis für euch haben.«

»Ach was – hör doch auf«, rief Jungnickel erregt. »Was hätte ich denn tun sollen? Der hatte doch die Ärztin in seiner Gewalt. Ich dachte, der vergewaltigt sie, als er mit ihr in die Kabine ging. Ich kannte ja Dunker und seine Phantasien. Die haben Häftlinge oft. Weniger in Flensburg, weil die Männer dort nicht so lange einsitzen. Aber in den JVAs, wo die schweren Kaliber hocken. Meine Fresse … Die andere, Hannelore Kierkegaard, die hatte genauso viel Angst.«

»Ich will nicht ausschließen, dass Dunker für einen Moment an einen Missbrauch der Ärztin gedacht hat. Die Frau musste sich entkleiden, weil er damit verhindern wollte, dass sie gleich nach seiner Flucht aus der Kabine stürzte und Alarm auslöste. Er hat nicht daran gedacht, dass sie das auch telefonisch hätte bewerkstelligen können. Aber das tat sie erst, nachdem sie sich wieder angezogen hatte. Das Opfer denkt dabei eben nicht rational, sondern will nur der unangenehmen Situation entfliehen.«

»Stimmt«, pflichtete Jungnickel ihm bei. »Als Dr. Sörensen in den Untersuchungsraum zurückkehrte, hat sie zuerst ihre Kleidung zusammengerafft, ist in die Umkleidekabine zurück, erst danach hat sie Bescheid gesagt.«

Große Jäger nahm vorsichtig einen Schluck des warmen Biers. »Was kannst du mir noch über die Persönlichkeit Dunkers berichten? So einer wie du ... der hat doch Erfahrung darin.«

Jungnickel legte die Stirn in Falten. »Man kriegt 'nen Blick dafür. Du merkst sofort, ob jemand schon mal hinter Gittern war oder irgendwie in eine blöde Situation hineingerutscht ist, die ihn zu uns führte. Letztere ducken sich wie Mäuse im Scheinwerferlicht weg und würden sich am liebsten unsichtbar machen. Die anderen wissen, wie der Alltag hinter Gittern abläuft. Sie akzeptieren, dass sie zu Recht einsitzen. Man arrangiert sich, die Gefangenen und wir vom Personal. Wir machen unseren Job. Es ist auch nicht unsere Aufgabe, über sie zu urteilen. Es kommt selten vor, dass einer aufmüpfig wird. So was wie in Lübeck oder Neumünster, wo der Knastkönig ausgekämpft wird, das haben wir in Flensburg nicht. Dunker war ja 'ne Ausnahme, weil er sich mit der türkischen Gang angelegt hat. Als er zu uns kam, hatte er schnell begriffen, dass dort niemand wie Orhan Günaydın oder Rasim Kalyoncu war. Die anderen wollten nur in Ruhe ihre Zeit absitzen. Es war auch keiner bereit, mit Dunker zu paktieren. Das war ja immer sein Problem, dass er nicht als Führer anerkannt wurde. Er ist ein Einzelgänger, den niemand für voll nahm, der einzig durch seine Brutalität und Skrupellosigkeit auffiel. Die anderen sind ihm einfach aus dem Weg gegangen.«

»Gibt es sonst noch etwas, das uns weiterhelfen könnte?«, wollte Große Jäger wissen.

»Nö, eigentlich nicht. Ich glaub auch nicht, dass er die Adresse kennt.«

»Welche Adresse?«

»Die von Irene.«

»Irene? Wer ist das?«

»'ne Frau, die ihm geschrieben hat.«

Die Frau war in keinem Bericht erwähnt worden. Große Jäger fragte nach Einzelheiten.

»Das kommt öfter vor, als man glaubt«, begann Jungnickel und erklärte, dass sich Menschen dazu berufen fühlten, Kontakt zu Strafgefangenen aufzunehmen. Sie wollten ihnen auf diese Weise Zuspruch zuteilwerden lassen, dass »die Welt da draußen« sie weder vergessen noch abgeschrieben hatte. Gelegentlich entwickelten sich auch persönliche Beziehungen daraus, und die Öffentlichkeit staunte, wenn es zu einer Hochzeit zwischen einem zu lebenslänglich verurteilten Gewalttäter und einer bürgerlich auftretenden Frau kam. So weit war es hier nicht gediehen. Ob »Irene« einer gemeinnützigen Organisation angehörte, die sich um Menschen hinter Gittern kümmerte, konnte Jungnickel nicht sagen. Die ein- und ausgehende Post wurde kontrolliert. Auch Jungnickel hatte daran mitgewirkt.

»Da war nichts Besonderes, vor allem nichts in … na ja … sexuell anmaßender Richtung. Auch nicht andeutungsweise. Dunker hat zu meiner großen Überraschung ganz normal geschrieben, vom Alltag hinter Gittern und so.«

»Hat er etwas zu seinen Taten gesagt? Bedauern geäußert?«

»Nee. Er hat sich aber auch nicht gerechtfertigt oder nach Entschuldigungen gesucht. Darüber wurde nicht geschrieben.«

Große Jäger wollte wissen, ob Dunker Informationen zur Identität der Frau erhalten hatte. Das war nicht der Fall, versicherte Jungnickel. Er kannte weder den vollen Namen noch die Anschrift. Auch weitere persönliche Daten wie das Alter oder der Beruf lagen nicht vor. Ihm war nur der Name »Irene« bekannt. Ob sie wirklich so hieß oder ein Pseudonym benutzte, konnte Jungnickel nicht beantworten.

Große Jäger stand auf und tat, als hätte er vergessen, den Rest des Biers auszutrinken. Er drückte Jungnickels Hand und legte ihm seine anschließend vertraulich auf die Schulter. »Es war eine Verkettung unglücklicher Umstände. Ich wünsche dir alles Gute.«

Jungnickel nickte nur, während Große Jäger zur Wohnungstür ging.

Im Auto überlegte er kurz, ob er noch mit Frau Dr. Sörensen oder der Arzthelferin sprechen sollte. Die beiden Frauen waren von den Flensburger Kollegen vernommen worden. Sachlich würden sie ihm nicht Neues berichten können. Wenn er sie erneut zum Thema befragte, würde es aber die Psyche der beiden belasten.

Er entschloss sich, ein Stück in Richtung Angeln zu fahren. Dunker würde er mit Sicherheit nicht finden, aber vielleicht würden ihn die Landschaft, die kleinen Dörfer oder aber abseits gelegene Anwesen inspirieren. Dunker würde es ähnlich gehen. Er war auch ohne festes Ziel unterwegs und würde den Zufall nutzen.

Große Jäger fuhr zum Eingang des Kleingartenvereins. Dunker war wahrscheinlich aus der Stadt geflüchtet. Das war nur eine Annahme. Langsam ließ er den Smart in die Richtung rollen und hielt Ausschau nach Seitenwegen, Abzweigungen und Häusern, aber auch nach einsam gelegenen Feldscheunen. Er konnte sich nicht vorstellen, dass Dunker nachts weite Wege mit dem Fahrrad zurücklegen würde.

Große Jäger rief das Missfallen anderer Autofahrer hervor, die ihn anhupten oder die Lichthupe betätigten, beim Überholen den Kopf schüttelten oder gar den Mittelfinger in die

Höhe streckten, während er die Beschaffenheit der Straße und ihrer Ränder beobachtete, Fuß- und Radweg prüfte.

Nach wenigen Kilometern wurde er fündig. Es erschloss sich ihm nicht, weshalb fernab von jedem Haus eine Bushaltestelle platziert war. Dort fanden sich auf dem Boden zahlreiche Zigarettenkippen. Das war für solche Orte nichts Ungewöhnliches. Von der Landstraße abgewandt hatte jemand hinter der Schutzhütte seine Notdurft verrichtet. Große Jäger überlegte, ob er die Flensburger Kollegen einschalten sollte. Die hatten sich nicht begeistert gezeigt, als er mit ihnen sprach. So suchte er Kontakt zu Klaus Jürgensen, dem Leiter der Spurensicherung. Der Kollege war entgeistert, als Große Jäger ihm seine Theorie vortrug.

»Hast du eine Vorstellung, wie viele Hundehaufen du auf deinem Weg findest? Du bist doch Wahlnordfriese und kein indianischer Spurensucher wie die Scouts im Wilden Westen. Andererseits ist Husum ja so etwas wie die Metropole unseres Wilden Westens.«

»Wir haben schon so viele unlösbare Fälle aufgeklärt. Gesundheit«, schob er ein, als Jürgensen am anderen Ende der Leitung nieste. »Ohne euch würden viele Täter noch frei herumlaufen.«

»Du spinnst doch«, sagte der Flensburger. »Das meinst du nicht im Ernst.«

Es entspann sich eine kurze Diskussion, an deren Ende Jürgensen resigniert stöhnte und zugestand, den »Lehrling« an die bezeichnete Stelle zu schicken. »Aber nur, weil es vor der Haustür ist und wir nicht nach Nordfriesland müssen«, fügte er an. »Verstehen kann ich es nicht. Man hat gestern in Flensburg eine Großfahndung mit allen verfügbaren Kräften ausgelöst, und auch heute Nacht haben Streifen nach Dunker gesucht.«

»Das war leider erfolglos«, erwiderte Große Jäger und machte sich auf den Weg zurück nach Husum.

Cornilsen erwartete voller Spannung seinen Bericht.

»Es ist doch ausweglos, wenn du dich allein auf die Suche begibst«, meinte der Kommissar. »Angeln ist nicht sehr dicht besiedelt. Außerdem bist du nicht allein.«

»Ich weiß, dass die Flensburger fieberhaft nach Dunker suchen.«

»Nicht nur die«, erwiderte Cornilsen. »Die Presse hat den Fall aufgegriffen. So etwas passiert schließlich nicht jeden Tag. Und in den sozialen Medien kursieren die wildesten Annahmen und Behauptungen. Würde man das ernst nehmen, wäre Dunker an hundert Stellen gleichzeitig gesichtet worden. Das ist Fluch und Segen zugleich. Die Ermittler können nicht jeder vagen Behauptung nachgehen. Wie soll man mögliche hilfreiche Hinweise von den Meldungen der Wichtigtuer oder auch Irrtümern unterscheiden?«

»Das ist die hohe Kunst der Polizeiarbeit«, erwiderte Große Jäger. »Und nun kannst du unter Beweis stellen, was du in Husum gelernt hast.« Er beauftragte Cornilsen, herauszufinden, wer sich hinter dem Namen »Irene« verbarg.

»Tun wir das machen«, sagte der Kommissar.

Große Jäger rief sich eine Karte der Region auf den Bildschirm und versuchte, sich in Dunkers Rolle zu versetzen. Wie würde er sich an Stelle des Flüchtigen verhalten? Zwischendurch staunte er über sich selbst. War das nicht die Vorgehensweise der Profiler, deren Arbeit er stets mitleidig belächelte? Als sie den Serienmörder in Nordfriesland suchten, hatte Lena Diedrichsen ihnen wertvolle Hinweise gegeben. Ob er die Kieler Psychologin anrufen sollte? Er entschied sich dagegen.

Es dauerte eine halbe Stunde, bis Cornilsen die Identität »Irenes« herausgefunden hatte. Die JVA Flensburg kannte die Anschrift. Dorthin wurden Dunkers Antworten weitergeleitet. Die Frau hieß Irene Lorenzen und wohnte in Nortorf. Es dauerte weitere zehn Minuten, bis sie wussten, dass die Frau zweiundfünfzig Jahre alt, geschieden und Krankenschwester von Beruf war. Sie hatte schon früher Kontakt zu Strafgefangenen aufgenommen und mit ihnen korrespondiert. In einem Fall hatte sich offenbar eine engere Beziehung entwickelt. Der Mann hatte sie allerdings nach der Haftentlassung um einen vierstelligen Eurobetrag betrogen.

»Weshalb fallen immer wieder Menschen auf so etwas herein?«, fragte Cornilsen.

»Entweder glauben sie an das Gute im Menschen, oder sie sind auf der Suche nach einem Phantom, das sich Lebensglück nennt. Man versteht auch nicht, dass Frauen zu lebenslänglich verurteilte Mörder, die keine Aussicht auf Freilassung haben, hinter Gittern ehelichen.«

»Wir sollten mit der Frau sprechen«, schlug Cornilsen vor.

»Wir?« Große Jäger grinste. »Du bist wie eine Klette. Na – denn dann.«

Auf dem Weg zum geografischen Mittelpunkt Schleswig-Holsteins erklärte Große Jäger, weshalb er mit Irene Lorenzen sprechen wollte. Vielleicht konnte die Frau etwas über Dunkers Charakterzüge – aus ihrer Sicht – berichten. Außerdem wollte er sie warnen. Es hatte den Anschein, als würde Dunker weder ihren vollständigen Namen noch ihre Anschrift kennen, aber sicher war das nicht.

Cornilsen hatte mit ihr vorab Kontakt aufgenommen. Sie arbeitete im Friedrich-Ebert-Krankenhaus in Neumünster und war jetzt zu Hause.

Der Breslauer Ring lag im Süden der kleinen, gemütlichen Stadt, in deren unmittelbarer Nachbarschaft sich der geografische Mittelpunkt des Landes befand. Lang gestreckte Mehrfamilienhäuser lagen in U-Form um eine Grünfläche, an deren Rand sie auch eine Parkmöglichkeit fanden.

Cornilsen wählte – wie abgesprochen – Irene Lorenzens Anschluss an. Kurz darauf bemerkten sie, wie ein Gesicht vorsichtig hinter einer Gardine hervor auf die Straße lugte. Die beiden Beamten winkten ihr zu, dann ertönte der Türsummer, und sie konnten das Treppenhaus betreten.

Die Frau wirkte ängstlich. Sie hatte eine Sperrkette vorgelegt und ließ die Polizisten erst eintreten, nachdem diese sich durch Vorzeigen des Ausweises legitimiert hatten.

Die kleine Wohnung war hell und freundlich eingerichtet. Weiß dominierte. Die beiden Beamten wurden an den Esstisch vor dem Fenster gebeten. Irene Lorenzen nahm auf einem Hocker Platz, den sie aus einem anderen Raum herbeiholte.

Sie hörte aufmerksam zu, als Große Jäger einleitend von Dunkers Flucht berichtete. Natürlich hatte sie davon gehört. »Ich bin zwiegespalten. Ich mache es schon eine ganze Weile, dass ich aus sozialer Verantwortung im Briefwechsel mit Strafgefangenen stehe. Wir sind eine kleine, locker miteinander verbundene Gruppe. Es gibt Menschen, die sich ehrenamtlich für die Hospizarbeit engagieren, andere in der Flüchtlingshilfe. Menschen im Gefängnis haben keine Lobby. Die Familie und die Freunde wenden sich von ihnen ab. Ich hoffe, durch den Schriftwechsel ein wenig zur Resozialisierung beitragen zu können.«

»Wir kennen den Inhalt der Briefe nicht«, sagte Große Jäger. »Wird man so vertraut miteinander, dass man auch Persönliches preisgibt oder auf die Gefühlsebene gerät?«

Irene Lorenzen sah nachdenklich aus dem Fenster, während Große Jäger ihre ebenmäßigen Gesichtszüge musterte. Sie war keine Schönheit. Die aschblonden nackenlangen Haare waren gefärbt. Um die Augenwinkel zeichneten sich Falten ab. Lachfalten konnte man sie angesichts der Situation nicht nennen, überlegte er. Die Nase war ein wenig zu klobig. Insgesamt war sie aber eine durchaus attraktive Erscheinung.

»Das ist schwer zu beantworten«, sagte sie nach einer Weile des Nachdenkens. »Wo zieht man die Grenze? Sicher hat Hans-Dieter Schuld auf sich geladen. Da gibt es nichts zu beschönigen. Ich will das Urteil nicht in Zweifel ziehen. Nach Recht und Gesetz ist alles richtig. Wer jetzt behauptet, auch nach Ethik und Moral, muss sich schon tiefer gehende Fragen gefallen lassen. Niemand ist von Geburt an schlecht. Wie gesagt – es ist schlimm, was er getan hat. Aber warum ist er so geworden? Hat jemals jemand an das Gute in ihm appelliert? Oder hat ihn die Gesellschaft auf die kriminelle Ebene gedrängt?«

Große Jäger holte tief Luft. Von Berufs wegen war ihm auferlegt, die Urteilsfindung den Richtern zu überlassen. Das hinderte ihn aber nicht daran, eine eigene Meinung zu haben. Nicht jeder Mensch hatte Glück in seinem Leben. Krankheit, äußere Einflüsse, Pech … das konnte einen Lebensweg maßgeblich beeinflussen. Sicher gab es auch Umstände, die einen Menschen auf die schiefe Bahn führten. Dennoch mussten sich auch jene, die nicht auf der Sonnenseite standen, an Regeln halten. Und Dunker hatte alle Grenzen überschritten. Er wechselte einen schnellen Blick mit Cornilsen und war erstaunt, wie gut sie mittlerweile miteinander harmonierten.

Der Kommissar schien seine Gedanken gelesen zu haben, und bevor Große Jäger seinen Groll loswerden konnte, sagte er:»Wir stimmen Ihnen zu, dass Menschen manchmal nur teilweise durch eigenes Verschulden mit dem Gesetz in Konflikt geraten. In diesem Fall haben wir es aber mit einem notorischen Kriminellen zu tun, der ohne jeden Skrupel agiert, dem ein Menschenleben nichts bedeutet. Ihnen im Gesundheitswesen und auch uns begegnet oft Leid, wir treffen auf Grenzfälle, in denen man sich fragt, wie die Leute das aushalten. Wir haben gelernt, auch dann eigene Emotionen zurückzuhalten und das Elend nicht an uns heranzulassen. Trotzdem gibt es Dinge, die man nicht mehr versteht. Könnten Sie einem Menschen eine Gabel ins Auge stechen?«

Irene Lorenzen erfasste ein Schauder. Mit weit aufgerissenen Augen sah sie Cornilsen an.»Hat Hans-Dieter …?«, fragte sie atemlos.

Cornilsen nickte.»Ja«, sagte er mit fester Stimme.

Die Frau schüttelte den Kopf.»Das kann doch nicht angehen«, murmelte sie.»Warum denn?«

»Genau das ist die Frage, die wir uns auch stellen«, erklärte Cornilsen.»Mitunter ist ein Mensch krank und hat keine Kontrolle mehr über sein Tun. Das ist hier nicht zutreffend. Dunker hat immer schon Grenzen überschritten. Um einen alten Mann als Boten für Erpresserbriefe zu missbrauchen, hat er als Drohung der Ehefrau Fingerglieder abgeschnitten. Einfach so.«

»Ich habe das alles nicht gewusst«, flüsterte Irene Lorenzen.

»Niemand macht Ihnen einen Vorwurf«, schaltete sich Große Jäger ein. »Ihr Engagement war gut gemeint. Aber es gibt Grenzfälle. Ein besonders krasser liegt hier vor. Sind Sie sich sicher, dass Dunker Ihre Identität nicht kennt?«

»Davon gehe ich aus.« Die Antwort klang halbherzig und unsicher.

»Sie haben nie etwa angedeutet, wo Sie wohnen? Auch nicht in einem Nebensatz, zum Beispiel etwas von der Mitte Schleswig-Holsteins geschrieben?«

»Nein«, sagte sie leise. »Das heißt, ich habe mal erwähnt, dass in der Nähe meines Wohnorts der Naturpark Aukrug liegt.«

»Wusste Dunker, dass Sie Krankenschwester sind?«

»Jaaa. Das habe ich einmal geschrieben. Darauf hat er geantwortet, dass ich dann ja seine Seele heilen könne. Das hat mich berührt.«

»Weiß er, wo Sie arbeiten? Kennt er Ihr Alter? Haben Sie ihm ein Bild geschickt?«

»Ich habe ihm nie gesagt, wo ich arbeite.«

»Und das Bild?«, hakte Cornilsen nach.

Zunächst sah es so aus, als würde sie den Kopf schütteln. Dann erklärte sie: »Er bat um ein Bild. Die Zelle sei trist«, schrieb er. »Kein Sonnenstrahl reiche herein. Er finde auch keinen Anschluss an Mitgefangene. Besonders die Ausländer würden ihn triezen. Und da er überhaupt keine Angehörigen habe, sei ich der einzige Mensch auf der Welt, der ihm etwas bedeute. Ein Foto von mir … Das wäre ein Lichtblick.«

Sie stieß einen Stoßseufzer aus.

»Dann weiß er, wie Sie aussehen«, stellte Große Jäger fest.

»Ja – aber … das bringt ihm doch nichts. Deutschland ist groß. Das kann überall sein.«

»Wann hatten Sie den letzten Kontakt?«, wollte Cornilsen wissen.

»Vor etwa zwei Wochen. Er schrieb, dass er lebensgefährlich erkrankt sei. Ob ich ihn besuchen würde, wenn er im Sterbezimmer liege.«

»Dunker ist nicht die hellste Leuchte«, sagte Große Jäger. »Aber auf solche Schmeicheleien scheint er sich zu verstehen.«

»Das hätte ich gemerkt«, antwortete die Frau. »Zwischen Hans-Dieter und dem Vorherigen gab es eine längere Pause.«

Die beiden Polizisten sahen sie fragend an.

»Das ist mir ein wenig peinlich«, begann sie. »Der Mann vor Hans-Dieter saß wegen eines Steuervergehens, hatte er behauptet. Ein unseriöser Geschäftspartner hat ihn in etwas verstrickt. Wir haben uns nett geschrieben, und ich fand ihn sympathisch. So war es auch nicht verwunderlich, dass wir uns nach seiner Entlassung trafen. Er sprach sogar etwas von einer zweiten Chance für ihn, dass er mich kennengelernt hat. Es könnte eine gemeinsame Zukunft geben. Nun ja. Ich bin an mein Erspartes, damit er dem Anwalt einen Vorschuss für seinen Schadenersatzprozess zahlen konnte. Danach habe ich ihn nie wiedergesehen. Später erfuhr ich, dass er nicht wegen Steuervergehen, sondern wegen fortgesetzten Betruges im Gefängnis war. Ich habe mich geschämt und mit niemandem darüber gesprochen, als er rückfällig geworden war und die Polizei auf mich aufmerksam geworden ist. Bei Hans-Dieter … Das war etwas anderes. Er war kein Betrüger und hat auch nie um irgendetwas gebeten. Dann hätte ich sofort Schluss gemacht.«

Cornilsen reichte ihr seine Karte. »Melden Sie sich bitte bei uns«, bat er, »wenn Dunker Kontakt zu Ihnen sucht oder Sie etwas Verdächtiges wahrnehmen. Falls Sie das Gefühl haben, er ist in der Nähe, rufen Sie umgehend die Eins-Eins-Null an. Lieber einmal zu viel als zu wenig. Wir werden auch die örtlichen Kollegen informieren, damit sie bei ihren Streifenfahrten einen Blick auf Ihre Wohnung werfen.«

»Ich habe doch nur etwas Gutes bewirken wollen«, sagte Irene Lorenzen zum Abschied.

Als sie im Auto saßen, bemerkten sie, dass die Frau sie, hinter der Gardine verborgen, beobachtete.

»War sie ehrlich zu uns?«, wollte Cornilsen wissen.

»Du meinst, Dunker könnte sich bei ihr versteckt haben? Eine Frau in ihrem Alter auf der Suche nach menschlicher Nähe? Die bekommt man bei einem Häftling, dem außer seinen Phantastereien nichts bleibt. Könnte Irene Lorenzen das mit Liebe verwechselt haben?« Große Jäger schüttelte den Kopf. »Auf mich macht sie den Eindruck, als hätte sie Angst. Sie hat sich offenbar etwas vorgemacht. Und vom ganzen Ausmaß der kriminellen Energie, die Dunker innewohnt, hat sie nichts gewusst. Hoffentlich trifft es zu, dass er keine Ahnung von ihrer Identität und ihrem Wohnort hat.«

Dann fuhren sie nach Husum zurück.

***

Obwohl das Dörfchen Hürup in weite Felder und Wiesen eingebettet lag und noch landwirtschaftliche Betriebe beherbergte, überwog die Wohnnutzung. Auch wenn es abseits zu liegen schien, war es für die Einwohner der Mittelpunkt ihrer Welt. In seinen Grenzen existierten viele Einrichtungen für das Alltagsleben, darunter auch Einkaufsmöglichkeiten.

Anja Martinsen verlangsamte die Fahrt, setzte den Blinker und bog auf die Grundstückseinfahrt ab. Das ältere Einfamilienhaus am Ortsrand von Hürup hatten sie vor zwei Jahren von einem betagten Ehepaar erworben, dessen Kinder in der strukturschwachen Gegend keinen Arbeitsplatz gefunden und sich anderweitig orientiert hatten. Der Kaufpreis war erschwinglich gewesen, und den erforderlichen Modernisierungsstau bauten sie kontinuierlich ab.

Die dreijährige Paula, die auf dem Rücksitz hockte, fühlte sich hier wohl. Mit Begeisterung besuchte das Kind die »Arche

Noah«, die Kita nahe der Marienkirche. Anja Martinsen warf einen Blick in den Innenspiegel. Ob Paula sich wirklich auf das Schwesterchen freute, das in einem Monat die kleine Familie vervollständigen sollte? Paula müsste dann die Aufmerksamkeit der Eltern teilen. Sie hatte auch noch keine Vorstellungen davon, dass ein Neugeborenes noch nicht zur Spielkameradin taugte. Das wird sich zeigen, dachte Anja Martinsen und schaltete den Motor des Opel Corsa C aus. Das braune Fahrzeug war jetzt sechzehn Jahre alt und sah mitgenommen aus. Die Gangschaltung klemmte, der Auspuff röhrte, und die Stoßdämpfer wiesen Macken auf. Beim nächsten TÜV-Termin würden die Prüfer die Scheidung aussprechen. Anja Martinsen nutzte den Wagen für kleine Besorgungen im Ort und als rollenden Einkaufkorb.

Sie stieg aus, umrundete den Opel und öffnete die Beifahrertür. Es war unpraktisch, dass der Wagen ein Dreitürer war. Sie klappte den Beifahrersitz vor und wollte Paula aus dem fest eingebauten Kindersitz befreien. Anja war pummelig. Der Bauch erschwerte ihr Bemühen zusätzlich.

Das Kind trat nach ihr und schrie: »Nein.«

»Schluss jetzt«, sagte Anja ärgerlich. »Du kommst da raus.«

Die Tritte wurden heftig, das Geschrei lauter.

»Paula!« Es half nichts. Die Dreijährige leistete Widerstand. Weder gutes Zureden noch Schimpfen beeindruckten das Kind.

Anja wurde die Luft knapp. Sie gab Paula einen Klaps auf die Knie. Sofort ging das Schreien in ein wütendes Weinen über. Es bedurfte eines weiteren Klapses, bis es Anja gelang, den Gurt zu lösen und mühsam das Kind aus der Enge des Fonds herauszuheben. Paula lief schreiend zur Haustür, während Anja die Hecktür öffnete und den Korb mit den Lebensmitteln herausnahm. Es bedeute für sie eine Anstrengung, den Halbwochenbedarf für die Familie zum Eingang zu schleppen. Sie musste die Arme vorstrecken, um den Behälter vor sich herzutragen. Außer Atem setzte sie ihn ab, suchte nach dem Schlüsselbund und öffnete die Tür. Durch den ersten Spalt huschte die schreiende Paula und verschwand ins Innere. Anja holte zweimal tief Luft, bückte sich und wollte zum Korb greifen, als sie an beiden Oberarmen gepackt und unsanft in den Flur gedrückt wurde.

»Ist wer da?«, fragte eine raue Stimme. Der Griff war fest und schmerzte.

»Was soll –«, setzte sie an, wurde aber sofort barsch unterbrochen. »Halt's Maul. Ist wer da?«

»Meine Tochter.«

»Wie alt?«

»Drei.«

Der Mann, von dem ein ekeliger Geruch ausging, stieß sie auf eine Armlänge von sich. Er war mit einer schmutzigen Jeans und T-Shirt bekleidet. Alles an ihm war dreckig und abstoßend.

Es lief Anja eiskalt den Rücken hinunter, als er seinen Blick von ihrem rotblonden Haar über das Gesicht mit den Sommersprossen, ihre Brust und den gewölbten Bauch abwärtsgleiten ließ. Sie versuchte, rückwärts auszuweichen, und stieß gegen die Wand, als er die Hand vorstreckte und ihre Brust berührte.

»Ich … ich … bin schwanger«, stammelte sie atemlos. »Es kann jederzeit losgehen«, fügte sie geistesgegenwärtig an. »Und die Lütte. Sie ist drei.«

Der Mann ließ von ihr ab. »Auf mich hat in dieser Hinsicht auch niemand Rücksicht genommen«, sagte er und ließ noch einmal seinen gierigen Blick an ihr abwärtsgleiten. »Hast Glück«, sagte er und streckte seine Hand fordernd vor. »Geld und Autoschlüssel.«

»Wir sind nicht reich«, antwortete sie, immer noch kurzatmig. »Und das Auto ist alt.«

»Schnauze.«

Ihr vorsichtiger Widerstand war gebrochen. Sie sah in Richtung des Wohnzimmers. Dort musste sich Paula aufhalten.

»Die Handtasche ist draußen im Einkaufkorb. Der Autoschlüssel steckt.«

»Wo ist das andere Geld im Haus?«

»Welches andere Geld?«

»Verarsch mich nicht. Jeder hat Geld im Haus.«

»Wir nicht. Das Kind. Mein Mann ist Alleinverdiener. Junge Familie. Haus. Teuer«, radebrechte sie zusammenhanglos.

Der Mann sah sich um. »Wohin geht's da?« Er nickte in Richtung der Tür unter der Treppe.

»In den Keller.«

»Los. Rein da.«

»Nein!« Sie wollte sich auf den Mann stürzen, schrie aber auf, als er ihr mit dem Unterarm in den Bauch stieß.

»Halt die Klappe. Dann passiert Paul auch nichts.«

»Paula«, korrigierte sie ihn.

»Bescheuerter Name für ein Kind. Los jetzt. Rein da.« Der Griff am Oberarm war schmerzhaft. Dann fiel ihm noch etwas ein. »Handy?«

»In der Handtasche.«

»Wehe, wenn nicht. Dann …«, drohte der Mann und warf die Kellertreppe zu. Sie hörte, wie der Schlüssel im Schloss bewegt wurde.

Anja trommelte gegen die hölzerne Tür. »Aufmachen!«, schrie sie immer wieder. Aber nichts rührte sich. Angst kroch in ihr hoch. Paula war zu klein, um auf sie zu hören. Was würde das Kind unternehmen, wenn es feststellte, dass die Mutter nicht da war? Niemand beaufsichtigte die Kleine. Das konnte gefährlich sein. Plötzlich ergriff Anja Panik. Was ist, wenn der Unbekannte das Kind an sich nimmt? Sie warf sich mit aller Kraft gegen die Tür.

»Aufmachen«, wiederholte sie, bis sie die Kraft verließ und sie tränenüberströmt auf die obere Stufe der Kellertreppe niedersank.

VIER

Es roch verführerisch nach frischen Brötchen, Kaffee, deftigem Käse und Zwiebelmett. Heidi Krempl schüttelte den Kopf. »Das ist jetzt die dritte Tasse Kaffee. Das zweite Brötchen. Zuvor Rührei mit Speck. Und die Butter schmierst du nicht. Du legst sie in Scheiben auf.«

Große Jäger schenkte ihr ein Lächeln. Dann sah er kurz von der Terrasse, auf der ihr Tisch stand, in den gepflegten Garten. Im Hintergrund begrenzten Büsche das Areal. Zwischen Rasen und Terrasse blühten Rosen in einem Pflanzstreifen. Dann kehrte sein Blick zu Heidi Krempl zurück. Er biss noch einmal ab, um mit übervollem Mund zu antworten: »Das sind nur Indizien.«

»Sagtest du Indizien?«, fragte Heidi, da er nur schwer zu verstehen war. »Wir haben Sonnabend. Das klingt nach Beruf.«

Er strahlte sie an. »Indizien dafür, dass es mir gut geht. Das verdanke ich deiner Medizin.«

»Welcher Medizin?«

»Na.« Erneut stopfte er sich etwas vom Brötchen in den Mund. »Die Medizin bist du.«

»Schmeichler.«

Heidi hatte recht. Als Ärztin und als fürsorgliche Partnerin. Sein Lebenswandel war nicht gesund. Er rauchte. Ein kühles Bier zum Feierabend ersetzte jedes Psychopharmakum. Er lebte in einer der schönsten Gegenden Deutschlands. Und er ging in seinem Beruf auf. Das Glück wäre perfekt, wenn dort draußen nicht Hans-Dieter Dunker frei herumlaufen würde. Hoffentlich würde er noch an diesem Wochenende gefunden.

Sie sprachen über das Wetter, Ereignisse aus der kleinen Stadt und dem Kirchspiel und über den nicht abreißenden Strom an Touristen, die nach St. Peter-Ording an die Spitze Eiderstedts reisten.

»In diesen Tagen werden die Nord- und Ostsee überrannt«, sagte Heidi. »Es bleiben doch viele zu Hause, die sonst in den Süden gefahren wären.«

Große Jäger nahm noch einen Schluck Kaffee und registrierte, dass Heidi die Thermoskanne wie zufällig außer Reichweite stellte. Er griff zur Husumer, reichte ihr den ersten Teil der Sonnabendausgabe und nahm selbst den zweiten zur Hand.

Heidi hatte ihre Zeitung aufgeschlagen. »Ist das dein spezieller Freund?«, fragte sie.

»Mein – was?«

»Da hat gestern jemand eine hochschwangere Frau überfallen, sie in den Keller gesperrt und ihr die Handtasche und das Auto geraubt.«

»Wo?«

»In der Nähe Flensburgs.«

»Gib mal her«, bat er und überflog den Artikel. »Das muss er sein.«

Der Ehemann hatte nach seiner Rückkehr von der Arbeit seine erschöpfte Frau im Keller eingesperrt gefunden. Die dreijährige Tochter war weinend durch das Haus geirrt. Die Kleine hatte mit der Mutter sprechen können, war aber außerstande, die Tür zu öffnen oder Hilfe zu holen. Der Artikel schloss mit dem Hinweis, dass die Überfallene nach Flensburg ins Krankenhaus eingeliefert worden sei.

Große Jäger versuchte, einen Ansprechpartner bei der Flensburger BKI zu erreichen. Es erwies sich als schwierig. Schließlich sprach er mit einer Kommissarin, die ihm entfernt bekannt war.

»Es handelt sich um Dunker«, bestätigte die Kollegin. »Er ist der Geschädigten gegenüber nicht übergriffig geworden. Wir gehen davon aus, dass allein die fortgeschrittene Schwangerschaft sie vor Schlimmerem geschützt hat. Dem Kind ist nichts geschehen. Dunker hat die Handtasche mit etwa dreißig Euro in bar sowie mehreren Karten erbeutet, darunter eine Giro- und eine Kreditkarte. Die Frau versicherte, nirgendwo ihre

Zugangsdaten notiert zu haben. Kurz nach ihrer Befreiung wurden die Karten gesperrt. Bis jetzt wurde nicht versucht, sie missbräuchlich einzusetzen.«

»Und das Auto?«

»Ein älterer Opel Corsa mit Macken. Die Frau meint, der Tank sei noch zu etwa einem Drittel gefüllt. Das sind nur Annahmen unsererseits, aber wenn wir von fünfzehn Litern ausgehen, würde das eine Reichweite von etwa zweihundert Kilometern bedeuten.«

»Das ist für einen wie Dunker eine große Distanz«, erwiderte Große Jäger. »Da er nicht Dänisch spricht, bleibt ihm nur die Flucht in südlicher Richtung.«

»Hamburg, Niedersachsen oder Mecklenburg-Vorpommern«, pflichtete ihm die Flensburgerin bei. »Die dortigen Dienststellen sind informiert.«

»Oder er treibt sein Unwesen weiter bei uns. Es muss ja nicht bedeuten, dass er weit wegwill. Wohin auch? Nach allem, was wir wissen, hat er keine Kontakte, weder familiär noch freundschaftlich.«

»Es gibt noch einen vagen Kontakt nach Nortorf«, sagte die Kommissarin vorsichtig.

»Sie meinen Irene Lorenzen?«

Sie erörterten, dass Dunker den Klarnamen und die Anschrift der Frau vermutlich nicht kennen würde, aber das sei nicht sicher. »Die örtliche Polizei wird ein besonderes Augenmerk auf die Wohnung der Frau und deren Umgebung richten«, versicherte die Beamtin aus Flensburg.

Große Jäger rief Cornilsen an. Der »Hosenmatz« war bereits informiert. Seine Quelle war das Internet.

»Woher nehmen die ihr Wissen?«, staunte Große Jäger.

»Die Medien können heute nicht mehr wie zu deinen oder Kaisers Zeiten warten, bis sie mit der Sensation in einer ›Extraausgabe‹ herauskommen können. Wer etwas weiß, posaunt es ins Netz. Manchmal auch Unausgegorenes.«

»Was hast du noch gefunden?«

»Nicht ich. Man hat das Auto entdeckt.«

»Waaaas?« Davon hatte die Flensburgerin ihm nichts erzählt. Weshalb nicht?

Cornilsen berichtete, dass ein Autofahrer den Opel nachts um zwei Uhr an der Abbiegung der Bundesstraße 202 nahe Meggerholm gefunden hatte.

»Stand das auch im Internet?«

Cornilsen lachte. »Ich habe in Schleswig angerufen. Der Zeuge hielt an, weil ihm der Opel an der Sandschleuse, so heißt es dort, aufgefallen war. Das Licht brannte, und der Wagen stand auf dem Bürgersteig. Der Autofahrer glaubte an einen Unfall und wollte helfen. Aber der Opel war leer. Die Tür stand offen. Es ist Wochenende, und da kann es vorkommen, dass jemand angetrunken die Kurve nicht bekommt, zumal das dort offenbar häufig geschieht. Der Mann hat die Polizei angerufen. Da die zuständige Station Kropp-Stapelholm nicht besetzt war, wurde eine Streife vom Schleswiger Revier in Marsch gesetzt.«

»Das kann Zeit in Anspruch nehmen. Die Gegend ist ziemlich abgelegen«, warf Große Jäger ein.

»Die Beamten haben die Umgebung abgesucht, sind aber nicht fündig geworden. Man wollte sichergehen, dass sich nicht ein Verletzter davongestohlen hatte. Die Halterabfrage ergab dann, dass es sich nicht um einen Fahrer handelte, der in der Nähe der Unfallstelle wohnte und sich zu Fuß geflüchtet hatte. Die Streife hat es dem Revier weitergegeben. Dort hat man während der Nachtschicht nicht bemerkt, dass es sich bei dem Opel um das in Hürup vermutlich von Dunker gestohlene Fahrzeug handelt.«

»Ist das Nachlässigkeit, oder liegt es am fehlenden Personal?«, fragte Große Jäger.

»Heute Morgen dämmerte es den Schleswigern, dass es einen Zusammenhang mit einem missglückten Einbruchsversuch bei einem Landhändler in Meggerholm geben könnte. Sie stellten dann auch die Verbindung zu Hürup her und schalteten Flensburg ein. Dort entschied man, dass es für eine Großfahndung zu spät sei.«

»Hmmmm«, knurrte Große Jäger. »Dort in Meggerholm sagen sich nicht einmal Fuchs und Hase gute Nacht. Denen ist es dort zu einsam.«

Heidi zeigte sich nicht begeistert, als er beschloss, dorthin zu fahren.

»Du kannst mitkommen«, schlug er vor.

Sie sah ihn spöttisch an. »Ich nehme dich doch auch nicht mit zur Arbeit. Willst du wirklich am Sonnabend los? Es ist nicht einmal dein Fall.«

Große Jäger nickte ernst. »Doch. Ich bin es Christoph schuldig.«

Heidi musterte ihn eine Weile stumm. »Das verstehe ich, aber was willst du allein ausrichten?«

»Darauf kenne ich auch keine Antwort«, sagte er ehrlich. »Aber ...«

Ihre Erwiderung bestand nur aus einem Stoßseufzer.

Er machte sich in seinem Smart auf den Weg. Heidi wäre ohnehin nicht in das kleine Fahrzeug eingestiegen, das eher einem rollenden Aschenbecher glich. Es herrschte dichter Verkehr. In unendlicher Kolonne kamen ihm Fahrzeuge mit Kennzeichen aus der ganzen Republik entgegen. Seit dem vergangenen Jahr war das beliebte Seebad St. Peter-Ording noch stärker frequentiert als zuvor. Bei Tönning fädelte er sich in die genauso dichte Schlange auf der B 5 Richtung Norden ein. Hier waren die nordfriesischen Inseln das Ziel. Die großen Limousinen und SUVs, so unterstellte er, wollten zur Autoverladung Richtung Sylt. Föhr und Amrum galten als Geheimziele, obwohl ihre Reize inzwischen auch nicht mehr im Verborgenen blühten. Einzig die Halligen waren, abgesehen vom Tagestourismus, noch nicht überlaufen. Das lag an der begrenzten Infrastruktur. Auch Pellworm, Nordstrand und die kleineren Badeorte an der Küste hatten zusätzliche Liebhaber gefunden.

Beim Passieren der Jans-Kurve kamen ihm Erinnerungen an einen Unfall hoch, der sich zu einem komplexen Kriminalfall ausgeweitet hatte. Danach hatte es weitere schlimme Unfälle gegeben. Doch geschehen war nichts. Aus Deutschland, dem Land der Dichter und Denker, Forscher und Ingenieure war das Land der Diskutierer und Verhinderer geworden. Und das Land der Bürokraten, setzte er seinen grimmigen Gedanken fort.

Ein paar Kilometer weiter scherte er aus der Fahrzeugkolonne aus, fuhr am sehenswerten Holländerstädtchen Friedrichstadt vorbei, bog vor der Eiderbrücke Richtung Kiel und Rendsburg ab und vermied es, darüber nachzudenken, weshalb in dieser Abgeschiedenheit die Bundeswehr eine Ewigkeit stationiert war, nach deren Abzug die renovierten Kasernen aber als Unterkunft für Flüchtlinge als zu abgelegen galten. Nun wartete die Anlage auf eine neue Verwendung.

In Stapel bog er ab und fuhr über den Erfder Damm, der nach der Sanierung mit einem Innovationspreis ausgestattet worden war. Die Straße war im Moor immer wieder abgesackt, bis man aus dem Moorboden mit Hilfe des Vakuum-Verfahrens einen tragfähigen Baugrund für eine Bundesstraße geschaffen hatte.

»Es geht doch«, murmelte er vor sich hin.

Erfde war mit Schule, Polizeistation, Ärzten und Einkaufsmöglichkeiten der ländliche Zentralort der Landschaft Stapelholm. Von hier führte die Straße in eine sehr dünn besiedelte Gegend. Wer von Schleswig-Holstein sprach, dachte an Nord- und Ostsee. Die bezaubernde Stille in der Mitte des Landes hatten die wenigsten dabei im Blick. Und die nach den drei Flüssen benannte Region Eider-Treene-Sorge gehörte den Einheimischen und den wenigen Genießern. Und jetzt machte Dunker die Moorlandschaft unsicher.

Nach weiteren Kilometern erreichte Große Jäger die Stelle, an der man den Opel Corsa gefunden hatte. Lag es an der Gelassenheit der Menschen oder an mangelnden Ressourcen, dass der Wagen immer noch an der Unfallstelle stand?

Die Hauptstraße knickte hier im Neunzig-Grad-Winkel ab. Diese Stelle war berüchtigt, und die Bewohner des Hauses, das in Fortsetzung der Straße lag, konnten ein Lied davon singen, wie oft sie Leidtragende von Fahrfehlern wurden. Hinzu kam, dass eine Nebenstraße nach rechts abbog. Nur geradeaus ging es nicht. Und die Richtung hatte Dunker angepeilt. Große Jäger sah sich um. Hier musste es nachts stockfinster sein, wenn die Hausbewohner das Licht gelöscht hatten. Eine Straßenbeleuchtung gab es nicht.

Der Opel war verschlossen. Dunker musste in der Nacht aus Richtung Christiansholm gekommen und die Kurve übersehen haben. Er war nach rechts abgekommen, mit der Beifahrerseite gegen den Kantstein geprallt, auf den Bürgersteig geschossen und an einem der großen Schilder mit den roten Pfeilen, die auf die gefährliche Stelle verwiesen, hängen geblieben. Es fehlten nur wenige Zentimeter, dann wäre er gegen einen der vier massiven Baumstämme vor dem Haus geprallt. Ob seine Flucht dann geendet hätte?

Große Jäger umrundete das Auto. Die Vorderfront und die rechte Seite wiesen erhebliche Blechschäden auf. Gravierender aber waren vermutlich die Schäden an den Achsen und am Fahrwerk, nachdem Dunker damit gegen die Bordsteinkante geknallt war.

Weshalb war er hier verunglückt? War er zu schnell gewesen? Oder übermüdet? Hatte er Alkohol getrunken? Möglicherweise war eine Kombination verschiedener Gründe ausschlaggebend gewesen. Welchen Weg hatte Dunker genommen? Es war denkbar, dass er von Hürup aus über Nebenstraßen bis Schleswig gefahren war, von dort die wenig frequentierte alte Bundesstraße bis Kropp genommen und sich dann Richtung Westküste orientiert hatte. Was wollte er da?

Große Jäger erinnerte sich, dass in Lunden Verwandte von Dunker wohnten. Hatte er wirklich vor, sie aufzusuchen? Der kürzeste Weg hätte von Schleswig über die Bundesstraße westwärts geführt. Möglicherweise befürchtete Dunker, dass die

Autobahn und die Hauptstraßen kontrolliert würden. Deshalb hatte er Nebenstraßen gewählt und war in dieser Einöde gestrandet.

Was hatte er vor? Irgendwie musste er sich durchschlagen. Aber wohin? Und Dunker benötigte Alltägliches. Er musste versuchen, an Geld und Kleidung heranzukommen. Auch wenn er keine Leuchte war, konnte er sich ausmalen, dass man auch öffentlich nach ihm suchte. Geld nutzte ihm folglich nur bedingt etwas. Er konnte nicht einfach in ein Geschäft hineinspazieren. Außerdem war Wochenende. Und die Gastronomie war ihm auch verschlossen. So blieb ihm nur, sich durch Einbrüche oder im schlimmeren Fall durch Überfälle zu versorgen. Es war derzeit warm und trocken, sodass Dunker nicht unbedingt vor der nächtlichen Kälte ein Dach über den Kopf suchen musste. Auch wenn er mit Sicherheit kein Vorbild in Sachen Körperpflege war, hatte er auch in diesem Punkt Grundbedürfnisse. Vor allem musste er versuchen, neue Kleidung zu erlangen. Vielleicht würde Dunker auch Ausschau nach einem weiteren Fluchtfahrzeug halten. Für ihn war die Gegend mit der dünnen Besiedelung Fluch und Segen zugleich.

Nur wenige Fahrzeuge kamen an der Unfallstelle vorbei. Als Große Jäger sich bückte und in das Wageninnere sah, hielt ein Streifenwagen an. Ein älterer Polizeihauptmeister stieg aus und kam auf ihn zu, während die jüngere Kollegin auf der Fahrerseite stehen blieb und die Situation aus der Distanz beobachtete.

Der Polizist legte die Fingerspitzen an den Mützenschirm und sagte freundlich: »Moin. Suchen Sie etwas?«

»Ja. Mich interessiert, ob ein GPS im Inneren angebracht ist.«

»GPS? Weshalb wollen Sie das wissen?«

»Beruflich.«

Der Beamte sah ihn ratlos an. Die anfängliche Freundlichkeit war distanziertem Interesse gewichen. Auch die Beamtin mit dem dunkelblonden Zopf, der aus der Mütze herausfiel, hatte mehr Körperspannung angenommen.

»Ich greife jetzt in meine Tasche und hole meinen Dienstausweis hervor«, erklärte Große Jäger. »Kripo Husum«, ergänzte er.

Nachdem er das Dokument aus der Gesäßtasche gefingert hatte, entspannten sich die beiden Polizisten. »Man weiß nie …«, sagte der Hauptmeister. »Husum?« »Wir haben Dunker seinerzeit festgenommen.« Der Gesichtsausdruck des Streifenpolizisten veränderte sich. »Schlimme Sache damals, als der Kollege ermordet wurde. So etwas vergisst man nicht.« Plötzlich stutzte er. »Mensch, dass ich Sie nicht erkannt habe. Sie sind doch nicht etwa Große … Dingsbums?«

»Doch. Ich bin Große Dingsbums.« Er zeigte auf den Opel. »Ich habe mir die Örtlichkeiten angesehen. Mich interessiert, ob Dunker mit GPS gefahren ist. Dann hätte man sehen können, welches Ziel er eingeben hat. Leider ist kein Gerät vorhanden. Wozu auch? Die Besitzerin nutzt das Auto nur zum Einkaufen. Da kennt sie jeden Baum und Strauch. Wo kommt ihr her?«, fragte Große Jäger und sah die Beamtin an.

»Aus Kropp«, antwortete der Hauptmeister an ihrer Stelle. »Das Schleswiger Revier hat uns informiert, dass wir ein besonderes Augenmerk auf diese Gegend lenken sollen. Deshalb fahren wir hier vermehrt Streife.« Er zeigte mit dem Daumen über die Schulter. »Ein Stück weiter gab es heute Nacht einen Einbruchsversuch bei einem Landhandel. Wir gehen davon aus, dass sich der Täter hier irgendwo aufhält.« Er wurde kurz abgelenkt, als ein Golf langsam vorbeifuhr. Lässig legte er erneut zwei Finger an die Mütze. »Eine Zivilstreife aus Schleswig«, erklärte der Beamte. »Der Typ hat viel Aufregung verursacht.«

»Wie geht es hier weiter?«

»Ich habe gehört, dass der Opel zum Kriminaltechnischen Institut nach Kiel soll. Da wird wohl jemand vorbeikommen und ihn abholen, irgendwann. Wir sollen auch nach dem Wolf sehen.«

»Wolf?«

»Ja. Seit einiger Zeit streift hier ein einzelner Wolf herum. Die genetischen Untersuchungen haben gezeigt, dass er aus dem nördlichen Dänemark eingewandert ist. Er hat sich darauf spezialisiert, Nutztiere zu reißen. Die lassen sich einfacher erbeuten als Wildtiere. Schafhalter bekommen eine Entschädigung. Letzte Nacht hat der Wolf drüben nach Bergenhusen rüber auf einer Weide ein Blutbad angerichtet. Er hat gleich fünf Schafe gerissen. Das hat nichts mehr mit Nahrungssuche zu tun, sondern ist reine Mordgier.«

»Das sieht man selten bei Tieren. Normalerweise sind die nur darauf aus, für ihr Fressen zu sorgen. Man hat euch doch nicht im Ernst beauftragt, nach dem Wolf Ausschau zu halten? Der ist scheu und zeigt sich nur bei Dunkelheit.«

»So ist es. Aber die da oben denken manchmal populistisch. Das soll die Bevölkerung beruhigen.«

»Das ist doch Aufgabe der Jäger.«

»Schon. Aber man darf nicht laut von Wolfsjagd sprechen. Das würde Naturschützer und Wolfsfreunde auf den Plan rufen. Ich halte mich mit einer eigenen Meinung zurück. Natürlich hat auch ein Raubtier wie der Wolf seine Existenzberechtigung, man darf dabei aber nicht das Leid und die Qual der gerissenen Schafe vergessen. Auch das sind Kreaturen, die Schmerzen haben.«

»Ein schwieriges Thema«, sagte Große Jäger. Dann waren hier zurzeit zwei Raubtiere unterwegs. Den Wolf wollte man möglichst still »entnehmen«, wie man das Abschießen umschrieb. Und Dunker …

»Nichts für ungut wegen unserer Frage zum Unfallauto, aber wir fragen lieber einmal öfter nach.« Die beiden stiegen in ihren Polizeiwagen und fuhren Richtung Erfde davon.

Große Jäger war sich unschlüssig. Es hatte wenig Sinn, die Umgebung abzusuchen. Und Dunker würde nicht am Straßenrand stehen und fröhlich winken. Er setzte sich in den Smart und fuhr das kurze Stück bis Meggerholm. Er hielt bei dem

Landhandel, stieg aus und betrat das Gelände. Bis auf ein paar Splitter an einer hölzernen Hintertür, die vom Einbruchsversuch zeugten, war nichts zu sehen. Viel aufschlussreicher war, dass ihn niemand behelligte, als er auf dem Grundstück herumlief. Hier kannte jeder seine Nachbarn. Das Problem war nur die Weitläufigkeit. Die Menschen bekamen es nicht mit, wenn sich Unbefugte in der Nähe herumtrieben. Ob es sinnvoll wäre, die Bewohner zu warnen? Das konnten nur die Flensburger veranlassen. Er konnte hier nichts ausrichten.

Große Jäger kehrte zu seinem Smart zurück. Er stieg ein, zündete sich eine Zigarette an und startete den Motor, als sich aus der Gegenrichtung ein schweres Motorrad näherte. Die Maschine fuhr langsam durch den Ort, als würden die beiden Männer etwas suchen. Sie waren in schwarzer Lederkleidung verhüllt. Ihre Köpfe bedeckten Integralhelme mit dunklem Visier. Die mochten in ihrer Montur mächtig schwitzen, dachte er. Im Vorbeifahren registrierte er, dass es sich um eine Kawasaki Ninja H2 handelte. Dieses Superbike brachte etwa einhundertfünfzig PS auf die Straße und erreichte eine Höchstgeschwindigkeit von knapp dreihundert Stundenkilometern. Man sah so eine Kawasaki nicht oft im Straßenverkehr. Er sah ihr nach. Das Motorrad war in Flensburg zugelassen.

Im letzten Moment warf er einen Blick auf den Rücken des Sozius. Die Motorradkluft war eine Kutte. Auf dem schwarzen Leder zeichneten sich die blau verschlungenen Buchstaben »OB« ab. Auf dem rechten Schulterblatt loderte eine leuchtend rote Flamme. Die Osmanen Burners. Es war ihr Signet. Das erklärte auch das schwere Motorrad. Die Gang hatte Dunker nach dem Angriff auf Orhan Günaydın auf die Todesliste gesetzt. Jetzt suchten sie ihn. Das waren sie ihrem Ruf schuldig. Aber woher wussten sie …?

Du wirst alt, sagte er zu sich selbst. Hosenmatz hatte es ihm erklärt. Cornilsen hatte seine Informationen aus dem Internet. Die sozialen Medien waren schnell. Neuigkeiten verbreiteten sich in Windeseile. Natürlich nutzten Organisationen wie die

Osmanen Burners diese Quellen. Dort war aktuell nachzulesen, dass Dunker sich hier irgendwo versteckt hielt. Sie hatten ihre eigenen Suchtrupps aktiviert. Einem war er eben begegnet. Er wendete und sah das Motorrad in Richtung Ortsausgang fahren.

Große Jäger drückte das Gaspedal durch. Der Motor heulte gequält auf, dann setzte sich das Fahrzeug träge in Bewegung. Gebannt starrte er nach vorne. Die Kawasaki schien aus seiner Perspektive mit Überschallgeschwindigkeit davonzufliegen.

Große Jäger fuhr zur Dienststelle nach Husum. Im Unterschied zur lebhaften und mit Gästen gut gefüllten Husumer Innenstadt wirkte das lang gestreckte Gebäude in der Poggenburgstraße verwaist.

Wenn die Innenministerin einen Eimer weißer Farbe spendieren würde, überlegte er, würde das Haus einen wesentlich freundlicheren Eindruck machen.

Er begrüßte kurz die Diensthabenden in der Wache im Erdgeschoss und ging zu seinem Büro. Cornilsens Schreibtisch war aufgeräumt, während seiner aussah, als hätte er den Arbeitsplatz nur zum Kaffeeholen verlassen.

Kaffee? Der Sonnabend ist ein blöder Tag, fand er. Nirgendwo gab es das braune Lebenselixier zu schnorren.

Große Jäger führte eine Abfrage durch und stellte fest, dass in Flensburg gleich zwei Maschinen des Typs Kawasaki Ninja H2 zugelassen waren. Dr. Reza Bakhtiarizadeh war Oberarzt im Flensburger Malteser-Krankenhaus. Der Internist liebte es offenbar schnell. Er war eifriger Punktesammler und besaß in Flensburg nicht nur einen Wohnsitz, sondern auch ein Konto beim Kraftfahrt-Bundesamt. Im Augenblick unterlag er allerdings nicht der Versuchung, das Konto weiter aufzubauen. Dem Arzt war aktuell für zwei Monate die Fahrerlaubnis entzogen. Wenn er künftig nicht mehr Disziplin übte, entnahm Große Jäger der Auskunft, würde er sich nur noch auf dem Sozius seiner Kawasaki fortbewegen dürfen.

Große Jäger rief den Festnetzanschluss des Mediziners an und wurde durch eine weibliche Teenagerstimme begrüßt: »Hi.«

Er unterstellte, mit der Tochter zu sprechen, und fragte nach dem Vater.

»Geht«, sagte das junge Mädchen. Sie musste sich mit dem Handapparat durch ein Haus bewegen. Im Hintergrund lärmte ein Staubsauger. Das Gerät wurde abgeschaltet. Der Teenager sagte etwas, dann meldete sich eine sonore Männerstimme: »Bakhti.«

»Herr Dr. Bakhtiar… Bakhtiariz…«, radebrechte Große Jäger.

Am anderen Ende der Leitung ertönte ein Lachen. »Ich kenne das Phänomen«, sagte der Arzt. »Deshalb kürze ich meinen Namen pragmatisch mit ›Bakhti‹ ab.«

»Jäger«, stellte er sich vor. »Polizei Husum.«

»Polizei? Und dann aus Husum? Ich bin mir keiner Schuld bewusst.«

Große Jäger fragte, ob der Arzt heute mit seinem Motorrad unterwegs gewesen sei. Theoretisch hätte er es in der Zwischenzeit von Meggerholm bis nach Flensburg schaffen können.

»Ich? Weshalb wollen Sie das wissen?«

»Reine Routine.«

»Sie wollen prüfen, ob ich trotz temporären Fahrverbots auf meiner Maschine reite?«

»Nein«, versicherte Große Jäger. »Ein Fahrzeug der Bauart Ihres Krades mit Flensburger Kennzeichen wurde heute Morgen gesehen.«

»Meine Maschine kann es nicht gewesen sein. Die steht in der Garage hinten. Quer. Davor steht unsere Familienkutsche. Damit darf niemand fahren. Sie ist mir heilig. Und zusätzlich zum Fahrverbot ist mir noch eine weitere Strafe auferlegt worden.«

»Bitte?«, fragte Große Jäger.

Der Arzt lachte. »Ich bin dazu verdonnert, im Haushalt zu

helfen. Zum Glück benötigt man für den Staubsauger keinen Führerschein.«

Große Jäger wünschte dem Mediziner ein schönes Wochenende. Dr. Bakhtiarizadeh kam also nicht in Frage. War die Suche nach dem Halter des Motorrads überhaupt zielführend?, fragte er sich. Es war nicht verboten, an einem herrlichen Sommertag eine Ausfahrt mit dem Motorrad zu unternehmen.

Die zweite Halterabfrage war ein Volltreffer. Nihat Kerimoğlu war Mitglied der Osmanen Burners. Für die Speicherung seiner Vorstrafen war eine Langspielplatte erforderlich. Erpressung, Nötigung, Körperverletzung, Verstoß gegen das Betäubungsmittelgesetz, Urkundenfälschung, unerlaubter Waffenbesitz … Große Jäger dachte grimmig, dass Kerimoğlu mit Ausnahme der Vorbereitung eines Staatsstreichs kaum eine Deliktgruppe ausgelassen hatte. Der Vierunddreißigjährige war in Kiel geboren und gehörte seit mehreren Jahren zum Kern der Burners. Er hatte sich nicht geirrt. Die Gang war auf der Suche nach Dunker. Als Beruf war bei Kerimoğlu Groß- und Außenhandel angegeben.

Große Jäger notierte sich Kerimoğlus Flensburger Adresse. Sollte er eine Streife hinschicken? Mit welcher Begründung? Die Osmanen Burners wurden mit Sicherheit juristisch hervorragend vertreten. Der Anwalt würde eine volle Breitseite gegen die »Polizeiwillkür« abfeuern. Das käme den Flensburgern bestimmt ungelegen, zumal man keinen Zweifel daran gelassen hatte, dass die Suche nach Dunker in ihren Zuständigkeitsbereich fiel.

»Na denn dann«, sagte er laut, stand auf und verließ das Büro, ohne den voll bedeckten Schreibtisch noch eines Blicks zu würdigen.

FÜNF

Der Rest des Sonnabends war fast ohne Gedanken an Dunker vergangen. Lediglich die Erwähnung in den Nachrichten, dass der gesuchte Ausbrecher immer noch auf der Flucht sei, erinnerte ihn an den Fall.

Während des Sonntagsfrühstücks sah ihn Heidi über den Rand ihrer Brille an.

»Es steht dir auf der Stirn geschrieben«, sagte sie spöttisch. »Dich quält die Ungewissheit, ob es Neuigkeiten gibt.«

Große Jäger nickte.

»Dann sieh ins Internet. Ich räume den Frühstückstisch ab.«

Er überlegte, ob er Cornilsen anrufen sollte, entschloss sich aber, davon Abstand zu nehmen. Es dauerte eine Weile, bis er die relevanten Informationen fand. Wenn man von den Stammtischparolen, eindeutigen Vorschlägen, wie man mit Dunker und anderen missliebigen Personen umzugehen habe, absah, fanden sich in den Medien erstaunlich aktuelle Daten. Dunker hatte am gestrigen Abend in »einem kleinen Ort« in der Region Stapelholm erneut zugeschlagen. Die Fahndung war erst heute Morgen ausgelöst worden.

Große Jäger rief auf der Dienststelle in Husum an. Dort lagen auch nur dürftige Informationen vor. Immerhin konnte man ihm den Namen des neuen Opfers nennen.

Heidi nickte stumm, als er sich von ihr verabschiedete.

Die Gemeinde Börm bestand aus mehreren Ortsteilen im Niedermoorgebiet der Treene-Sorge-Niederung, reichte aber teilweise auch bis zur Schleswiger Vorgeest. Die Menschen in dem von der Agrarwirtschaft geprägten Dorf lebten zwar abseits, genossen aber dafür den hohen Wohnwert der intakten Umwelt.

Der Hof von Peter Bartels lag am Rande des Ortes und machte einen nur mäßig gepflegten Eindruck. Es fehlten Blumen, landwirtschaftliche Geräte lagen dem Anschein nach wahllos herum, es roch nach Stall.

Bartels war einundsechzig Jahre alt. Weitere Personen waren auf dem Hof nicht gemeldet.

Große Jäger parkte an der Hintertür. Von den Fenstern blätterte die Farbe ab. Die Scheiben waren offensichtlich lange nicht mehr geputzt worden. Die Tür, die den letzten Anstrich ebenfalls vor langer Zeit erhalten hatte, war angelehnt. Große Jäger stieß sie ganz auf. »Hallo?«, rief er ins Hausinnere, aus dem ihm ein muffiger Geruch entgegenschlug. Die Luft war abgestanden. Es roch wie in einer Kneipe, in der der Wirt vergessen hatte, zu lüften. Große Jäger wiederholte mehrfach das »Hallo?«.

Es schien, als sei niemand im Haus. Der dunkle Flur war unaufgeräumt. Schuhe, Gummistiefel und leere Plastikeimer standen im Weg. In einer Ecke hatten sich leere Flaschen angesammelt. Mitten im Weg lag eine fleckige gelbe Öljacke, daneben eine grüne Schirmmütze.

Zur Linken stand die Tür zur Küche offen. Die Küchengeräte waren zusammengewürfelt. Eine durchgehende Arbeitsfläche fehlte. Ein alter Küchenschrank hätte ein Hingucker sein können, wäre er nicht so heruntergekommen gewesen. An einem der nicht dazu passenden Schränke mit Resopalkorpus fehlte der Griff. In der Spüle türmte sich schmutziges Geschirr. Auf dem Tisch lag eine angebissene Scheibe Brot, auf der sich eine Scheibe Käse wellte. Um die Leberwurst im schmierigen Fettpapier kreisten Fliegen.

Während er sich umsah, hörte Große Jäger in seinem Rücken schlurfende Schritte.

»Moi–« Die kratzige Stimme brach ab. Der Mann in der zu weiten Cordhose, die durch Hosenträger gehalten wurde, räusperte sich. Dann setzte er erneut an. »Moin.« Statt eines Hemdes trug er ein fleckiges Unterhemd.

»Moin. Ich komme von der Polizei. Peter Bartels?«

Der Bauer nickte. »Aus Kropp?«

»Nö. Husum.«

»Wie das? Was ham wir mit euch zu kriegen?«

»Wir sind die Stammdienststelle für den mutmaßlichen Täter.«

»Hab ich mir gedacht. So 'ne schlimm Finger laufen hier nich rum.«

»Waren Sie nicht da, als eingebrochen wurde?«

Bartels kratzte sich den Hinterkopf. »Weiß nich. Kann nich sagen, wann der Kerl hier war.«

»Sie waren nicht zu Hause?«

Bartels schlurfte zur Spüle und schichtete den Geschirrstapel um, bis er einen angestoßenen Kaffeebecher fand. »Auch ein'?«, fragte er über die Schulter.

»Nee. Lass man.«

Bartels suchte in einem der Schränke und fand ein Glas mit löslichem Kaffee. Er befüllte einen Schnellkocher und setzte ihn in Betrieb. Das Kaffeepulver schüttete er direkt aus dem Glas in den Becher. Dann fasste er sich an die Schläfen.

»Mann inne Tühn. Ich war gestern zum Skat. Ab und an gönn' wir uns das.«

»Sie leben hier allein?«

»Jo. Welche Frau will schon aufs Land? Harte Arbeit. Kein Urlaub. Und dann wohnst hier mittendrin. Wenn mal schick bummeln willst, fährst nach Schleswig. Das ist ein bisschen anders da als in Paris.«

»Was wurde gestohlen?«

»Der Kerl muss 'nen Happen doof gewesen sein. Schlägt eine Fensterscheibe ein. Hinten. Zur Kammer, in der, wo meine Mutter geschlafen hat. Dabei ist hier nix dicht.«

»Und was hat er mitgenommen?«

Bartels ließ sich Zeit und schenkte das sprudelnde Wasser in den Becher ein.

»Weiß nich so genau. Hier lag mein Porteschemannä. Da müssen so schlappe dreißig Mäuse drin gewesen sein. Dann ist meine alte Armbanduhr weg. Die hier«, er hielt sein Handgelenk in die Höhe, »hatte ich ja um. Dann ist da noch was Merkwürdiges. Mir fehlt was von meiner Wäsche. Unterhosen, zwei Unterhemden. Strümpfe. 'n Hemd und 'n Pulli.« Der Landwirt kicherte. »Das versteh ich nich. Mal ehrlich. Das, was ich so anzieh'n tu, ist nich das Modernste. Der muss doch 'ne Schnalle im Kopf loshaben, wenn der so was klaut. Ach – noch was. Meine Zigaretten sind weg. Oder hab ich die gestern bei Otto liegen lassen? Er hat aber noch 'ne Mettwurst und 'ne Rolle Harzer mitgehen lassen. Und 'ne Packung Negerküsse. Ist 'ne Schwäche von mir. Hab ich immer im Haus und nasch davon. 'n bisschen was Süßes brauch man zwischendörch.«

Bartels setzte den Kaffeebecher an die Lippen, rief: »Au – verdammt und zugenäht«, und zog geräuschvoll kalte Luft ein.

»Das ist alles?«

»Mehr ist mir nich eingefallen, Wart mal.« Er humpelte zu einer abgeschrammten Tür, die zu einer Speisekammer führte. »Mal seh'n, ob was im Schapp fehlt.« Bartels rieb sich mit der Hand über die Augen. »Dammi noch mal. Das war noch 'ne halbe Flasche Köm drin. Die hat er auch eingesackt.«

»Das ist alles?«

»Jo.« Der Landwirt ließ die Hand kreisen. »Sie seh'n ja selbst. Viel hab ich nich. Mensch, verdorri. Wenn ich nich so 'nen Brand gehabt hätt, hätt ich dem Scheißkerl eins übergebraten.«

»Bitte?«

»Na – mit meiner Taschenflak.«

»Sie haben eine Waffe?«

»Klaro. Wir Bauern sind doch alle Jäger. Fast.«

»Zeigen Sie mir mal den Waffenschrank.«

Bartels Hände fuhren ins Kreuz. Er stöhnte auf. Dann trottete er aus der Küche durch den dunklen Flur in einen Wohnraum. Hier sah es aufgeräumter aus, auch wenn eine dicke Staubschicht auf den Möbeln lag. An den Wänden hingen Jagdtrophäen. Der Landwirt steuerte einen massiven Stahlschrank an. Seine Hand tauchte in die Tiefe der Tasche hinein und hielt ein Schlüsselbund zwischen zwei Fingern. Bartels benötigte mehrere Anläufe, bis er den passenden Schlüssel in das Schlüsselloch gesteckt und umgedreht hatte. Die Tür schwang auf.

»Bitte« sagte er.

Im Schank hingen drei Gewehre.

»Sind das alle?«, fragte Große Jäger und beugte sich zum Schloss hinab. Er konnte keine Kratzspuren entdecken, die auf einen unberechtigten Öffnungsversuch schießen ließen.

»Ja – das heißt … nein.«

»Was denn nun?«

»Also – Gewehre sind das alle. Ich hab noch 'ne Pistole. Alles vorschriftsmäßig angemeldet.«

Große Jäger sah erneut in den Schrank. »Wo ist die?«

»Da – wo sie hingehört. Im Nachttisch.«

»Zeig mal.«

Bartels trottete wieder in den dunklen Flur. Er blieb zögernd vor einer geschlossenen Tür stehen. »Mein Schlafzimmer. Woll'n Sie da wirklich rein?«

»Sie sind doch kein junges Mädchen«, erwiderte Große Jäger.

Der Bauer zuckte die Schultern. »Von mir aus.«

Nachdem die Tür offen war, wunderte sich Große Jäger, wie man ohne Atemschutzmaske in dieser Luft überleben konnte. Ein beißender Geruch mit Ammoniakaroma kam ihnen entgegen. Das Bett war zerwühlt. Er wandte schnell den Blick von den Flecken in der Bettwäsche ab und war dankbar für das Halbdunkel. Auf dem Boden verstreut lagen Wäschestapel. Bartels stieg über die hinweg und öffnete die Schublade des kleinen Schränkchens neben dem Bett. Er stutzte.

»Nanu? Da war sie doch immer.« Fast hektisch bückte er sich, hob die Wäsche hoch, sah unter dem Bett nach. Ratlos blickte er Große Jäger an. »Die ist weg. Ich versteh das nich. Hier inne Schublade hab ich sie immer liegen. Das kann doch nich sein.«

»Kann der Einbrecher sie mitgenommen haben?«

»Wie das denn? Ich hab doch hier geschlafen.«

»Mensch. Sie lagen doch in Sauer. Da hätten doch die Heinzelmännchen kommen und hier aufräumen können. Das hätten Sie doch nicht gemerkt.«

Bartels blickte schuldbewusst zu Boden. »Und nun?«

»Um was für eine Waffe handelt es sich?«

»Eine Glock 45 Crossover. Kaliber neun Millimeter Luger.«

»Eine Pistole«, dachte Große Jäger laut nach. »Die hat wie viel Magazinkapazität?«

»Siebzehn plus ein.«

»War die Waffe vollständig geladen?«

»Fast.«

»Präziser.«

»Zwei Schuss fehlen. Damit habe ich eine angefressene Ratte auf dem Hof erledigt, die sich bei Tag quer rübergeschleppt hat. Nun. Ich hätte ihr auch eins mit dem Spaten überziehen können. Aber dann muss man hinterher zwei Eimer Wasser drüberkippen.«

»Ich werde die Spurensicherung herbestellen.«

»Warum das denn?«

»Das ist eine Straftat. Und so ganz ungeschoren kommen Sie auch nicht davon.«

»Warum denn nich?«

»Eine geladene Pistole lässt man nicht im Nachttisch liegen, schon gar nicht unbeaufsichtigt.«

»Unbeaufsichtigt? Ich war doch da.«

»Im Zustand der Bewusstlosigkeit.«

»Sag mal«, fiel Bartels ein. »Ist doch so, dass man milder davonkommt, wenn man einen intus hat?«

»Das müssen Sie mit dem Richter ausmachen.« Große Jäger rief in Flensburg an und beorderte die Spurensicherung her. »Nichts anfassen«, ermahnte er Bartels. »Sonst ergibt die Beweissicherung, dass Sie die Pistole selbst entwendet haben.«

»Ich? Ist doch Blödsinn. Und … Hier im Moor haben alle Bauern ihre Waffen so rumliegen. Schon immer.«

Das mochte sein, überlegte Große Jäger. Noch gab es keine gesicherten Beweise, dass Dunker hier eingebrochen war. Aber das Gesamtbild ließ keinen anderen Schluss zu. Dunker hatte sich fürs Erste wieder mit dem Lebensnotwendigen eingedeckt. Und er war jetzt bewaffnet. Dass der Mann skrupellos von einer Schusswaffe Gebrauch machte, zog niemand in Zweifel. Bartels' Arglosigkeit hatte die Situation weiter verschärft.

»Warum haben Sie es den Beamten von der Streife nicht erzählt?«

»Die waren sehr schnell wieder weg. Ich dachte, die suchen den Hund. Aber nix da. Die haben sich nich mal alles angesehen. Nur so'n bisschen gefragt. Das war alles.«

Große Jäger wies noch einmal darauf hin, dass Bartels alles unverändert lassen solle. Dann fuhr er auf der kurvenreichen Straße Richtung Südwesten. Er erschrak, als das tiefe Röhren eines Motorrads ertönte und er von einer schweren Maschine überholt wurde. Das spielte sich in so kurzer Zeit ab, dass er das Fabrikat nicht erkennen konnte. Dieses Mal war nur eine Person auf dem Krad mit einem Kennzeichen aus Schleswig unterwegs. Schleswig? Alle Orte rund um Flensburg führten das Schleswiger Kennzeichen. Große Jäger hatte sich auf das Emblem auf dem Rücken des Fahrers konzentriert. Die Flamme der Osmanen Burners war unübersehbar gewesen.

Er war erstaunt, wie lebhaft der Verkehr auf dieser abgelegenen Straße war. Ob das alles Sonntagsausflügler waren?

Etwas weiter nördlich wohnte Hilke Hauck mit ihrer Familie. Als ihm die Kollegin einfiel, überkam ihn plötzlich Kaffeedurst. Er hatte das Gefühl, die trockene Kehle würde ihm den Hals zuschnüren. Er hielt Ausschau nach einem Café und war enttäuscht, dass sich in der weitläufigen Region keines fand. Ob die Gegend doch so abgelegen war, dass es sich nicht rentierte?

Große Jäger musste lange suchen, bis er in der Ortsmitte des Storchendorfes Bergenhusen ein idyllisches Gartenlokal fand. Es lag direkt gegenüber der alten Saalkirche. Fast alle Tische waren besetzt. Die zahlreichen Fahrräder vor dem Garten wiesen auf Radausflügler hin, die an dieser gastlichen Stätte eine Rast einlegten. Man sagt, dass in keinem anderen Ort so viele Storchenpaare brüten wie in Bergenhusen. Die Blicke der Gäste wurden immer wieder von dem Paar abgelenkt, das auf dem Dach des Wirtshauses sein Nest gebaut hatte. Ein Raunen ging durch die Reihen, wenn einer der Störche seine Flügel ausbreitete. In die Unterhaltung der Ausflügler mischte sich auch das Klappern vom Nest der gegenüberliegenden Kirche. Der Gasthof trug den örtlichen Namen für Storch: »Hoier-Boier«. Große Jäger schmunzelte, als er las, dass das in der hauseigenen Brauerei gebraute Bier bezeichnenderweise »Klapperbräu« hieß.

Die freundliche Bedienung brachte ihm den Kaffee und ein Stück Apfelkuchen mit Mandelstiften. Er schenkte sich ein und trank wie ein Verdurstender eine halbe Tasse in einem Schluck.

»Hallo«, winkte er die Kellnerin herbei und bestellte zu deren Erstaunen ein weiteres Kännchen.

»Ist etwas nicht in Ordnung?«, fragte die Frau erstaunt.

»Doch«, versicherte er. »Gerade deshalb möchte ich noch eine weitere Kanne.«

Mit einem Lächeln zog sich die Bedienung zurück. Große Jäger nickte dem jungen Paar am Nebentisch zu. Die beiden steckten ihre Köpfe zusammen und unterhielten sich weiter. Er bekam mit, wie sie immer noch von einem Vorfall eingenommen waren, der sie kurz vor dem Cafébesuch berührt hatte.

»Entschuldigung«, sagte er, »es ist nicht meine Art, fremde Gespräche zu belauschen. Aber die Begegnung mit einem Unbekannten scheint Sie geschockt zu haben.«

Die junge Frau nickte. »Das mögen Sie glauben. Wir kommen aus Hamburg, Tim und ich. Wir wollten einfach mal raus. In diesem Jahr ist ja alles proppenvoll. Egal, wo Sie hinkommen. Alles dicht. Da haben wir uns diese Gegend ausgesucht. Für einen schönen Tag. Es sollte ruhig sein, da wir in Hamburg in der Habichtstraße wohnen. Kennen Sie die? Das ist der Ring zwei. Da ist Tag und Nacht dichter Verkehr.« Sie bewegte ihre schmale Hand durch die Luft. »Ist ja egal. Wir haben uns einen Picknickkorb gepackt und eine Kühltasche ins Auto geladen, so eine, die man ans Bordnetz anschließen kann. Hält schön frisch. Kaffee habe ich in eine Thermoskanne gefüllt. Wir sind also durch die Gegend gegondelt und haben auf der Karte ein Stück Moor entdeckt. Gibt es ja nicht mehr so oft. Da ist nicht viel los, haben wir gedacht und sind da abgebogen.«

»Das ist interessant«, sagte Große Jäger. »Darf ich?« Er wartete die Antwort nicht ab, sondern zog mit Kaffee und Kuchen an den Nebentisch um.

Die beiden jungen Leute wechselten einen raschen Blick. Begeisterung sah anders aus.

»Mein Name ist Große Jäger«, stellte er sich vor. »Ich heiße wirklich so.«

»Bianca«, sagte das junge Mädchen. »Bianca Hummel«, ergänzte sie. »Das ist Tim Herbst. Sie sind auch als Gast hier?«

»Tagesausflug«, sagte er. »Ich komme aus Husum. Das ist nicht so weit entfernt.«

»Husum.« Sie klapperte mit den Wimpern. »Da sind wir auch gern. Ist wirklich klasse da. Aber an einem Tag wie heute sicher überlaufen. Abgesehen davon wird es immer schwerer, dort einen Parkplatz zu bekommen. Seitdem das neue Einkaufszentrum fertig ist, haben die außerdem die Parkgebühren kräftig angehoben. Das geht gehörig ins Geld, wenn Sie durch die Stadt bummeln, da ins Kaufhaus ... Wie heißt es noch gleich?«

Große Jäger lachte. »CJ Schmidt.« Es war kein Textilkaufhaus, hörte man immer wieder, sondern eine Institution.

»Genau. Also wenn Sie da reingehen. Und wenn man dann noch in einem der schönen Lokale am Hafen ein wenig sitzt, vergeht die Zeit wie im Fluge. Es ist doch blöd, wenn man seinen Kaffee hinunterstürzt oder den Eisbecher schnell auslöffelt, weil die Parkuhr weiterrattert. Also sind wir hierhergefahren. Was wollte ich sagen?« Sie zog die Stirn kraus. »Ach ja. Wir sind also in so einen schmalen Weg rein und haben ein lauschiges Plätzchen gefunden. Ich habe unsere Sachen rausgeholt und wollte unser Picknick ausbreiten, als ich ein Stück weiter einen Mann sah. Der sah irgendwie merkwürdig aus.«

»Inwiefern?«

»Ja – wie soll ich es beschreiben? Wie eine Art Landstreicher, nicht vertrauenserweckend. Ich habe Tim gerufen.«

»Sie waren nicht dabei?«

»Nun ja«, druckste der junge Mann herum. »Die lange Fahrt ... Und zum Frühstück habe ich auch schon Kaffee getrunken. Unterwegs habe ich immer eine Flasche Wasser dabei. Also ...«

Große Jäger winkte verstehend ab.

»Tim kam sofort angerannt. Wir haben alles zusammengeklaubt, schnell ins Auto geworfen und sind davongefahren.«

»Hat der Mann versucht, Sie zu erreichen?«

»Sagen Sie mal«, mischte sich Tim ein. »Weshalb interessiert Sie das eigentlich?« Bei diesen Worten rückte die junge Frau ein Stück von Große Jäger ab.

Der Hauptkommissar lächelte und kramte seinen Dienstausweis hervor. »Ich bin von der Polizei.«

Ein erstaunter Blick beider traf ihn. »Danach sehen Sie aber nicht aus«, sagte Tim. »Ist was mit dem Mann?«

»Berufliche Neugierde«, wich Große Jäger aus. »Was war nun mit dem Mann? Hat er versucht, zu Ihnen zu gelangen?«

Die Frau schüttelte sich. »Das war unheimlich. Man glaubt nicht, dass es solche Begegnungen heutzutage noch in einem Moor gibt. Als wir eilig unsere Sachen zusammengepackt haben, kam von der anderen Seite ein Motorrad.«

»Farbe? Fabrikat? Kennzeichen?«

»Oh – das tut uns leid. Darauf haben wir nicht geachtet. Da saßen zwei drauf. Die hatten Lederkleidung an und beide einen Helm mit dunklem Visier auf.«

»Haben Sie auf dem Rücken der Motorradfahrer etwas Auffälliges bemerkt?«

»Ehrlich – da haben wir nicht drauf geachtet. Wie Bianca schon sagte: Wir wollten nur weg. Das Motorrad ist an uns vorbeigefahren. Ich habe nur noch einmal kurz in den Rückspiegel gesehen. Die beiden in Leder sind langsam in die andere Richtung gefahren. Man könnte fast meinen, sie hätten nach dem Landstreicher gesucht. Aber der war plötzlich weg. Wie vom Erdboden verschluckt.«

Große Jäger bat um die Ortsangaben und Namen und Kontaktdaten der beiden.

»Geben Sie mir Ihre Mailadresse«, erwiderte Tim Herbst. »Ich schicke Ihnen meine Visitenkarte.«

Dann hatte es Große Jäger eilig. Er rief nach der Bedienung und zahlte.

»Was ist mit dem Kaffee? Den haben Sie gar nicht angerührt.«

»Ich habe es eilig.«

»Komischer Kauz«, kommentierte die Servicekraft.

»Der ist von der Polizei«, hörte er hinter seinem Rücken, als er das Lokal verließ und zur angegebenen Stelle fuhr.

Die Beschreibung war gut, und er fand den Seitenweg problemlos. Die Stelle war wirklich einsam und verlassen. Er verließ die Hauptstraße, ignorierte beim Abbiegen den Parkplatz und folgte dem schmalen Pfad mit den beiden Plattenstreifen, bis ihn ein eiserner Balken mit einem Vorhängeschloss an der Weiterfahrt hinderte. Für Dunker und das Motorrad bedeutete die Absperrung kein Hindernis. Große Jäger stieg aus, schloss den Smart sorgfältig ab, überzeugte sich, dass seine Pistole einsatzbereit war, und machte sich auf den Weg. Er fluchte leise vor sich hin. Er war Polizist und kein Infanterist. Es war lange her, dass er geglaubt hatte, bei der Bundeswehr eine berufliche Zukunft zu finden. Man wollte ihn nicht als Berufssoldaten übernehmen. So war er bei der Polizei gelandet.

»Danke«, sagte er zu sich selbst, als ihm dieser Gedanke durch den Kopf schoss.

Große Jäger schleppte sich mehr, als dass er ging, etwa fünfhundert Meter weiter. Das Land war flach. Im Hintergrund waren Bäume zu sehen. Der Weg führte durch Grünland. Einige wenige Buschgruppen waren Ankerpunkte für das Auge. An manchen Stellen weideten Rinder. Unsichtbar von dieser Stelle aus floss dahinten irgendwo die Eider, und zur Rechten war es nicht weit bis zur Neuen Sorge, die sich durch die Landschaft schlängelte.

Ob der Wolf, von dem die beiden Streifenpolizisten erzählt hatten, hier auch herumstromerte? Das Tier war sicher keine Gefahr für Menschen. Dazu war es zu scheu – im Unterschied zu Dunker. Er mochte sich nicht ausmalen, was hätte passieren können, wenn Bianca Hummel und Tim Herbst nichtsahnend auf den Ausbrecher gestoßen wären. Dunker war zu allem fähig. Und er hatte nichts zu verlieren.

Das Moor zur Linken gluckerte nicht wie in einem Mysterythriller. Es hatte Jahrhunderte gedauert, in denen der Niederschlag die Verdunstung überstieg. Aus den verlandeten Seen und Senken ohne Abfluss entwickelten sich Niedermoore. Das Grundwasser trug ein Übriges dazu bei, dass sich durch den Sauerstoffmangel unter Wasser die absterbenden Pflanzenteile nicht oder nur unzureichend zersetzten. Sie wurden als Torf abgelagert. In der Folge zogen in die Niedermoore die Schilfröhrichte ein. Es folgten bei weiterer Verlandung die Riede, bis Weidengebüsche und Erlenbruchwälder der Landschaft das heutige Gesicht gaben.

Er verstand die beiden jungen Leute aus der lauten und hektischen Großstadt. Dieser lauschige Platz war ein Idyll, erfüllt vom Summen der Insekten. Über die lästigen, aber nützlichen Plagegeister konnte man hinwegsehen, wäre dort nicht der herumstreunende Dunker gewesen. Große Jäger schlug nach den surrenden Fliegen und Mücken. Was hielt Dunker an diesem Ort? Wer keine feste Unterkunft fand, konnte dem Vagabundenleben nicht viel abgewinnen. Dunker schon gar nicht.

Große Jäger schüttelte den Kopf. Er konnte sich nicht vorstellen, dass der Gewaltverbrecher nach den Jahren hinter Schloss und Riegel plötzlich seine Liebe zur Natur entdeckt hatte. Die Region war relativ menschenleer, bot aus diesem Grund aber auch wenig Möglichkeiten zum Untertauchen. Es gab hier keine Kleingartenparzellen oder ungenutzten Ferienwohnungen, schon gar nicht in diesem Sommer, in dem Menschen aus ganz Deutschland die Nord- und Ostseeküste wiederentdeckt hatten. Große Jäger beschloss, umzukehren. Die Erfolglosigkeit seines Bemühens ärgerte ihn. Weshalb konnte man nicht Hundertschaften mit Suchhunden einsetzen und die Gegend durchkämen?

Er rief sich noch einmal die Karte ins Gedächtnis. Die Stelle, an der man den verunglückten Opel Corsa gefunden hatte, lag im Südosten, »unten rechts«. Vier Dörfer bildeten die Eckpunkte. Große Jäger blieb stehen. Der Einbruch bei dem betrunkenen Peter Bartels lag außerhalb dieses Vierecks. Hatte Dunker doch einen größeren Aktionsradius, als Große Jäger annahm? Kannte er sich hier aus?

Mitten durch das von ihm gedanklich abgegrenzte Areal mäanderte die Alte Sorge und trennte das Gebiet. Nach seinem Kenntnisstand gab es keine Brücken, die von einer Seite zur anderen führten. Entweder nutzte Dunker den weiten Weg außen herum, oder er hatte doch eine Möglichkeit gefunden, den Fluss zu überqueren. Große Jäger hatte immer noch keine Antwort auf die Frage gefunden, was der Mann hier suchte. Weiter im Westen wohnte Dunkers Cousine, die einzige Verwandte, von der sie wussten. Bis Lunden waren es etwa fünfundzwanzig Kilometer, die man auch zu Fuß zurücklegen konnte. Selbst wenn ein Fußmarsch für einen Ausbrecher wie Dunker ungewohnt war, hätte er dort schon aufkreuzen können. Vermutlich dachte er sich, dass die Polizei das Haus von Marlies Schimmelmann beobachten würde. Das konnte aber nur eine begrenzte Zeit gehen. Hielt sich Dunker verborgen, um diese zu überbrücken?

Weshalb hatte der Mann nicht die Flucht nach Hamburg angetreten? Dort war sein letzter Wohnsitz gewesen. In den dicht besiedelten Stadtteilen, in denen Dunker gewohnt hatte, gab es einen großen türkischstämmigen Bevölkerungsanteil. Und den musste er meiden. Würde er entdeckt werden, wäre es tödlich für ihn. Selbst hier waren ihm die Osmanen Burners auf der Spur.

Große Jäger war stehen geblieben. Es bedeutete ihm keine Genugtuung, dass der Flüchtige auch von Angst getrieben war. Auch wenn Dunker bei seinen Straftaten Schrecken auslöste, so war er selbst ein Beutetier. Große Jäger sah über die weite Fläche, die sich vor ihm ausbreitete. Alles wirkte ruhig und friedlich. Trotzdem fand unsichtbar ein ständiger Kampf ums Überleben statt. Fressen und gefressen werden. Wenn eine Kreatur eben noch Jäger war und eine andere fraß, konnte sie im nächsten Augenblick schon selbst Opfer sein. Erneut schlug er nach den Insekten, die ihn umschwirrten.

In den Hochmooren, auf den offenen Torfflächen oder den verlandeten Torfstichen hatte sich der Sonnentau ausgebreitet. Aufgrund des Nährstoffmangels im Hochmoor musste die Pflanze mit ihren speziell ausgebildeten Blättern kleinere Insekten fangen, um zu überleben. Die Drüsen sonderten als Lockmittel ein klebriges zuckerhaltiges Sekret ab.

Und genau so etwas brauche ich, dachte Große Jäger. Und ich muss weiter versuchen, wie Dunker zu denken. Was musste er unternehmen, um die nächsten Stunden, die folgende Nacht und den kommenden Tag zu überstehen? Reichte das bei Bauer Bartels Erbeutete für diese Zeitspanne? Oder musste Dunker in den nächsten Stunden erneut auf die Jagd gehen? In die Dörfer würde er sich nicht hineintrauen. Die intakte Gemeinschaft achtete aufeinander. So blieben nur abgelegene Anwesen am Ortsrand oder in Alleinlage. Es wäre sinnvoll, die Bewohner zu warnen oder ihnen gar einen Schutz bereitzustellen. Doch wie sollte das möglich sein?

In den Zeiten der ausufernden Piraterie wusste man, welchen Gefahren die Handelsschiffe am Horn von Afrika oder an anderen Orten ausgesetzt waren. Man hätte ihnen einen Trupp erfahrener Bundespolizisten oder Soldaten als Begleitschutz zur Piratenabwehr an Bord schicken können. Und? Was war geschehen?

Plötzlich stutzte er. Es waren noch etwa fünfzig Meter bis zu der Stelle, an der er an dem eisernen Sperrballen seinen Smart geparkt hatte. Dort hatte auch das junge Paar sein Picknick einnehmen wollen. Tim Herbst hatte verschämt angedeutet, dass er seinen Kaffee loswerden wollte. Dazu, überlegte Große Jäger, hatte der junge Mann sicher einen Busch aufgesucht. Geeignet dafür erschien ihm ein Strauch, der knapp zehn Meter entfernt in Richtung der Hauptstraße lag. Bianca Hummel hatte berichtet, dass der Landstreicher, Große Jäger hatte keine Zweifel daran, dass es sich um Dunker handelte, wie aus dem Nichts auf der anderen Seite aufgetaucht war, ungefähr dort, wo er jetzt stand. Wäre Dunker den Weg entlanggekommen, hätte ihn die junge Frau eher bemerkt. Hier gab es keine Busch- oder Baumgruppen, die als Versteck dienen konnten. Nur offenes Weideland und Feuchtwiesen. Mit Ausnahme …

Fast auf seiner Höhe standen ein wenig abseits zwei Buschgruppen. Zwischen ihnen hatte sich durch den Wind herbeigetriebenes Geäst verfangen. Die Büsche hatten einen solchen Abstand, dass das Gestrüpp ungehindert zwischen ihnen hindurchgepasst hätte. Weshalb verfing es sich ausgerechnet an dieser Stelle? Große Jäger machte einen weiten Schritt, verschätzte sich aber dennoch bei der Breite des zugewachsenen Grabens. Er fluchte leise vor sich hin. Dann hatte er die beiden Büsche erreicht.

Jemand hatte kurze Äste in den Boden gerammt und das Geäst als Wind- und Sichtschutz dort platziert. Vom Weg aus hatte man nicht erkennen können, dass das Ganze künstlich angelegt worden war. Hier kamen selten Menschen vorbei. Und die achteten nicht auf solche Kleinigkeiten. Er stieß einen Überraschungspfiff aus. Hier hatte jemand gelagert. Dort lag

Müll. Die Verpackung einer Rolle Harzer Käse. Ein Stück Pelle einer Mettwurst. Der Deckel einer Packung Schaumküsse, die Peter Bartels als die von ihm gern genaschten »Negerküsse« bezeichnete. Große Jäger fand elf ausgedrückte Zigarettenkippen und eine Herrenunterhose, die auch ohne nähere Untersuchung einen ekeligen Eindruck machte. Das Gras war niedergedrückt. Man konnte die Konturen eines Menschen erkennen. Hatte dort der Kopf gelegen? Große Jäger schüttelte sich. Nur einen Schritt entfernt fand er Exkremente, auf denen es von bunt schillernden Fliegen wimmelte.

Wie hält ein Mensch das aus? Und wie lange?

Große Jäger rief in Flensburg an und beorderte die Spurensicherung her. Er selbst kehrte zum Weg zurück und wartete ungeduldig auf das Eintreffen der Kollegen. Enttäuschung machte sich breit, als er vergeblich nach Klaus Jürgensen Ausschau hielt. Der Hauptkommissar, so sagte man ihm, habe ein freies Wochenende.

Die Beamten der Spurensicherung erledigten schweigsam und professionell ihren Job. Dann verabschiedeten sie sich. Würde Dunker an diese Stelle zurückkehren? Oder war er so vorsichtig, sich jeden Abend einen neuen Schlafplatz zu suchen? Nach welchen Kriterien wählte er ihn aus? Abseits gelegen. Versteckt. Welchen Einfluss spielte die Witterung? Große Jäger zog sein Handy hervor und wollte sich nach den Witterungsbedingungen für die kommende Nacht erkundigen, musste aber feststellen, dass es an dieser Stelle keinen Empfang gab. Welche Überlegungen stellte Dunker an? Oder ließ er sich treiben? Immerhin schien er sich auf diese Gegend festgelegt zu haben. Und wenn ein Mensch aus seiner Sicht gute Erfahrungen mit einem bestimmten Verhaltensmuster gemacht hatte, sah er keine Notwendigkeit, es zu ändern. Dachte Dunker auch so? Ich, überlegte Große Jäger, würde den Standort wechseln in der Vermutung, dass meine Verfolger vielleicht etwas bemerkt hätten und sich auf die Lauer legen würden. Er beschloss, es auf einen Versuch ankommen zu lassen und diesen Platz zu beobachten. Er kehrte zu seinem Auto zurück und fuhr etwa zwei Kilometer in Richtung Straße. Dann rief er Heidi an.

»Ich dachte, du meldest dich überhaupt nicht mehr.«

Er berichtete von seinem Fund.

»Das ist nicht wahr«, stellte sie fest. »Da ist der große Polizeiapparat. Wie viel seid ihr insgesamt?«

»Rund sechseinhalbtausend, aber einschließlich Buchhalter und Kassenwart.«

»Und du allein wirst fündig?«

»Tja«, war seine ganze Antwort. »Ich möchte heute Nacht –«

»Heute Nacht?«, fuhr Heidi Krempl energisch dazwischen.

»Nun lass mich doch ausreden.«

»Das ist nicht erforderlich. Ich ahne, was du willst. Das ist doch irre. Du hast nicht wirklich vor, die Nacht über im Moor zu warten, ob der Typ dort auftaucht. Oder?«

Große Jäger holte tief Luft. »Ich bewundere dich. Du kannst Gedanken lesen.«

»Das ist bei dir nicht schwer.«

»Aber ... Heidimaus.«

»Fang nicht so an. Nein! Nein! Und noch einmal: Nein!«

Das Geplänkel zog sich weitere fünf Minuten hin, bis Heidi Krempl schließlich einwilligte, ihm den Schlafsack ihres Sohnes, eine Taschenlampe, ein paar Lebensmittel und – vor allem – Bierdosen mitzubringen.

»Auch Mineralwasser. Und wenn es möglich ist, auch eine Thermoskanne mit Kaffee.«

»Wie sieht es mit Kleidung aus?«

»Das wäre prima.«

»Und Rasierapparat? Zahnbürste?«

»Eine gute Idee, aber man hat hier im Moor das warme Wasser abgestellt und den Strom abgeschaltet. Aber eine leere Konservendose wäre prima.«

»Wofür brauchst du die?«

»Bring sie einfach mit«, bat er und gab ihr seinen Standort durch. Dann versuchte er, den Sitz auf eine halbe Ruheposition einzustellen, und musste feststellen, dass der Smart und sein Körperbau für dieses Ansinnen nicht kompatibel waren.

Nach einiger Zeit brachte Heidi die gewünschten Sachen vorbei. »Hier«, sagte sie und reichte ihm eine Powerbank. »Das war Moritz' Idee. Er meint, du wärst sonst ohne Netzanschluss, weil dir der Saft ausgeht.« Sie rückte näher an ihn heran. »Und weshalb hast du nach der Konservendose gefragt?«

»Ein alter Soldatentrick. Wenn die Landser in dunkler Nacht rauchten und die Glut aufflammte, waren sie ein Superziel für die gegnerischen Scharfschützen. Man sah das Aufglimmen von Weitem. Das dürfte auch hier der Fall sein. So halte ich die Konservendose davor und bin unsichtbar. Außerdem dient sie mir als Aschenbecher.«

Sie sah sich um. »Ist ziemlich viel Gegend hier.«

Er lachte laut auf. »Wie gut, dass Eiderstedt dicht bevölkert ist. Dort leben sechsundvierzig Menschen auf einem Quadratkilometer, hier vierundvierzig.«

Sie sah ihn erstaunt an. »Woher weißt du das denn?«

Er klopfte sich an die Brust. »Allgemeinbildung. Damit leben hier weniger Menschen auf einem Quadratkilometer als auf den Fidschi-Inseln oder auf Palau.«

»Das soll ich dir glauben?«

Er legte die Hand aufs Herz. »Ehrlich. Wir werden hinfahren und nachzählen.« Große Jäger erntete einen Knuff in die Seite.

»Kannst du nicht Mats bitten, herzukommen?«

»Das geht nicht. Er würde unseren Aufenthalt in der Nacht verraten.«

»Weshalb?«

»Er schnarcht.«

»Woher willst du das wissen?«

»Das steht in seiner Personalakte.«

Für einen Sekundenbruchteil sah ihn Heidi verdutzt an. Dann lachte sie.

Die nächste Stunde verbrachten sie in ihrem Kombi, tranken Kaffee und aßen vom saftigen Beerdigungskuchen, wie der frische Butterkuchen hier auch genannt wurde, den Heidi mitgebracht hatte. Dann verabschiedete sie sich, nachdem ihr erneutes Bemühen, ihn zum Aufgeben seines Plans zu bewegen, gescheitert war.

Große Jäger sah Heidi nach. Ihr Auto war seinen Blicken noch nicht entschwunden, als in ihm Zweifel wuchsen, ob sein Plan sinnvoll war. Du bist Westfale, sagte er sich. Und wer kann sturer sein als dieser Menschenschlag? War er wirklich Westfale? Oder hatten ihn die vielen Jahre in Nordfriesland so geprägt, dass er wie ein Einheimischer dachte? Als gefordert wurde, man solle einen Abstand von einem Meter fünfzig halten, hatten die Nordfriesen protestiert. Sie wollten ihre fünf Meter zurückhaben.

Langsam wanderte er den Feldweg zurück, umrundete den Schlagbaum und scannte das Gelände ab. Er fand keine geeignete Stelle, an der er sich auf die Lauer legen konnte. Früher soll die Flusslandschaft Eider-Treene-Sorge vollständig von Flachseen, Bruchwäldern und Mooren bedeckt gewesen sein. Nach den Entwässerungsmaßnahmen und dem Roden der Bruch- und Auwälder mähte man regelmäßig das Röhricht und die Hochstaudenfluren. So entwickelten sich Sumpfdotterblumen- und Feuchtwiesen. Die intensive Nutzung durch die Landwirtschaft machte auch hiervor nicht halt und verwandelte die extensiv genutzten Feuchtwiesen in nährstoffreiche und artenarme Grünlandflächen. Es war aber zu einfach, auf die Landwirte einzuprügeln. Schließlich wollen über achtzig Millionen Menschen ernährt werden.

Nachdem er das dritte Mal das Wegstück entlangmarschiert war, entschloss er sich, etwa einhundert Meter von Dunkers Lagerstatt entfernt seinen Beobachtungsposten einzurichten. Dort befand sich eine flache Kuhle. Zum Glück hatte es seit geraumer Zeit nicht geregnet. Sonst hätte sich dort Wasser angesammelt. Probeweise ließ er sich nieder. Eine richtige Deckung war das nicht.

Bayerische Kollegen hätten es in einer solchen Situation einfacher gehabt, dachte er grimmig, dort war das Land nicht so flach. Er zündete sich eine Zigarette an. Selbst im Sitzen hatte man einen guten Überblick. Nach der dritten Zigarette sah er auf die Uhr. Dann legte er sie ans Ohr. Schietbatterietechnik. Man konnte nicht mehr hören, ob der Chronometer funktionierte. Konnte es sein, dass seit Heidis Abfahrt erst so wenig Zeit verstrichen war?

Im zweiten Anlauf gelang es ihm, wieder aufzustehen. Er ging zu seinem Wagen, fluchte über die weite Distanz und kehrte zu seinem Beobachtungsposten zurück. Er setzte sich auf den zusammengerollten Schlafsack, trank einen Schluck Kaffee, rauchte und sah über die Wiesen hinweg. Hier gab es verdammt viel Nichts.

Manche Menschen träumten davon, an solch einem Platz zu sein und sich dem Nichts hinzugeben. Das war nicht seine Welt. Er wartete und rauchte. Wartete. Rauchte. Wenn er weiterhin zu jeder Zigarette Kaffee trank, überlegte er, würde die Kanne noch vor dem Abend leer sein. Und »Abend« bedeutete an diesem Breitengrad und zu dieser Jahreszeit nicht, dass die Dämmerung hereinbrach. Er sah erneut auf die Uhr. Nichts geschah. Selbst am Himmel zeigten sich kaum Kondensstreifen von Flugzeugen.

Rund um ihn war es still. Nur die lästigen Insekten zirpten. Wer sprach eigentlich immer davon, dass wir ein rasantes Insektensterben haben? Die Leute, die so etwas behaupteten, konnten sich noch nie in der Eider-Treene-Sorge-Niederung aufgehalten haben.

Plötzlich hörte er Stimmen. Große Jäger duckte sich in die Erdkuhle. Mit Mühe konnte er ein Niesen unterdrücken, als ihn ein Grashalm am Nasenloch kitzelte. Er sah zwei Radfahrer, die sich gemächlich auf dem Feldweg näherten. Ein Mann und eine Frau, beide schon etwas älter. Die Frau brabbelte unentwegt, der Mann, der halb versetzt hinter ihr fuhr, antwortete kurzatmig. Sie waren sommerlich gekleidet. Auf dem Gepäckträger des Damenrades war ein Fahrradkorb befestigt, in dem ein paar Utensilien lagen. Die beiden waren so intensiv in ihre Plauderei verwickelt, dass sie ihn nicht wahrnahmen. Oder hatte er sich doch ein Plätzchen ausgesucht, das gut getarnt war? Nachdem die Ausflügler hinter dem Sperrbalken verschwunden waren, stand er auf und ging zum Weg. Zuvor hatte er den Schlafsack hochkant hingestellt. Wenn man genau hinsah, konnte man ihn erkennen. Der Rucksack hingegen war von dort aus unsichtbar. Er kehrte zu seinem Platz zurück. Erst als er auf seine Finger sah und die brennende Zigarette bemerkte, wurde ihm bewusst, dass er sich automatisch den nächsten Glimmstängel angezündet hatte.

Die Zeit war stehen geblieben. Zwischendurch stand er auf, schüttelte Arme und Beine aus und ging ein paar Schritte. Ob es sinnvoll war, ein wenig durch die Gegend zu streifen? Nein, entschied er. Was würde Dunker jetzt machen? Mit Sicherheit auch irgendwo in einem Versteck hocken. Es verschaffte ihm einen Hauch Befriedigung, dass der Gesuchte sich genauso langweilte. Allerdings war der Flüchtige in einer weniger komfortablen Lage. Er hatte keinen Schlafsack, kein Handy, vielleicht waren die Zigaretten aufgeraucht. Und er stand unter einer enormen Anspannung. Große Jäger wedelte mit der Hand energisch vor dem Gesicht herum. Es gab eine Gemeinsamkeit: die Insektenplage.

Er wurde durch laute Musik abgelenkt. Sie drang aus der Staubwolke hervor, die sich der eisernen Barriere näherte. Dann hielt ein Mitsubishi Colt. Die Tür öffnete sich, und ein schlaksiger junger Mann in bunt bedrucktem T-Shirt stieg aus. Hämmernde Beats dröhnten durch die Stille. Der Fahrer entfernte sich ein paar Schritte und blieb mit dem Rücken zum Auto stehen. Er straffte sich. Es bedurfte keiner großen Phantasie, um sein Tun zu erraten. Nach einer Weile ruckelte er noch dreimal mit seinem Körper und kehrte dann lachend zum Auto zurück. Jetzt öffnete sich die Beifahrertür, und ein hyperschlankes dunkelhaariges Mädchen trat ins Freie. Sie blieb gegen das Fahrzeug gelehnt stehen und wartete auf den jungen Mann, der sie in den Arm nahm. Im Wechsel küsste sie ihren Begleiter und zog an der Zigarette. Als sie zu Ende geraucht hatte, warf sie die Kippe fort und drückte sie mit dem Absatz aus. Die Hände des Fahrers begaben sich auf einen Erkundungstrip. Dann schob er sie ins Wageninnere. Als der Kleinwagen kurz darauf zu wippen begann, wandte sich Große Jäger ab. Mit seinem Fernglas kontrollierte er die Umgebung. Die beiden jungen Leute aus dem Café hatten berichtet, dass Dunker sich ihnen in einer ähnlichen Situation genähert hatte. Aber es war nichts zu sehen. Große Jäger ließ sich mit dem Rücken zum Geschehen nieder.

Nach zehn Minuten hörte er die Autotüren zufallen. Das dämpfte die laute Musik. Dann entfernte sich das Auto, und die Stille kehrte zurück.

Die Stunden vergingen ereignislos. Es war eine Schnapsidee, sagte er sich. Andererseits schien es so, als hätte Dunker zwischen den beiden Buschgruppen nicht nur eine kurze Rast eingelegt. Hatte er die letzte Nacht dort verbracht? Der Ort schien so gut geeignet, dass Große Jäger sich an seiner Stelle auch während des Tages hier aufgehalten hätte. Wenn ich in deinen Kopf sehen könnte, dachte er. Handelst du wohlüberlegt und sagst dir, dass die jungen Leute aus Hamburg Alarm ausgelöst haben, in dessen Folge an dieser Stelle eine Suchaktion startet? Oder spekulierst du darauf, dass an einem Sonntag die Suche überwiegend ruht?

Es war dumm, dass es hier kein Netz gab. Er hätte sich gern durch einen Blick ins Internet, ein wenig Fernsehen oder Ähnliches abgelenkt. Warum hatte er vergessen, Heidi um ein paar Kopfhörer zu bitten? Aber wozu? Auf dem Handy war keine Musik gespeichert, geschweige denn Podcasts, die ihm die Zeit verkürzen könnten. Er versuchte, es sich bequem zu machen, und starrte zu den zarten Federwolken empor.

Große Jäger schrak auf. Er musste eingeschlafen sein und hatte jegliches Zeitgefühl verloren. Es war nicht mehr so hell wie vorhin. Die Dämmerung dauerte hier um diese Jahreszeit sehr lange. Von der Sonne war nichts mehr zu sehen. Er warf einen Blick auf die Uhr. Es war Viertel vor elf. Bei klarem Himmel würde in diesen Tagen ein heller Streifen am nördlichen Horizont verbleiben, nicht vergleichbar mit der Mitternachtssonne noch weiter nördlich.

Es dauerte zwei weitere Atemzüge, bis er die Quelle der Unruhe identifizieren konnte. Ein tiefes Brummen näherte sich. Er richtete vorsichtig seinen Kopf auf und sah ein Licht, das sich von der Hauptstraße langsam näherte. Ein Motorrad. Es hielt am Schlagbaum. Der Motor wurde abgestellt. Große Jäger zog den Kopf ein und versuchte, etwas zu erkennen. Gegen das scheidende Licht des Tages zeichneten sich die Silhouetten zweier Gestalten ab. Aus der Ferne konnte er nicht hören, ob sie miteinander sprachen.

Dann stieg der Sozius ab. Er umrundete den Schlagbaum und näherte sich dem Lager Dunkers. Einzelheiten waren nicht zu erkennen, aber Große Jäger hatte keinen Zweifel, dass es sich bei dem Motorrad um eine Patrouille der Osmanen Burners handelte. Waren es dieselben, denen er heute schon begegnet war? Die schwarz gekleidete Gestalt war nur schwer auszumachen. Sie verschmolz mit der Umgebung, blieb zwischen den beiden Buschgruppen stehen. Der Strahl einer Taschenlampe flammte auf und leuchtete die Stelle aus. Der Lichtfinger huschte hin und her, verblieb schließlich an einer Position. Dunker schien nicht zurückgekehrt zu sein. Große Jäger hatte also nichts versäumt, während er eingeschlafen war. Er wunderte sich, wie zielgerichtet die Burners den Platz ansteuerten. Sie mussten ihn auch entdeckt haben. War es Zufall?

Er hatte seine Zweifel. Die Region war weitläufig. Und dieser Platz lag abseits. Hier kamen nur selten Leute vorbei. Für die meisten endete der Weg am Schlagbaum. Und Dunker hatte sich sein Lager so geschickt gewählt, dass es vom Weg aus kaum zu erkennen war. Woher wussten die Burners Bescheid? Der Mann, Große Jäger unterstellte, dass die Gang keine Frauen in ihrer Mitte hatte, ließ den Strahl der Taschenlampe über die Wiese gleiten. Suchend tastete der Strahl Sektor für Sektor ab. Es musste sich um eine starke Halogenlampe handeln. Große Jäger tauchte in seine Kuhle ab und verbarg sein Gesicht zwischen den Oberarmen. Er erinnerte sich an eine Lektion aus seiner Bundeswehrzeit und legte die Fußspitzen nach außen, sodass die Hacken nicht in die Höhe standen. Er blieb reglos liegen und hoffte, nicht vom Licht erwischt zu werden.

Wie würden die Burners reagieren, wenn sie auf einen Beobachter stießen? Es konnte ihnen nicht recht sein, bei ihrer Aktion beobachtet zu werden. Es war unvorsichtig von ihm gewesen, dass er seine Dienstwaffe im Holster gelassen hatte. Jetzt traute er sich nicht, sich zu bewegen. Eine unendliche Zeit verstrich, bis blubbernd der Motor der Maschine ansprang. Vorsichtig hob er den Kopf und sah, wie sich das Gefährt mit den beiden Männern langsam entfernte. Das Rücklicht wurde immer kleiner, bis es schließlich in der Ferne ganz mit der Dunkelheit verschmolz. Er setzte sich, zündete sich eine Zigarette an, verzichtete dabei auf die Vorsichtsmaßnahme, die Glut in der leeren Konservendose zu verstecken, und zog am Ringverschluss der nächsten Bierdose. Es hatte keinen Sinn, hier auf das Erscheinen Dunkers zu warten. Der würde nicht mehr kommen.

Eine halbe Stunde wollte er noch warten. Dann würde er sich auf den Heimweg machen. Dort wartete ein warmes, weiches Bett auf ihn. Und ein kaltes Bier. Die lauwarme Plörre aus der Dose war nahezu ungenießbar. Und weshalb hatte er nicht an eine Isomatte als Unterlage gedacht? Auch wenn es ein lauer Sommerabend war ... Dies war Norddeutschland.

Mitten in die absolute Stille hinein hörte er plötzlich das aufgeregte Blöken von Schafen. Ihm war vorher nicht aufgefallen, dass sich die Tiere in der Nähe befanden. Aber in der Nacht und in dieser Einsamkeit wurden Laute weit getragen. Was mochte die Schafe in Unruhe versetzt haben? Strich dort ein Fuchs durchs Gras? Oder war es ein Zweibeiner? Hatte Dunker diese Gegend ausgekundschaftet, womöglich auch die Suche der Burners mitbekommen und war jetzt auf dem Weg zurück zu seinem alten Lagerplatz?

Hastig verbarg Große Jäger die Glut der Zigarette in der Konservendose. Dann legte er sich wieder auf die Lauer.

SECHS

Zwischen die schönen Sommertage mischten sich immer wieder einzelne, die kühler waren. Große Jäger räkelte sich und wollte die Bettdecke bis ans Kinn ziehen. Auch im zweiten Versuch klappte es nicht. Er öffnet die Augen und benötigte einen kurzen Augenblick, bis er den makellosen Himmel über sich registrierte und sich der Tatsache erinnerte, dass er die Nacht auf der Wiese zugebracht hatte. Die Müdigkeit musste ihn übermannt haben, sodass er seinen Vorsatz, nach Hause zu fahren, nicht mehr umgesetzt hatte.

Mühsam schälte er sich aus dem Schlafsack, streckte sich und fuhr sich mit der flachen Hand über Wange und Kinn. Die Bartstoppeln gaben ein kratzendes Geräusch ab. Er griff zur Thermoskanne und schüttelte sie. Leer. Er fand noch eine angebrochene Flasche Mineralwasser, zwei Minisalami in Stanniol und Salzkekse. Das war ein dürftiges Frühstück. Der Blick auf die Uhr ließ ihn erschrecken. Es war nach halb acht. Er musste unbedingt Heidi anrufen. Ach – Mist. Hier war kein Empfang.

Große Jäger klaubte seine Sachen zusammen, suchte noch einmal nach Müll und vergrub mit einem Hauch schlechten Gewissens die Zigarettenkippen in der Erde. Dann stiefelte er den Weg zu seinem Smart zurück und war froh, den Wagen unbeschadet vorzufinden. Ein erneuter Versuch, ein Netz zu finden, schlug fehl. Brummig stieg er ein, fuhr Richtung Hauptstraße und bog nach Westen ab. Endlich erschienen die Balken auf dem Display. War er wirklich der Welt entronnen gewesen? Die vielen Anrufversuche auf seinem Handy zeugten davon. Allein Mommsen hatte es fünf Mal probiert.

Der Kriminalrat war sofort am Apparat. »Wo steckst du, Wilderich? Warum gehst du nicht ans Telefon? Die ganze Polizei ist auf den Beinen. Nur du ziehst dich seelenruhig zurück. Dabei hast du mir gegenübergesessen und erklärt, dass gerade dieser Fall eine Herzensangelegenheit für dich ist. Wir kennen uns so viele Jahre, und ich vertraue dir blind. Aber das jetzt ...«

»Ganz sinnig, Harm. Was ist passiert?«

»Hast du es nicht mitbekommen?«

»Nein.« Er schilderte, wo er die Nacht verbracht hatte.

»Armes Deutschland. Von wegen Hightech. Da gibt es keinen Handyempfang. Leider hat noch keiner eine Glasfaser ins Moor gelegt. Das haben die Wikinger damals vergessen.«

»Ist es dein Ernst, dass du wildes Camping im Moor betreibst in der Hoffnung, Dunker käme vorbei und sagt Guten Tag?«

»Sonntag, Harm! Ich hatte frei. Und wenn es mir beliebt, im Moor zu baden, lasse ich mich nicht aufhalten. Auch nicht von dir.«

»Komm wieder runter. Die Sache ist viel zu brisant. Während du den Sternenhimmel betrachtet hast, schlug Dunker ganz in deiner Nähe zu. Und das in einer verabscheuungswürdigen Weise.«

»Erzähl«, forderte Große Jäger den Dienststellenleiter auf.

Mommsen berichtete, dass inmitten der Einöde ein großer Hof lag. »Er gehört der Familie Peters-Hagen. Sie betreibt einen Betrieb, zu dem Milchvieh und eine Bullenzucht gehören. Sie haben Ländereien, regionaltypisch sind das Wiesen. Auf denen weiden die Bullen. Außerdem benötigen sie die großen Flächen für ihre Tiere. Ferner bauen sie Mais an. Eine moderne Landwirtschaft beschäftigt sich heutzutage auch mit der Energiegewinnung. Biogas ist das Stichwort. Sie würden auch gern Windenergieanlagen installieren. Das geht aber nicht, weil es Landschaftsschutzgebiet ist.« Mommsen führte weiter aus, dass es auf dem großen Hof Ferienwohnungen und einen Hofladen gebe. Als Nächstes plane man, den Gästen auch einen Urlaub mit Pferden zu offerieren.

»Eine tüchtige Familie«, sagte Große Jäger. »Bist du im Nebenberuf deren Marketingchef?«

»Ich wollte dir aufzeigen, dass die Leute nicht irgendwer sind. Das alles befindet sich abseits der Hauptstraßen mitten in dem Gebiet, in dem du dich aufhältst.«

»Haben die auch Schafe?«, wollte Große Jäger wissen.

»Bitte?«

»Ach, nur so.« Er ließ unerwähnt, dass er gestern Abend das aufgeregte Blöken einer Schafherde wahrgenommen hatte.

»Was ist nun passiert? Ist Dunker dort eingebrochen?«

»Nein. Viel widerwärtiger. Ich habe dir geschildert, in welchen Bereichen die Familie Peters-Hagen engagiert ist. Sie müssen auch einen guten Draht zur Politik haben, sonst wäre es ihnen nicht möglich gewesen, im Schutzgebiet so komplex zu bauen.«

»Ist das alles neu entstanden?«

»Fast alles, bis auf das ursprüngliche Bauernhaus, das dort auch noch steht. Es soll sich um ein eher bescheidenes Haus handeln. In dem wohnt Katharina Balcyk. Sie ist siebenundachtzig und leidet unter einer mittelschweren Demenz. Sie wird von der Familie betreut, kommt aber noch so weit zurecht, dass sie zumindest teilweise in der vertrauten Umgebung lebt. Die Frau des Bauern kümmert sich um sie, nicht allein, aber überwiegend. Die alte Frau Balcyk hilft sogar noch im Rahmen ihrer beschränkten Möglichkeiten mit und ist, so sagt man, bei den Feriengästen ausgesprochen beliebt.«

»Und die ist gestern von Dunker überfallen worden?«

»Ja. Er hat in gewohnter Weise Lebensmittel geraubt. Und einen kleineren Geldbetrag.«

»Wäsche wird er wohl nicht mitgenommen haben?«, unkte Große Jäger.

Mommsen ging nicht darauf ein.

»Schmuck?« Bevor der Kriminalrat antworten konnte, gab er selbst die Antwort. »Nein. Der ist für Dunker wertlos. Erstens dürfte es sich um Gegenstände handeln, die nicht mehr der aktuellen Mode entsprechen. Außerdem findet Dunker keinen Abnehmer dafür.«

Es entstand eine kurze Pause. »Du hast dich gut in die Situation des Flüchtigen versetzt«, sagte Mommsen ernst. »Aber Dunker hat noch andere Bedürfnisse.«

Große Jäger stockte der Atem. »Du sagtest, die Frau sei siebenundachtzig?«

Mommsen antwortete nicht sofort. »Trotzdem«, sagte er dann leise. »Es ist unfassbar.«

»Das ist außerhalb unseres Vorstellungsvermögens. Ist sie sonst körperlich unversehrt?«

»Sie ist psychisch stark angeschlagen. Das wiegt besonders schwer vor dem Hintergrund ihrer Demenz. Und der Körper eines älteren Menschen ist auch nicht mehr so robust wie in jüngeren Jahren. Schon mittelkräftige Griffe sorgen für Blutergüsse. Den Einsatzkräften hat sich jedenfalls ein schlimmes Bild geboten. Die alte Frau liegt jetzt in Schleswig im Krankenhaus. Sie konnte bisher nur oberflächlich befragt werden. Zur Tat selbst konnte sie keine Angaben machen. Entdeckt wurde das Verbrechen durch die Schwiegertochter, die gegen zweiundzwanzig Uhr noch einmal wie jeden Abend nach der Seniorin sehen wollte.«

»Dann ist es noch bei Helligkeit geschehen?«

»Ja. Die Schwiegertochter, also Frau Peters-Hagen, war kurz vor der ›Tagesschau‹ bei der alten Dame. Dann hat sie den ›Tatort‹ gesehen. Für Katharina Balcyk ist es ein Ritual, sonntags ›Rosamunde Pilcher‹ anzuschauen. Manchmal schläft sie dabei auch ein.«

»Würde ich auch«, warf Große Jäger ein. »Und niemand hat es bemerkt?«

»Nein. Wie gesagt, im Altbau lebt die Seniorin allein. Die Schwiegertochter und ihr Mann haben vor dem Fernseher gesessen. Von den drei Kindern war nur der Jüngste zu Hause und hat sich mit seinem Computer beschäftigt. Auf dem Hof lebt noch ein Mitarbeiter, aber der kommt erst am Montagmorgen wieder aus dem Wochenende zurück. Dann sind da noch vier Ferienwohnungen. Von denen sind momentan drei

belegt. Aber niemand von den Urlaubsgästen hat etwas mitbekommen.«

»Gibt es keinen Hund auf dem Hof?«

»Doch, aber der hält sich im Haus der jungen Leute auf.«

»Und sieht ›Tatort‹?«

»Bleib sachlich«, mahnte Mommsen. »Dunker muss die Umgebung sondiert haben, wenn er zielgerichtet die alte Frau aufgesucht hat.«

»Davon ist auszugehen.«

»Ganz schön dreist, wenn sich andere in der Nähe aufhalten.«

»Wir gehen davon aus, dass Dunker keine früheren Kontakte
zu den Opfern hatte. Er muss bei seinem Herumstromern auf
den Hof gestoßen sein.«

»Wir wissen, wie skrupellos er ist. Er hat nichts zu verlieren«, überlegte Große Jäger laut.

Verdammt. Er selbst war ganz in der Nähe gewesen. Wäh-
rend er auf dem Feld auf Dunker gewartet hatte und die Osma-
nen Burners die Stelle auch ins Auge gefasst hatten, hatte der
Mann erneut ein schweres Verbrechen begangen. Er zog die
Stirn kraus. Hatte er versagt? Hätte er es vorausahnen müssen?
Nein, sagte er sich. Seine Idee, an Dunkers alter Lagerstätte zu
übernachten, war im Prinzip richtig. Aber wie sollte er allein
alles überwachen? Er musste weiter versuchen, sich in die Rolle
Dunkers hineinzuversetzen. Das war eigentlich unmöglich.
Konnte jemand wie er die Auswüchse eines verbrecherischen
Hirns vorausahnen? Was plante Dunker als Nächstes? Weshalb
hielt er sich immer noch in dieser Gegend auf?

»Ist es sinnvoll, wenn du weiter auf seiner Spur bleibst?«,
holte ihn Mommsen in die Wirklichkeit zurück.

»Hat die Fahndung etwas ergeben?«, antwortete Große
Jäger mit einer Gegenfrage.

»Nein«, erwiderte Mommsen kleinlaut. »Man hat alle verfügbaren Kräfte zusammengezogen.

»Alle? Das sind nicht viele an einem Sonntag.«

Mommsen schwieg dazu.

»Ich werde an den Tatort fahren.«

»Die Flensburger waren gestern Abend dort.«

»Trotzdem.«

»Wir sollten bedenken, wie das auf die Angehörigen wirkt.«

»Ich finde die richtigen Worte«, erklärte Große Jäger und beendete das Gespräch.

Er gab die Adresse ins GPS ein und ließ sich von der Elektronik leiten. Ein kleines Schild am Straßenrand wies auf den Hof »Peters-Hagen« hin. Die schmale Straße führte durch unberührtes Gelände, bis er das Areal erreichte.

Große Jäger war überrascht, wie riesig es war. Auf dem großen Platz hatte man ein Rondell angelegt, das mit Blumen fröhlich bepflanzt war. Etwas abseits standen vier kleinere weiß getünchte Häuser. Das mussten die Ferienwohnungen sein. Gegenüber befanden sich die Stallungen und Hallen für landwirtschaftliche Geräte. Geradeaus stand ein repräsentatives Gelbklinkerhaus, das von einem Bauerngarten eingefasst war. Wer auch immer für diese Blumenpracht verantwortlich war ... er musste Rosen lieben.

Große Jäger verstand, weshalb Menschen hier ihren Urlaub verbrachten. Alles wirkte still und friedlich. Gerade auf Städter musste es wie ein Paradies wirken. Unweit des Haupthauses duckte sich der Altbau in das Ensemble. Man sah ihm das Alter an, obwohl auch er einen gepflegten Eindruck machte. Auf dem Gelände verteilt standen mehrere Fahrzeuge. Die mit den auswärtigen Kennzeichen vor den Ferienwohnungen mochten den Urlaubern gehören. Vor dem Gelbklinkerhaus parkten ein Dreier-BMW, ein BMW-Cabrio und ein Porsche Cayenne. Die Familie zählte offenbar zu den erfolgreicheren Unternehmern.

Große Jäger stellte seinen Smart in den Schatten des SUVs. Als er ausstieg, tauchte ein Mischlingshund auf, beschnupperte ihn und ließ es zu, dass er ihn kraulte. Das Tier war offenbar so erzogen, dass es Fremde duldete. Sonst hätte man keine

Feriengäste aufnehmen können. Der Hund hatte Dunker folglich nicht abgeschreckt.

Große Jäger sah sich um. Er konnte sich gut vorstellen, dass man sich hier keine großen Sorgen wegen Eindringlingen machte. Jedenfalls nicht bis gestern. Das musste auch Dunker bei seinen Streifzügen festgestellt haben. Und als er entdeckte, dass die alte Frau sich allein im Altbau aufhielt, musste er seinen Plan geschmiedet haben. Es war keine spontane Tat, die einen günstigen Moment ausnutzte, sondern ein ausgekundschaftetes und geplantes Verbrechen. Große Jäger knirschte mit den Zähnen, als ihm bewusst wurde, dass Dunker es gezielt auf den Missbrauch der alten Frau abgesehen hatte.

Er bemerkte die Frau erst, als sie auf ihn zukam. Sie mochte zwischen fünfzig und sechzig Jahre alt sein, hatte kurze blonde Haare, in die ein kundiger Friseur andersfarbige Strähnchen eingefärbt hatte. Ihre Figur war ein wenig proper, doch ansprechend, wenn man es mochte. Dazu passten auch die ausgeprägt weiblichen Formen. Die gepflegte Erscheinung war für ihr vermutetes Alter durchaus attraktiv.

Sie musterte ihn abschätzend und blieb mit einem größeren Abstand stehen.

»Ja?«, fragte sie. Es klang nicht unfreundlich, aber reserviert. Es war ihm bewusst, dass sein Erscheinungsbild nicht sehr vertrauenerweckend wirkte.

»Moin. Große Jäger. Polizei Husum.«

»Polizei?« Erneut musterte sie ihn vom Scheitel bis zur Sohle. Ihre Mimik verriet, dass ihre Einschätzung nicht positiv ausfiel.

»Ja.« Er fingerte seinen Dienstausweis hervor und reichte ihn ihr.

Mit spitzen Fingern nahm sie das Dokument entgegen, als würde sie Sorge haben, es könnte sie beschmutzen. Die zusammengekniffenen Augen verrieten, dass sie nicht völlig überzeugt war. Ein kurzer Seitenblick auf den Smart verstärkte ihre Skepsis.

»Husum? Wieso?«

»Die Kollegen aus Schleswig –«

»Kropp«, fiel sie ihm ins Wort.

»Schleswig«, wiederholte er ruhig. »Das ist das zuständige Revier. Dort sitzt auch die Kripo. Für schwere Vergehen schaltet man zusätzlich die Experten aus Flensburg ein. Das ist auch bei Ihnen geschehen.«

»Ja – und? Was wollen Sie noch?«

»Der mutmaßliche Täter wurde vor seinem Ausbruch aus dem Gefängnis von der Husumer Dienststelle verfolgt und gestellt. Wir sind seit damals mit seiner Persönlichkeit vertraut.«

»Weshalb läuft er immer noch frei herum?«

»Die Behörden unternehmen alles, um ihn zu fassen.«

»Anscheinend nicht genug. Und was haben Sie damit zu tun?«

»Ich bin ein Spezialermittler. Der Täter bewegt sich hier irgendwo da draußen. Da war ich auch heute Nacht.« Er klopfte sich mit der flachen Hand auf die Lederweste mit dem Einschussloch. »Sie erkennen es an meinem Äußeren.«

»Ich bin erstaunt über diese Art des Auftretens.«

»Ich habe versucht, es Ihnen zu erklären«, sagte er barsch und streckte die Hand aus, um seinen Dienstausweis zurückzuerlangen. »Sie sind …?«

»Hannelore Peters-Hagen, die Schwiegertochter von Frau Balcyk.«

Wie hätte Dunker reagiert, wenn er auf Frau Peters-Hagen oder deren Tochter gestoßen wäre? Große Jäger mochte es sich nicht ausmalen. Aber auch so war das Geschehene unfassbar.

»Meine Schwiegermutter ist siebenundachtzig und leidet unter Demenz. Zum Glück ist es noch nicht so schlimm. Sie kommt noch relativ gut allein zurecht. Wir wohnen nebenan, und ich sehe mehrfach am Tag nach ihr. Aber irgendwann ist es vorbei.« Sie zuckte hilflos mit den Schultern. »Und dann passiert so etwas. Was sind das für Menschen, die sich an einer alten Frau vergehen?« Ein Schauder durchfuhr Frau Peters-Hagen. »Die Familie stammt aus Goldberg in Schlesien. An ihren Vater kann sie sich nur ganz schwach erinnern. Er ist schon am Anfang des Russlandfeldzugs gefallen. Zum Kriegsende hat es die Familie richtig dick erwischt. Omas älteren Bruder haben die Nazis zum Volkssturm abgestellt. Er stand mit einem alten Jagdgewehr in einem Schützengraben, als sie überrannt wurden, und starb sinnlos. Der mittlere Sohn wurde nach dem Krieg von den Russen verschleppt. Man hat nie wieder etwas von dem Vierzehnjährigen gehört. Sie selbst ist mit ihrer Mutter geflohen. Der Treck wurde eingeholt, die Männer erschossen und die Frauen vergewaltigt.«

Die Frau schluckte heftig. Verstohlen wischte sie sich eine Träne aus den Augenwinkeln. »Die haben auch vor dem damals kleinen Mädchen nicht haltgemacht. Was haben diese Menschen alles durchmachen müssen? Ich will dabei nicht vergessen, dass auch auf russischer Seite unendlich viel Leid geschehen ist. Nach einem langen Irrweg sind sie schließlich wie viele Flüchtlinge in Schleswig-Holstein gelandet und haben hier eine neue Heimat gefunden. Die Uroma hat sich dann durchgebissen und ihre Tochter, also meine Schwiegermutter, großgezogen. Manchmal klebt das Schicksal an den Schuhen. Ihrer Tochter ist es dann ähnlich ergangen.«

»Hat Ihre Schwiegermutter geheiratet?«

Die Frau sah ihn irritiert an. »Sie meinen, wegen meines Mannes? Nein. Das waren schlimme Zeiten damals. Die Männer waren zum großen Teil im Krieg geblieben. Die, die es noch gab, waren Mangelware. Man muss die damalige Zeit verstehen, dass eine mittellose junge Frau auf Versprechungen hereingefallen ist. Der Vater meines Mannes war von Adel.«

»Bitte?«

Sie lächelte verkrampft. »Ein Herr auf und davon. So wurde mein Mann geboren. Es waren schwierige Jahre, weil meiner Schwiegermutter immer eine Verruchtheit anhaftete. Ledig und ein Kind. Ja – und jetzt passiert das. Einer Frau mit einer solchen Lebensgeschichte. Manchen Menschen wird vom Schicksal ein großer Felsbrocken in den Rucksack des Lebens gesteckt.«

»Nur für mich – Ihr Name?«

Sie sah ihn an. »Ja? Peters-Hagen. Stefan, mein Mann, hat meinen Namen angenommen. Unsere Familie ist hier alteingesessen. Stefan hat unseren Hof mit viel Fleiß und guten Ideen weiter ausgebaut. Als Landwirt können Sie heute nur überleben, wenn Sie unternehmerisch denken. Wir betreiben Viehwirtschaft. Das Grünfutter und die Silage für die Tiere bauen wir selbst an. Der Hofladen ist mein Revier. Wir haben uns in den erneuerbaren Energien engagiert, und da drüben sehen Sie Ferienwohnungen. Unsere Region ist ein Traumziel für Menschen, die die unverfälschte Natur lieben. Mehr als hier – das geht nicht. Und Oma war immer mittendrin. Die Seele vom Ganzen. Mit ihrer Demenz – das stört viele Stammgäste nicht. Und nun so etwas. Der Verbrecher hat keine Vorstellung davon, was er nicht nur Oma, sondern der ganzen Familie angetan hat. Hier schließt niemand die Haustür ab. Solange der Täter nicht gefasst ist, bleiben die Feriengäste weg. Mein Mann sagte schon, dass er sich selbst auf die Suche begeben wird. Kaum jemand kennt die Gegend so gut wie er. Er ist ja ständig da draußen auf unseren Wiesen unterwegs.«

»Das ist keine gute Idee. Die Tätersuche ist allein Sache der Polizei. Außerdem ist der Mann gefährlich.«

Sie lachte bitter auf. »Das ist Stefan auch, nachdem das mit seiner Mutter geschehen ist.«

»Er soll sich zurückhalten. Das ist nicht nur ein Rat, sondern ein Befehl.«

Erneut lachte sie. »Sie kommen nicht von hier, was? Die Menschen haben seit Generationen gelernt, sich zu behaupten. Gegen alle Widrigkeiten. Wer weiß heute noch, dass die Nordsee über Jahrtausende bis weit in das Hinterland immer wieder durch das vordringende Wasser den Lebensraum geprägt hat? Nicht nur das Gewässersystem der drei Flüsse mit den weitreichenden Niederungen und Mooren sowie die angrenzende Geest sind Kennzeichen dieser besonderen Region. Wussten Sie, dass hier überwiegend Niedermoore verbreitet sind, über die Hochmoore mit einer Torfmächtigkeit von teilweise über acht Metern gewachsen sind?« Dieses Mal gab sie ein fast fröhliches Lachen von sich und hielt sich wie ein Schulmädchen die Hand vor den Mund.» Wir amüsieren uns immer, wenn in englischen Krimis düstere Geschichten in geheimnisvollen Mooren spielen. Die dortigen Moore sind gar nichts im Vergleich zu unseren. Direkt vor unserer Tür findet sich die moorreichste Region unseres Landes. Um diesen Lebensraum zu erhalten, wurden Naturschutzgebiete ausgewiesen. Wir dürfen hier leben.« Sie wurde ernst.» Und diese einmalige Region, von Gott selbst als Meisterstück erschaffen, wird jetzt durch die Anwesenheit eines Schwerverbrechers besudelt.« Die Frau schüttelte sich.» Nein! Der muss weg. Und das schnell.«

»Ich sagte Ihnen schon, dass –«

Sie gebot Große Jäger mit einer Handbewegung, zu schweigen.» Mehr habe ich nicht anzumerken.« Ihre ausgestreckte Hand wies zum Altbau.» Bei allem, was Sie unternehmen, soll Sie das Bild dieser alten Frau begleiten.«

Zu Große Jägers Überraschung drehte sie sich abrupt um und stiefelte davon.

Er kehrte zu seinem Wagen zurück und fuhr langsam den schmalen Weg entlang. Plötzlich hielt er an.

Gedankenverloren starrte Große Jäger über die weite Fläche. Der blaue Himmel reichte bis zum Horizont. Wie Wattetupfer hingen dort oben Schäfchenwolken, in deren Gebilde man mit Phantasie geheimnisvolle Wesen hineininterpretieren konnte. Noch darüber kreuzten sich die Kondensstreifen der Flugzeuge. So großartig auch die technische Entwicklung war, die den Menschen erlaubte, den Raum dort oben zu nutzen, so reichte sie doch nicht an die Natur heran. Er sah einer Libelle nach, die mit ihrem Körper, der an einen Hubschrauber erinnerte, durch die

Luft schwirrte, im Flug stehen blieb und dann offenbar lebensfroh weiterflog. Auch ohne Rotor vermochte sie den Luftraum in eleganter Weise als Lebensbereich zu erobern.

Es war still. Nur das Zirpen der Insekten war zu vernehmen. Große Jäger schlug um sich, um die lästigen Mücken zu vertreiben. Der vom Aussterben bedrohte Moorfrosch war dank der Renaturierungsmaßnahmen hier wieder in größerer Zahl vertreten. Seine Population reichte aber nicht, um die Insekten von Große Jäger fernzuhalten. Die Kleingewässer und Feuchtwiesen waren Lebensraum für eine Vielzahl von Amphibien, die zunächst im Larvenstadium im Wasser lebten, um nach der Metamorphose ans Land zu gehen. Dieser Besonderheit verdankten sie auch ihren Namen, der »doppellebig« bedeutete. Für Große Jäger war Dunker auch ein Amphibium. Dunker hatte offenbar die Hoffnung, durch die Flucht eine »Metamorphose« zu durchlaufen und in eine andere Lebensform schlüpfen zu können.

In diesem Idyll spielte sich unsichtbar ein steter Kampf auf Leben und Tod ab. Der Moorfrosch jagte Insekten, verschmähte aber auch Regenwürmer und Asseln nicht. Er selbst stand auf dem Speiseplan der Kreuzottern. Während diese auf der Lauer lagen, mussten sie sich gleichzeitig vor Greifvögeln und anderen Fressfeinden hüten. Und inmitten dieser so friedlich wirkenden Welt bewegte sich noch ein anderes »Raubtier«, eine »Bestie«.

Große Jäger lächelte, als er bei dieser Formulierung Mommsens virtuellen Tadel auf sich niederprasseln spürte. Er schlug nach einer Mücke, die ihn hartnäckig umkreiste. »Blutsauger«, fluchte er. Ob die Mücken vom Finanzamt kamen? Nein. Von den Steuern wurden alle Gemeinschaftsaufgaben finanziert, auch seine Bezüge. Und die Suche nach Dunker. Das Geld war sinnvoll angelegt. Man durfte die Suche nach Dunker nicht den Osmanen Burners oder Stefan Peters-Hagen überlassen.

Das Handy meldete sich. Cornilsen war am Apparat und wollte wissen, welche Neuigkeiten es gab.

Große Jäger berichtete von seinem Besuch bei der Familie des neuen Opfers. »Du klingst betrübt«, stellte er im Anschluss fest. »Ist etwas nicht in Ordnung?«

»Da ist etwas Dummes passiert«, sagte Cornilsen. »Ich habe doch mit der JVA in Flensburg gesprochen, und wir haben auf diesem Weg von Irene Lorenzen erfahren.«

»Ja. Und?«

»Die Flensburger haben sich bei mir gemeldet. Röhricht heißt der dortige Psychologe. Er hat schon mit der BKI in Flensburg gesprochen, dachte aber, es sei wichtig, auch uns zu informieren.«

»Hosenmatz. Was ist los?«

»Es geht um die Korrespondenz zwischen Dunker und Frau Lorenzen. Die wurde von der Aufsicht kontrolliert –«

»Also Jungnickel«, unterbrach Große Jäger.

»Ja. Aber auch Röhricht hat den Schriftwechsel gesichtet. Man hat immer darauf geachtet, dass Dunker keinen Briefumschlag in die Hände bekam. Und auf dem Brief selbst stand auch nur ›Irene‹, nicht einmal der Ort beim Datum, also ›Nortorf, den Soundsovielten.«

»Das klingt beruhigend.«

»Eigentlich schon. Aber Röhricht ist ein unverzeihlicher Fehler unterlaufen. Er hat mit Dunker bei einem Therapiegespräch auch über den Briefkontakt zu Irene gesprochen, um herauszufinden, ob das einen positiven Effekt auf Dunker hat. Als Dunker das Zimmer wieder verlassen hatte, ist Röhricht aufgefallen, dass er aus einem Brief Irenes zitiert hatte, den Umschlag aber auf seinem Schreibtisch liegen ließ. Dunker war nie allein im Raum. Röhricht hat seinen Platz auch nicht verlassen. Er kann aber nicht ausschließen, dass Dunker möglicherweise einen Blick auf den Umschlag werfen konnte. Es spricht für die Gewissenhaftigkeit Röhrichts, dass er sich an diese Situation erinnert und sich bei uns meldet.«

»Oh verdammt«, stellte Große Jäger fest. »Das ist dumm, insbesondere da wir nicht wissen, ob Dunker die Adresse kennt.«

»Das könnte große Gefahr für Frau Lorenzen bedeuten.«

»Falls Dunker dort auftauchen sollte, wäre es bestimmt kein Höflichkeitsbesuch.«

»Sollen wir die Frau warnen?«, schlug Cornilsen vor.

»Nein. Da wir es nicht genau wissen, könnte es sie verunsichern. Die beste Methode ist, Dunker zu schnappen.«

»Dann tun wir das machen«, antwortete Cornilsen.

»Wir?«, überlegte Große Jäger und lachte leise in sich hinein. Ein toller Kollege, der junge Mann aus Niebüll.

»Am frühen Morgen wurde er in Erfde bei einem Discounter gesehen.«

»Los. Erzähl.«

»Er ist aufgefallen, nicht nur, weil er ein Fremder war. Dunker sah heruntergekommen aus. Schmutzig, unrasiert. Die Kleidung verdreckt. Das Personal hielt ihn für einen Penner. Man war in Sorge, dass er etwas stehlen würde. So hat man ihn beobachtet. Er hat aber nichts mitgehen lassen, sondern ein paar Kleinigkeiten eingekauft und ist dann pampig geworden, als man ihm erklärte, dass es in dem Laden keine Zigaretten zu kaufen gebe. Sonst gab es keine Veranlassung, gegen ihn vorzugehen. Sein schäbiges Äußeres wirkte zwar abstoßend, war aber kein Grund. Eine Mitarbeiterin erinnerte sich, dass sich eine Kundin beklagte, der Mann habe fürchterlich gestunken.«

»Ich kann ihn auch nicht riechen.«

»Ihr war noch etwas aufgefallen. Er hat sie angemacht, sie solle ihn nicht so blöd anstarren. Ob sie mit ihm tauschen wolle? Er sei schwer krank, habe Krebs, und seine Tage seien gezählt.«

»Das macht unsere Aufgabe noch schwieriger«, sagte Große Jäger. »Glaubt Dunker das wirklich? Es wäre ein weiterer Aspekt, der ihn noch unberechenbarer macht. Hm. Wie ist er dorthin gekommen?«

»Die Frage konnte niemand beantworten.«

»Wenn er vorgestern Abend auf dem Hof Peters-Hagen

war und heute in Erfde auftauchte, muss er sich den Sonntag über irgendwo versteckt haben. Gibt es Neuigkeiten aus Flensburg? Wurden größere Polizeikräfte für die Suche abgestellt?«

»Davon ist mir nichts bekannt. Aber ich bin ja auch nur eine kleine Leuchte.«

»Immerhin bist du eine Leuchte«, sagte Große Jäger. Was hatte Dunker vor? Wohin war er unterwegs? Von Erfde aus könnte er über die Eider Richtung Lunden zur Cousine gelangen. Die Richtung stimmte jedenfalls.

Große Jäger beschloss, nach Hause zu fahren. Er würde in Garding zwar nicht auf Heidi stoßen. Die hielt sich in ihrer Praxis auf. Trotzdem beschloss er, in seine Husumer Wohnung zurückzukehren und sich wieder so herzurichten, dass er in die Zivilisation zurückkehren konnte.

Zwei Stunden später fühlte er sich besser. Er hatte sich von Hilke mit einem frisch aufgebrühten Kaffee verwöhnen lassen. Rund um den Bahnhof gab es mehrere Gelegenheiten, sich mit belegten Brötchen zu versorgen. Sein erster Gang – mit dem Kaffeebecher in der Hand – hatte ihn zu Mommsen geführt. Der Kriminalrat hatte sich seinen Bericht angehört und Zweifel geäußert, dass Große Jäger etwas bewirken könne.

»Der ganze Polizeiapparat ist hinter Dunker her.«

»Bei einer Jagd schaffen es eine Handvoll Treiber, das Wild aufzuscheuchen und direkt in die Fänge der Jäger zu jagen.«

»Das ist ein unpassender Vergleich.«

»Ist schon gut«, hatte Große Jäger abgewehrt, aber immerhin erreicht, dass ihn Mommsen noch gewähren ließ.

Jetzt saß er Cornilsen gegenüber.

»Die Presse hatte durch den Sonntag Zeit, den Vorfall aufzuarbeiten und auszuwalzen«, erklärte Cornilsen. »Die sozialen Medien waren schneller. Dort wurde zuerst von der Vergewaltigung berichtet. Besonders hervorgetan hat sich dabei ein ›Bürgerforum Germania‹.«

»Das ist eine rechtslastige Organisation«, merkte Große Jäger an.

»Es ist eben keine Organisation, deshalb kann man denen auch nichts anhaben. Formell versteckt sich dahinter eine Facebook-Gruppe, die vorgibt, die Interessen der Menschen wahrzunehmen. Die gehen sogar so weit, dass dort harmlose Mitmenschen nach dem besten Zahnarzt in ihrer Umgebung fragen. Vor diesem Hintergrund gedeiht natürlich auch der Aufruf, zum Schutz der Menschen den Moorkiller zu jagen. Und zwar erbarmungslos.«

»Moorkiller?«

»So hat ihn jemand genannt. Dieser Name wurde dann aufgegriffen.«

»Dunker hat aktuell keinen umgebracht.«

»Noch nicht«, erwiderte Cornilsen. »Aber solche Formulierungen kommen bei vielen Leute besser an.«

»Und mit ›*Moor*killer‹ wurde auch Dunkers Aufenthaltsort lokalisiert.«

»Sicher haben die sozialen Medien in abgelegenen Winkeln der Erde für einen besseren Informationsfluss gesorgt und bringen manche Diktaturen in Verlegenheit. Aber in unserem Fall ist das Breittreten in der Öffentlichkeit eher nachteilig.«

Große Jäger stöhnte auf. »Fluch und Segen liegen oft dicht beieinander. Jetzt wissen nicht nur die Osmanen Burners, wo sich Dunker aufhält. Ich mache keinen Hehl daraus, dass mir Dunkers Festsetzung sehr am Herzen liegt und es eine persönliche Sache ist. Trotzdem ist es unsere Aufgabe, auch solche schweren Kaliber zu schützen. Die Leute da draußen, namentlich jene an den Stammtischen, sehen das sicher anders. Wir hören oft genug die Sprüche: ›Warum müssen wir solche Typen von unseren Steuergeldern durchschleppen? Rübe ab.‹ Aber …«, ließ er den Rest des Satzes offen.

Es entstand eine größere Pause.

»Ich war dabei«, sagte Cornilsen leise. »Als du Dunker nach dem Mord an Christoph verfolgt hast und es zum Schusswechsel auf dem Deich kam, hättest du ihn erschießen können. Es wäre folgenlos für dich geblieben. Und niemand hätte es dir verübelt.«

»Genau das ist es«, erwiderte Große Jäger. »*Es wäre folgenlos geblieben.* Wenn wir so denken, würde man uns vorwerfen, wie die Polizei in den USA zu sein. Und die Folgen ... Die hätten bis heute in mir Unruhe bewirkt. Auf einen Menschen schießen, unabhängig von der rechtlichen Position, das kann man nicht einfach vergessen. Ich bedauere die Kollegen, die sich einer solchen Situation stellen mussten. Du erinnerst dich an den Fall in Husum, als jemand mit einem Messer zuerst Nachbarn und dann die herbeigerufene Polizei angriff? Niemand bestritt die Notwehr, in der der Beamte gehandelt hatte. Ich möchte auch nicht in der Haut der jungen Bundespolizistin stecken, die im Zug in Flensburg ihre Waffe gegen einen Aggressor einsetzen musste. Es gibt zwar Rechtssicherheit hinsichtlich des finalen Rettungsschusses, aber die seelischen Folgen für den Schützen fängt kein Verantwortlicher auf.«

Cornilsen nickte bedächtig. »Über solche Dinge muss man sich im Klaren sein, wenn man diesen Beruf ergreift.«

Es folgte erneut ein längeres Schweigen. Nur der Straßenlärm der Poggenburgstraße war zu hören.

»Die Natur ist unerbittlich«, sagte Cornilsen in die Stille hinein. »Da entbrennt eine lebhafte Diskussion um die Entnahme des Wolfes, der in der Landschaft Stapelholm sein Unwesen treibt.«

»Das beginnt schon bei der Formulierung«, stimmte Große Jäger zu. »Mit ›Entnahme‹ vermeidet man den Begriff ›Abschuss‹. Es gibt Tierschützer, die dem Wolf das Recht auf Existenz sichern wollen. Er sei ein Raubtier, und das Reißen von Tieren sichere sein Überleben.«

»Dem stehen die anderen entgegen, die argumentieren, dieses sei kein Wolfsland und wem das Tierwohl am Herzen liege, der müsse auch an die Nutztiere denken, die der Wolf reißt. Die können ihm nicht entkommen, sondern sind ihm ausgeliefert.

Letzte Nacht sind wieder sechs Schafe dem Wolf zum Opfer gefallen.«

»Wo?«

»Zwischen Eider, Treene und Sorge. Dort, wo du dich aufgehalten hast.«

»Ich habe nachts Schafe blöken hören, mir aber nichts dabei gedacht. Das war ganz in meiner Nähe. Hat der Wolf dort zugeschlagen?«

»Das scheint so. Genaueres wird man erst nach der DNA-Analyse wissen. Der Rüde hat offenbar gelernt, dass es einfacher ist, über Nutztiere herzufallen, als sich mühsam im Wald die Beute zu erjagen.«

»Du sagtest, der Wolf habe in der letzten Nacht fünf Schafe gerissen.«

»Sechs«, korrigierte ihn Cornilsen. »Alle auf einer Weide.«

»Das verstehe ich nicht. Wenn er ein Schaf reißt, müsste das seinen Nahrungsbedarf doch decken.«

»Die Nutztierhalter sind sauer über dieses Verhalten. Es ist ihrer Meinung nach unnatürlich.«

Große Jäger schüttelte den Kopf. »Das glaube ich nicht. Ich vermute eher, dass der Wolf testet, ob er auf der Jagd erfolgreich ist. Für ihn ist es eine Art Training.«

»Hä?«

»Ein Jungtier muss das Jagen lernen. Die Katze zeigt ihren Jungen, wie man eine Maus fängt.«

»Okay.«

»Dann lässt sie die Maus laufen, um ihrem Nachwuchs erneut zu zeigen, wie es funktioniert.«

»Das ist doch grausam.«

»Niemand hat behauptet, dass die Natur nicht solche Seiten hat. Zu Lernzwecken wird die Maus zu Tode gequält. Würde das nicht geschehen, wäre der Katzennachwuchs lebensuntüchtig.«

»Das entschuldigt aber nicht Dunkers Verhalten.«

»Im Unterschied zu Tieren wissen wir etwas von Ethik. Von

mir aus auch von Religion. Dunker hingegen zeigt Ansätze eines tierischen Verhaltens. Im übertragenen Sinne unternimmt er alles nur, um sein Überleben sicherzustellen.«

»Das würde ihm im Gefängnis frei geliefert werden. Und er hätte es dort bequemer als auf der Flucht im Moor.«

»Tja« erwiderte Große Jäger.

Cornilsen streckte sich. »Ich werde Dr. Diether fragen, wie gefährlich der Krebs ist, mit dem Dunker durch die Gegend läuft. Vielleicht erklärt das seine Panik.«

»Aus Panik kann schnell Amok werden«, ergänzte Große Jäger.

»Noch etwas«, sagte Cornilsen. »Du hattest die Spurensicherung zu einer Bushaltestelle kurz vor Flensburg geschickt. Die Analyse hat ergeben, dass es sich zweifelsfrei um den Gesuchten handelte. Das konnte man anhand der Ausscheidungen nachweisen.«

Große Jäger grinste breit. »Manche Kollegen haben echt einen Scheißjob.«

Cornilsen hob den Daumen in seine Richtung, während er mit der anderen Hand wählte, um den Kieler Rechtsmediziner anzurufen.

»Er ruft zurück«, sagte er nach dem Telefonat.

Es fiel Große Jäger schwer, sich auf andere Fälle zu konzentrieren, die auf seinem Schreibtisch lagen. Da gab es eine Körperverletzung, die er als Schlägerei unter Betrunkenen bezeichnen würde. Mehrere Männer hatten sich an einem Nachmittag zum Trinken verabredetet. Niemand leugnete, dass der Konsum von Alkohol der Grund für das Treffen war. Man hatte diskutiert, die Auseinandersetzung wurde heftiger und lauter, bis man sie mangels Argumenten mit den Fäusten austrug. Ein Teilnehmer wollte klüger sein und meinte, mit einem Gegenstand in der Hand seine Ansichten durchschlagkräftiger vortragen zu können. Für zwei endete die Diskussion in der Notaufnahme des Husumer Klinikums. Mit einem breiten

Grinsen las Große Jäger, dass der diensthabende Arzt sich trotz mehrfacher Aufforderung der beiden Kontrahenten geweigert hatte, den Schiedsrichter zu spielen. Große Jäger nahm den Vorgang und ließ ihn über die beiden Schreibtische hinweg in Cornilsens Richtung segeln. »Für dich«, sagte er.

»Wie das denn?«, beklagte sich der Kommissar.

»Da sind zwei Doofe aneinandergeraten. Wer hat in solchen Fällen mehr Verständnis für die Beteiligten als du?«

Bevor Cornilsen antworten konnte, klingelte das Telefon.

»Erich?«, fragte eine männliche Stimme.

»Ja?«

»Hier ist Heinz.«

»Heinz? Welcher Heinz?«

»Heinz Schubert von Erfde.«

»Der Dorfsheriff?«

»Genau.« Schubert war ein altgedienter Polizist, der vor der Neuorganisation der Polizei in Erfde den dortigen Polizeiposten innehatte. »Ich habe etwas gehört, das könnte dich interessieren.«

»Mich interessiert viel.«

»Na, wegen des Flüchtigen, der Stapelholm unsicher macht. Du weißt – die Vergewaltigung, der Einbruch in Börm und so. Es könnte sein, dass wir da auf was gestoßen sind.«

»Ihr habt eine Spur?«

»Vielleicht. Unser Revier in Schleswig hat gesagt, wir sollen ein wenig rumfahren und die Augen offen halten. Klar. Haben wir gemacht. Ludwig hatte erzählt –«

»Ludwig?«

»Der arbeitet im Supermarkt, da, wo der Typ heute Morgen zum Einkaufen war. Wir haben uns gleich gedacht, dass es passen könnte. Also haben wir uns ein bisschen umgehört. Hier bei uns in Erfde ist er in keinem anderen Geschäft aufgetaucht. Wir haben uns auch bei den Busfahrern umgehört. Sieht so aus, als wäre er damit nicht gefahren. Wir liegen ja mittendrin. Von hier kommst du in alle Richtungen. Aber der wär ja aufgefallen, so wie er aussah. Sagt Ludwig.«

»Prima. Aber das ist doch keine Spur.«

»Wart es ab. Wie ich sagte … Wir liegen mittendrin. Ohne Bus und Auto musst du gut zu Fuß sein. Also, haben wir uns gedacht, kann es gut sein, dass der Bursche noch im Dorf ist. Wir haben die Ecken abgeklappert, wo er sich hätte verstecken können. Aber – rein nix.«

»Und?«, fragte Große Jäger ungeduldig.

»Vor zehn Minuten bekamen wir einen Anruf von Jochen Schmidt.«

»Zum Teufel – wer ist Jochen Schmidt?«

»Der Sohn von Arthur, unserer alteingesessenen Tischlerei. Jochen wollte sie aber nicht übernehmen und ist Ingenieur geworden. Irgendwo in Rendsburg.«

»Heinz. Können wir uns jetzt bitte auf die Sache konzentrieren?«

»Mach ich doch. Also. Arthur, der Senior, verbringt den Sommer mit seiner Frau gern oben am Limfjord. In diesem Jahr sind sie allerdings zum zweiten Sohn in den Schwarzwald gefahren. Während der Zeit kümmert sich die Familie von Jochen um das Haus und sieht nach dem Rechten. Post und so. Heute war Felix im Haus seiner Großeltern. Erst als er drin war, hat er bemerkt, dass die Terrassentür aufgebrochen war. Aber der Einbrecher war schneller und hat ihn gepackt. Felix wollte sich wehren. Da wurde er von dem Kerl niedergeschlagen.«

»Hat der Junge ihn gesehen?«

»Ja. Der Beschreibung nach handelt es sich um den Gesuchten. Die Kripo in Schleswig ist auch schon verständigt. Sie sind unterwegs.«

»Was ist dann passiert?«

»Felix hat einen Schlag auf den Kopf bekommen und war kurzfristig ohnmächtig. Als er wieder erwachte, war er gefesselt und geknebelt. Da er benommen war, dauerte es eine

Weile, bis er Hilfe herbeirufen konnte. Wir haben uns um den Jungen gekümmert und Verstärkung aus Kropp und Heide angefordert.«

»Und Husum?«

»Ich weiß nicht. Das macht das Revier«, gestand Schubert kleinlaut.

»Ich komme«, beschloss Große Jäger und machte sich auf den Weg, nachdem er die Adresse abgefragt hatte. Cornilsen bestand darauf, mitzufahren.

Sie schafften die Strecke trotz einer überfüllten Bundesstraße und geschlossener Schranken in Friedrichstadt in vierzig Minuten. Vor dem älteren Einfamilienhaus standen ein Streifenwagen sowie ein VW-Passat. Als sie ausstiegen, wurden sie von neugierigen Nachbarn beäugt.

»Moin«, grüßte Heinz Schubert.

Der Schutzpolizist musste kurz vor der Pensionierung stehen. Das zerfurchte Gesicht und die Knollennase verliehen ihm in Kombination mit den grauen Haaren ein gemütliches Aussehen.

Er führte die beiden Husumer ins Wohnzimmer. Dort waren zwei Kollegen aus Schleswig im Einsatz. Sie sahen kurz auf, grüßten und setzten dann ihre Arbeit fort.

»Wo ist der Junge?«, wollte Große Jäger wissen.

»Nebenan. Dort hat die alte Frau Schmidt eine Art Damenzimmer. Der Doktor war hier, hat die Wunde versorgt und ein Rezept ausgestellt. Aufgrund seiner Jugend kommt Felix schnell wieder auf die Beine. Seine Mutter ist da.«

Die blonde Frau sah auf, als sie eintraten. Sie hatte keine Einwände, dass die beiden Beamten mit Felix sprachen. Felix wiederholte das, was Große Jäger schon von Schubert erfahren hatte. An mehr konnte er sich nicht erinnern. Der Angriff kam so überraschend.

»Konnten Sie schon feststellen, was fehlt?«, wollte Große Jäger wissen.

»Das ist merkwürdig«, sagte Frau Schmidt. »Der Einbrecher muss über die Terrasse eingedrungen sein.«

»Wir haben die Nachbarn befragt«, mischte sich Schubert ein. »Von denen hat keiner etwas bemerkt. Der Täter hat sich offenbar länger im Haus aufgehalten.«

»Wie kommt ihr auf die Vermutung?«

»Davon zeugen die Spuren im Haus. In der Küche hat er sich Essen zubereitet. Kaffee gekocht. Brot geschmiert. Eier gebraten. Da die Eigentümer verreist waren, war die Auswahl aber dürftig. Und dann wird es merkwürdig.«

»Es sieht so aus, als wenn er lange im Badezimmer meiner Schwiegereltern gewesen wäre und geduscht hätte. Duschgel, Haarshampoo, Rasierapparat, Handtücher ... alles hat er benutzt.« Sie schüttelte sich. »Das ist ja ekelhaft. Man muss das ganze Haus renovieren.«

»Wurde sonst noch etwas gestohlen?«, fragte Große Jäger.

»Ich bin mir nicht sicher. Der Kleiderschrank im Schlafzimmer wurde durchwühlt. Es könnte sein, dass er etwas von meinem Schwiegervater mitgenommen hat. Moment.« Sie verschwand und kehrte kurz darauf zurück. »Ja, da fehlt etwas. Was genau, kann ich nicht sagen. Aber sein roter Pullover ist weg.«

»Wertgegenstände?«

»Danach sieht es nicht aus.«

»Haben die Schwiegereltern Geld im Haus?«

»Ja«, meldete sich Felix zu Wort. »Im Küchenschrank gibt es eine Blechdose. Da bewahrt Oma immer etwas Kleingeld auf. Für den Alltag. Und für uns«, ergänzte er mit einem Seitenblick auf seine Mutter. Die Frage, um welche Beträge es sich handele, konnte der Junge nicht beantworten.

Die Mutter wurde plötzlich blass. »Mein Gott«, sagte sie, »eigentlich sollte Felix' Schwester herkommen.«

»Wie alt ist sie?«

»Zwei Jahre jünger als Felix.«

»Und du bist ...?«, wandte sich Große Jäger an den Jungen.

»Fünfzehn.«

Jetzt durchfuhr auch Große Jäger ein Schreck. Er sah Cornilsen an. Der musste das Gleiche gedacht haben. Er mochte sich nicht ausmalen, was passiert wäre, wenn Dunker auf das Mädchen gestoßen wäre. Es gab viele Gründe dafür, dass sie den Flüchtigen schnell fassen mussten. Heute war ein weiterer Mosaikstein hinzugekommen. Im Hinblick auf Frauen und Mädchen war Dunker eine tickende Zeitbombe. Er würde jede sich passende Gelegenheit zu einer weiteren widerwärtigen Tat nutzen. Der Mann schreckte vor nichts zurück. Große Jägers Gedanken kehrten kurz zur siebenundachtzigjährigen Katharina Balcyk zurück.

Die Schleswiger würden den Tatort sichern, Felix und seine Mutter sagten zu, sich zu melden, wenn ihnen noch etwas einfiel, und Heinz Schubert und sein Kollege beabsichtigten, noch Streife durch ihr Dorf zu fahren. Wenn der altgediente Polizist von »seinem Dorf« sprach, dann meinte er es wörtlich.

Die beiden Beamten kehrten nach Husum zurück. Unterwegs spürte Cornilsen Große Jägers Unruhe und sprach ihn darauf an.

»Wohin ist Dunker unterwegs? Will er jetzt nach Lunden zu seiner Cousine? Ich verstehe nicht, dass nicht umfangreichere Maßnahmen ergriffen werden. Man müsste die Gegend durchkämmen.«

»Das Gebiet ist viel zu groß«, widersprach Cornilsen. Leider traf das zu.

Sie hatten die Dienststelle fast erreicht, als sich Schubert noch einmal meldete. »Felix hat noch etwas festgestellt. Sein Fahrrad, das er vor dem Haus der Großeltern abgestellt hatte, ist weg.«

»Verdammt«, fluchte Große Jäger. »Damit hat sich Dunker einen größeren Aktionsradius verschafft.«

Es war Zeit, Feierabend zu machen. Er spürte die Strapazen der vergangenen Nacht, den versäumten Schlaf. Große Jäger fuhr nach Garding und wollte sich nur einen Moment ausruhen. Heidi war noch in ihrer Praxis oder besuchte Patienten.

Als er wieder wach wurde, lag sie neben ihm. Mitternacht war vorbei. Er war todmüde und schaffte es dennoch nicht, wieder einzuschlafen. Seine Gedanken kreisten fortwährend um Dunker. Wo hielt er sich auf?

Große Jäger hatte Angst, am nächsten Morgen mit einer neuen schlimmen Nachricht konfrontiert zu werden. Welches Verbrechen beging Dunker in dieser Nacht?

SIEBEN

Am nächsten Morgen gab es weitere Neuigkeiten. Ein junges Mädchen war mit dem Fahrrad auf dem Damm Richtung Erfde unterwegs gewesen. Die Straße führte schnurgerade durch unbewohntes Gebiet. Beiderseits erstreckte sich offenes Gelände, so weit das Auge reichte. Um diese Jahreszeit wurde der Blick zu einer Seite nur durch runde Heuballen aufgefangen, die auf den Grünflächen auf die Abholung warteten. In der anderen Richtung erhob sich der ehemalige Bahndamm, der heute zu einem Radweg ausgebaut war. Die junge Frau vermochte nicht zu begründen, weshalb sie statt dieses Weges die Bundesstraße benutzte. Auf Höhe der Steinschleuse kam ihr ein Radfahrer entgegen. »Ein merkwürdiger Typ«, so hatte sie ihn beschrieben. »Der war mir nicht ganz geheuer.« Als sie auf gleicher Höhe war, reduzierte der Radfahrer sein Tempo und rief ihr etwas zu. Er wollte die Fahrbahn überqueren und zu ihrer Seite hinüberwechseln. Zum Glück passierten mehrere Fahrzeuge aus beiden Richtungen die Stelle. Sie beschleunigte das Tempo, und es gelang ihr, davonzufahren. Der Radfahrer versuchte, ihr zu folgen, aber es mangelte ihm offenbar an der nötigen Kondition. Leider hatte sie erst zwei Stunden später ihren Eltern von dieser Begegnung erzählt. Da war es zu spät für eine Suche.

Große Jäger atmete tief durch.

»Für mich gibt es keinen Zweifel, dass es sich um Dunker gehandelt hat. Ich mag mir nicht vorstellen, was geschehen wäre, wenn er die junge Frau erwischt hätte.« Wütend schlug er mit der flachen Hand auf die Schreibtischplatte. »Es ist ein Unding, dass wir ihn nicht erwischen. Der Mann ist eine Bombe, die bei der kleinsten Berührung hochgeht.«

»Wohin könnte er geflüchtet sein?«, fragte Cornilsen.

»Zumindest nicht zu seiner Cousine Marlies Schimmelmann.

Dann hätte er nach dem Fahrraddiebstahl einen anderen Weg einschlagen müssen. Er muss die Eider überqueren. Und die nächste Möglichkeit ist erst in Friedrichstadt. Die Abgeschiedenheit der Gegend schränkt seinen Aktionsradius ein. Dort, wo er sich aufhält, ist alles weitläufig. Die kleinen Orte liegen weit auseinander. Es gibt fast keine Unterschlupfmöglichkeiten wie Feldscheunen oder Ähnliches. Entweder dringt Dunker irgendwo ein wie beim Haus der Familie Schmidt. Zum Glück war dort niemand anwesend. Oder er sucht sich einen Platz im Freien.«

»Weshalb hat er mitten auf dem Grünland sein Lager aufgeschlagen?«, überlegte Cornilsen laut. »Ich hätte eine dicht bewachsene Vegetation mit mehr Unterholz oder ein paar Bäumen aufgesucht.«

»Das habe ich mich auch schon gefragt. Was hält ihn in genau dieser Region? Dass sie menschenleer ist? Kennt er sich dort aus? Haben wir etwas übersehen?«

Die beiden Beamten begannen erneut, alle verfügbaren Unterlagen zu durchforsten. Schließlich griff Große Jäger zum Telefon, rief auf der Amtsverwaltung in Hennstedt an und ließ sich mit Frau Schimmelmann verbinden. Die Verwaltungsangestellte erinnerte sich an Große Jäger.

»Haben Sie ihn gefasst?«, fragte sie.

Große Jäger bedauerte, dass das noch nicht geschehen war, und wollte wissen, ob Dunker sich bei ihr gemeldet habe.

»Nein. Bisher nicht. Ich bete darum, dass das auch nicht geschieht. Ich möchte ihm nicht begegnen. Wir wollen nichts mit diesem Menschen zu tun haben.«

»Können Sie mir sagen, ob Ihr Cousin einen besonderen Bezug zu Stapelholm hat?«

»Stapelholm?«, wiederholte die Frau, um Zeit zum Nachdenken zu gewinnen. »Hans-Dieter ist ja in Heide aufgewachsen. Es waren – wie soll ich es beschreiben? – schwierige Familienverhältnisse. So ist er oft bei uns in meinem Elternhaus in Lunden gewesen.«

»Dort, wo Sie heute noch wohnen?«

Frau Schimmelmann bestätigte es. »Er war manchmal übers Wochenende bei uns. Meine Eltern wollten uns Kindern ein wenig Abwechslung bieten. So haben wir kleine Ausflüge gemacht, mal nach Husum oder Friedrichstadt, an die Eider, aber auch in das Naturschutzgebiet Eider-Treene-Sorge. Wenn Hans-Dieter gut drauf war, waren es herrliche Momente. Wir konnten in der Natur herumtollen. Ich hatte auch den Eindruck, dass das Moor etwas war, das ihn faszinierte. Er konnte sich sonst für kaum etwas begeistern. Aber zum Thema Moor klaubte er alles an Informationen zusammen, was er bekommen konnte. Ich kann Ihnen nicht sagen, weshalb. Sein Kindheitstraum war es, Lokführer auf einer Lorenbahn zu werden, die den Torf abtransportierte. Später, als er schon straffällig geworden war, hat er einmal gesagt, dass er seine Strafe gern in Neumünster absitzen würde. Früher haben Strafgefangene aus Neumünster im Himmelmoor bei Quickborn gearbeitet. Aber das ist alles Vergangenheit.« Für einen Moment herrschte Stille in der Leitung. »Hoffentlich ist die Suche nach ihm auch bald Vergangenheit. Ich schäme mich, dass ich mit solch einem Menschen verwandt bin.«

Große Jäger versicherte ihr, dass es dazu keinen Anlass gebe. Aber die Worte schienen sie nicht zu erreichen.

Nach dem Telefonat stellte Große Jäger fest, dass sie jetzt eine Erklärung dafür hatten, weshalb Dunker sich im Niedermoor und in den unbequemen Feuchtgebieten aufhielt. »Vielleicht erinnert er sich an diesen oder jenen Ort. Ich vermute aber, dass es ihm nach den Jahren der Haft auch ein Gefühl von Freiheit vermittelt.« Er fuhr mit der Hand durch die Luft. »Diese unendliche Weite. Und wenn er nachts auf einer Grünfläche liegt und den Sternenhimmel sieht, gibt es keine Begrenzung wie die Enge der Zelle mit den Gitterstäben. Möglicherweise ist das auch der Grund, weshalb er Bäume oder dichteres Gebüsch meidet. Wenn er wirklich so tickt, könnten wir unsere Suche nach solchen Kriterien ausrichten.«

»Da könnte etwas dran sein«, stimmte ihm Cornilsen zu.
»Da wäre noch die Krebserkrankung. Wir haben gehört, dass er sich davor fürchtet. Seine Welt war in den letzten Jahren immer überschaubar. Sie endete an den Gefängnismauern. Der Krebs – das ist eine neue Herausforderung. Er hat Angst. Für Dunker bedeutet das eine neue Erfahrung.« Der Kommissar griff zum Telefon. »Ich werde nachfragen, ob Dr. Diether schon etwas herausgefunden hat.«

Cornilsen musste Geduld aufbringen, bis er den Kieler Rechtsmediziner erreichte. Er lauschte eine Weile, gelegentlich durch Nachfragen unterbrochen, bis er zufrieden auflegte und Große Jäger anlächelte.

»Was ist?«, wollte der Hauptkommissar wissen. »Glaubst du, die Erklärung von diesem Leichenfledderer ersetzt zwei Semester Medizin?«

»Dr. Diether versteht es, die Dinge gut zu erklären.«

»Ich glaube, er ist ein leidenschaftlicher CSU-Anhänger.«

»Hä?« Cornilsen sah ratlos herüber.

»Wenn der etwas von sich gibt, ist es tiefschwarz. Politisch kommt dem nur die CSU nahe, zumindest deren oberbayerische Ableger.«

»Deine Gedankensprünge machen jeden Floh neidisch.«

»Ich weiß. Flöhe können im Verhältnis zur Größe gewaltig weit springen. Wenn du so weitermachst, kürzt dir die Finanzministerin für diesen Monat die Bezüge.«

»Weshalb?«

»Weil du die Zeit verplemperst, anstatt zur Sache zu kommen.«

Cornilsen lehnte sich entspannt zurück. »Das ist doch nichts im Vergleich zu deinem Halbtagsjob.«

»Halbtagsjob?«

»Die zweite Hälfte verbringst du mit Kaffeeholen bei Hilke und Rauchen.«

Große Jäger wedelte mit der Hand in der Luft. »Nun lass hören.«

»Dr. Diether hat sich in Flensburg erkundigt.«

»Der soll uns einmal erklären, wie er den Datenschutz umgeht.«

»Wenn du mich weiterhin so oft unterbrichst, wird es Herbst, bevor ich dich schlau gemacht habe. Also! Bei Dunker zeigten sich im Gefängnis erste unbestimmte Symptome wie Leistungsminderung und Müdigkeit. Hinzu kamen Infektneigung und -anfälligkeit. Das ist aber hinter Gittern nichts Neues. Als öfter Fieber und Nachtschweiß auftraten und Dunker allmählich Gewicht verlor, wurde der Arzt hellhörig. Er stellte dann Lymphknotenvergrößerungen fest. Es folgten Blutuntersuchungen, bei denen Anzeichen einer Anämie und Veränderungen weiterer Serumparameter auffielen.«

Große Jäger lachte auf. »Das alles willst du dir aus dem Gespräch eben gemerkt haben?«

»Natürlich. Auffällig ist die Blutsenkungsgeschwindigkeit. α_2-Globuline, Ferritin und Fibrinogen sind erhöht und –«

»Ist gut«, unterbrach ihn Große Jäger. »Das ist aber noch keine Diagnose.«

»Die gewinnt man durch den histologischen Befund der Biopsie eines betroffenen Lymphknotens. Es sind aber weitere Untersuchungen erforderlich wie das Röntgen des Thorax, Ultraschall des Bauchraums, Computertomografie und Knochenmarkspunktionen.«

Große Jäger kratzte sich das Kinn. »Das heißt, Dunker befand sich inmitten dieses Prozesses. Die Diagnose ist also noch gar nicht abgesichert.«

»So ist es.«

»Er läuft da draußen herum und steigert sich in seine Panik. Dabei gibt es womöglich erfolgversprechende Therapieansätze.«

»Wenn die genaue Diagnose feststeht, können die Ärzte anhand der Ausbreitung des Lymphoms und des Allgemeinzustands des Patienten die Behandlung einleiten, zum Beispiel durch eine Chemo- oder Immuntherapie, Bestrahlung oder bei ein wenig Glück auch mit der Methode Watch-and-Wait, indem man die weitere Entwicklung beobachtet.«

»Er ist also weit davon entfernt, ein naher Todeskandidat zu sein?«

»Ja, im Unterschied zu jenen Menschen, die ihm in einem ungünstigen Moment begegnen.«

»Verdammt. Da läuft er auch deshalb Amok, weil er glaubt, nichts mehr zu verlieren zu haben. Wenn dieser Idiot sich in medizinische Behandlung begeben würde, wäre das nur zu seinem Vorteil. Dann gibt es einen weiteren triftigen Grund«, sagte Große Jäger schmunzelnd. »Wir müssen Dunker finden, um ihm die gute Botschaft zu übermitteln.«

»Und wenn man über die Medien etwas über diese Krankheit verbreitet und die Botschaft streut, dass alles nicht so dramatisch ist?«

Große Jäger schüttelte heftig den Kopf. »Das geht nicht. Krebs ist eine bösartige Erkrankung und hat viele unterschiedliche Gesichter. Das würde viele unschuldige Menschen verunsichern. Außerdem … Glaubst du wirklich, dass Dunker irgendwo in einem Verstreck hockt und im Internet herumkurvt?«

»Oh neee nä.«

»Wir müssen ihn finden.«

»Aber wo?«

»Das ist unser Problem. Es fehlen die Ressourcen, um einen ganzen Landstrich zu durchkämmen. In jedem Fernsehkrimi fliegt die Polizei das Gebiet mit einem Hubschrauber ab. Schrauben haben wir in Schleswig-Holstein nicht, dafür aber marode Straßen.«

Cornilsen lehnte sich zurück. »Darf ein Landesbeamter so etwas sagen?«

Große Jäger grinste. »Ein Beamter vielleicht nicht, ich hingegen schon. Wir haben gehört, dass er mit dem Fahrrad Richtung Norderstapel unterwegs war. Die Bewohner zu befragen, bringt nichts. Heutzutage ist niemand mehr auf der Straße.

Nicht einmal spielende Kinder. Die sitzen alle vor dem Computer. Und den Rasen mäht auch keiner mehr. Das erledigt jetzt der Mähroboter. Der hilft uns nicht weiter.«

»Leider hast du recht. In den Dörfern gibt es auch keine Geschäfte mehr. Und die gemütlichen Landgasthöfe sterben aus.«

»Das ist für mich die größte Katastrophe«, meinte Große Jäger und schnalzte mit der Zunge. »So bleibt nichts anderes übrig, als dass ich mich auf den Weg mache und selbst vor Ort suche. Aber vorher trinke ich noch einen Kaffee. Außerdem kann ich bei dieser Gelegenheit Hilke erneut einen Heiratsantrag machen?«

»Seit wie vielen Jahren versuchst du das?«, wollte Cornilsen wissen.

»Seit dreißig.«

»Und wenn sie annimmt?«

»Ohhhh«, stotterte Große Jäger. »Dann hätte ich ein Problem. – Eins? Viele.«

Es wurden zwei Becher Kaffee und eine muntere Plauderei, bevor er sich auf den Weg machte. Zunächst steuerte er den Übernachtungsplatz an, an dem er vergeblich auf Dunker gewartet hatte. Nichts wies auf einen erneuten Besuch des Ausbrechers hin. Auch in der näheren Umgebung konnte Große Jäger keine Spuren entdecken. Ob sich Dunker eventuell doch in den dichteren Bewuchs zurückgezogen hatte?

Große Jäger musste sich entscheiden. Er beschloss, den Worten der Cousine zu vertrauen und die Suche auf die offenen Flächen zu konzentrieren. Er ging den Plattenweg noch ein Stück weiter entlang, begleitet vom Unmut über den Fußmarsch. Dass es Menschen gab, die freiwillig und ohne rationalen Grund die Natur über mittlere oder sogar größere Distanzen durchmaßen! Wenn es ihm gelingen sollte, seiner habhaft zu werden, würde Dunker für die Große Jäger auferlegte Tortur extra zahlen müssen, schwor er sich.

Dunker war das letzte Mal am gestrigen Nachmittag auf dem Fahrrad gesichtet worden. Das war viele Kilometer entfernt gewesen. Jenseits der Hauptstraße lag das große Naturschutzgebiet, das in der Ferne durch den Geestrücken bei Bergenhusen begrenzt wurde. Ob sich Dunker in diese weite Fläche zurückgezogen hatte?

Große Jäger kehrte zu seinem Auto zurück und wählte die schmale Straße in Richtung des Storchendorfes. Unterwegs hatte man einen kleinen Parkplatz mit einer offenen Schutzhütte und einer Aussichtsplattform angelegt. Dort war es menschenleer. Er inspizierte die Hütte und bestieg mühsam den Aussichtspunkt. So weit das Auge reichte – er sah nur »Gegend«. Früher bestimmte das Wasser diese Landschaft, bis sie im Laufe der Jahrhunderte mühsam landwirtschaftlich nutzbar gemacht wurde. Die Grünlandniederungen wurden überwiegend für die Milchproduktion und die Viehwirtschaft genutzt, bis auf die Moore und Feuchtflächen, die für den Naturschutz gesichert und renaturiert wurden. Schleichend veränderte sich die Landschaft auch für die energetische Nutzung. Man baute Mais an und trug auf diese Weise zur Wandlung der gewachsenen Kulturlandschaft bei.

Große Jäger holte das Fernglas aus dem Smart und erklomm erneut die Aussichtsplattform. Die Entfernungen täuschten, aber überall sah er Rinder friedlich grasen. Ob der Problemwolf, der in der Umgebung herumstrich, sich auch an ihnen vergriff, oder riss er nur Schafe? Plötzlich stutzte er. Inmitten des für die Vogelwelt wichtigen Naturschutzgebiets bewegte sich etwas. Das feuchte Areal lag bis zu zwei Meter unter dem Meeresspiegel. So bildeten sich Wasserlöcher, die Lunken, in denen früher oft Pferde versanken. Traktoren mussten gelegentlich wieder herausgezogen werden. Auch kam es vor, dass schwere Ladewagen in den Lunken versanken und nachbarschaftliche Hilfe erforderlich wurde.

Große Jäger fand einen Weg, der in das Areal hineinführte. Zu sehen war aus dieser Perspektive nichts mehr. Er orientierte sich grob in die Richtung, in der er die Bewegung wahrgenommen hatte. Nach zehn Minuten Weg bellte ein Hund. Kurz darauf tauchte ein Mann auf, der das aufgeregte Tier an der Leine führte. Seine Füße steckten in Gummistiefeln. Die Kniebundhose war ebenso derb wie die grünliche Weste. Auf dem Kopf trug er eine Schirmmütze. Er hatte ein Jagdgewehr geschultert. Am Hals baumelte ein Fernglas.

»Moin«, grüßte Große Jäger.

Der Mann musterte ihn, bevor er den Gruß erwiderte. Es klang fast ein wenig abweisend.

»Sie jagen hier?«

Die Antwort bestand aus einem Knurrlaut.

»Auf was gehen Sie?«

Erneut betrachtete ihn der Mann von Kopf bis Fuß. »Ist das von Interesse?«, fragte er unfreundlich.

»Ich habe gehört, hier treibt ein Wolf sein Unwesen.« Große Jäger sah sich demonstrativ um. »Ich sehe aber kaum Tiere, und wenn, sind es wehrhafte Bullen. Die Kühe stehen wohl im Stall.«

»Jungbullen«, korrigierte ihn der Mann.

»Sind Sie Landwirt?«

»Weshalb interessiert es Sie?« Die Stimmung zwischen ihnen war unterkühlt.

»So – allgemein.«

»Was treiben Sie sich hier überhaupt herum? Sie sehen nicht wie ein Naturfreund aus. Auch nicht wie ein Vogelkundler.«

»Große Jäger.«

Der Mann machte einen Schritt rückwärts, während der Hund Große Jäger anknurrte.

»Wollen Sie mich verarschen?«

»Nein. Das ist mein Name.«

»Und ich bin der Kaiser von China.«

»Haben Sie etwas von dem Gefängnisausbrecher gehört?«

»Sie? Kennen Sie den Strolch?«

»Ja?«

Der Mann reagierte schnell. Während er zwei weitere Schritte rückwärtsging, um die Distanz zwischen ihnen zu vergrößern, nahm er das Gewehr von der Schulter und richtete es auf den Hauptkommissar.

»Das würde ich nicht machen«, sagte Große Jäger. »Ich bin von der Polizei.«

Sein Gegenüber taxierte ihn vom Scheitel bis zur Sohle. »Und ich bin der Papst. Was soll das Gequatsche?«

»Ich zeige Ihnen jetzt meinen Dienstausweis.« Große Jäger legte die Hand auf die rechte Seite seiner Lederweste. »Da trage ich meine Dienstwaffe. Nicht dass Sie sich wundern.«

Er angelte seinen Dienstausweis hervor und hielt ihn in die Richtung des Mannes.

»Hier laufen merkwürdige Typen herum«, antwortete der. »Sie eingeschlossen. Sie sehen wirklich nicht wie ein Polizist aus.«

»Und Sie nicht wie der Revierförster.«

»Ich bin der Jagdpächter.«

»So etwas habe ich mir gedacht. Wie heißen Sie?«

»Ist das von Belang?«

Große Jäger zog sein Handy hervor. »Ich kann es mir durchgeben lassen.«

Der Mann ließ ein kehliges Lachen hören. »Geht nicht. Hier ist kein Empfang.«

»Falls Sie unberechtigt eine Waffe tragen, wird das Folgen haben.«

»Sorgen Sie sich nicht. Mein Name ist Stefan Peters-Hagen.« Er bewegte den Kopf in eine unbestimmte Richtung. »Ich wohne da drüben.«

»Ich habe mit Ihrer Frau gesprochen nach dem Übergriff auf Ihre Mutter.«

»Waren Sie der komische Bulle, der auf unserem Hof war?«

Große Jäger bestätigte es. »Und jetzt sind Sie auf der Pirsch.«

»Hier treibt ein Wolf sein Unwesen.«

»Sie haben keine Schafe.«

»Das macht nichts. Wir Landwirte helfen uns gegenseitig.«
Große Jäger sah sich um. »Hier gibt es aber keine Schafe.«
»Verstehen Sie etwas davon?«

»Ich heiße nicht umsonst *Großer* Jäger.«

»Es gibt Leute, die sich aufregen, wenn man einen Problemwolf entnehmen will. Diese selbst ernannten Tierschützer übersehen aber, dass Nutztiere kein Wolfsfutter sind. Auch die haben ein Anrecht auf Leben.«

Große Jäger zeigte auf die Jagdwaffe. »Sie wollen mir nicht weismachen, dass Sie am helllichten Tag auf gut Glück auf den Wolf aus sind. Und das hier. An dieser Stelle. Allein.«

»Ich habe es Ihnen erklärt.«

»Ihre Frau hat etwas anderes gesagt. Sie würden nichts unversucht lassen, um den Täter zu erwischen, der sich an Ihrer Mutter vergangen hat. Lassen Sie die Finger davon. Das ist Aufgabe der Polizei.«

Peters-Hagen lachte laut auf. »Wo ist die denn? Da läuft eine einzige Figur herum in einer Gegend, die sie nicht kennt. Sind Sie das Großaufgebot?«

»Wir haben unsere Wege und Mittel.«

»Ich auch.« Peters-Hagen senkte den Lauf ab. »Seien Sie auf der Hut. Meine Kollegen und ich sind morgen in diesem Revier unterwegs. Wir werden gemeinsam den Wolf jagen.«

»Den zweibeinigen?«

Peters-Hagen tippte sich kurz an den Mützenschirm. Dann setzte er grußlos seinen Weg fort.

Menschlich war dieses Verhalten verständlich. Es war unfassbar, was Dunker der Mutter angetan hatte. Auch wenn Mommsen – zu Recht – monierte, dass auch ein Verbrecher nicht als Tier bezeichnet werden durfte, Dunker fehlte jeder Funken Moral. Straftäter setzten sich über Gesetze hinweg, fügten anderen materiellen und körperlichen, aber auch seelischen Schaden zu. Wer konnte verstehen, dass Menschen aus niederen Beweggründen des Lebens beraubt wurden? Gequält und gepeinigt wurden? Große Jäger schüttelte sich, als seine

Gedanken zu den missbrauchten Kindern weiterwanderten. Es gab keine Rangliste von etwas bis zu extrem böse.

Dunker hatte jedenfalls mit seinen Taten definitiv eine Grenze überschritten. Kurz tauchte vor Große Jägers Augen Christoph Johannes auf. Ein völlig sinnloser Mord.

Große Jäger hatte den Parkplatz erreicht und fuhr langsam zurück. Der Geflüchtete war kein Geist. Er musste irgendwo auftauchen, musste sich versorgen. Wie lange konnte Dunker dieses Versteckspiel durchhalten? Was würde geschehen, wenn er auf Widerstand stieß? Das war bei den bisherigen Begegnungen nicht der Fall gewesen.

Bartels hatte er aufgesucht, als der Bauer betrunken in seinem Bett lag. Der Junge hatte Pech, dass Dunker noch im Haus seiner Großeltern war, als der Schüler dort nach dem Rechten sehen wollte. War die junge Mutter aus Hürup dem Mann nur deshalb nicht zum Opfer gefallen, weil sie schwanger war? Immerhin war sie beraubt und eingesperrt worden. Die Radfahrerin auf der Straße zwischen Norderstapel und Erfde war ihm dank ihrer besseren Kondition entkommen. Blieb noch die alte Frau Balcyk, deren Sohn sich an Dunkers Fersen geheftet hatte. Er und seine Jagdfreunde kannten die Gegend. Und sie verstanden es, Wild aufzuscheuchen. Große Jäger zweifelte nicht daran, dass der Unhold, der seine Mutter missbraucht hatte, für Peters-Hagen ein Raubtier war, das erlegt werden musste. Es gab viele zwingende Gründe für Große Jäger, Dunker zu jagen. Nein! Zu fassen.

Ihm wurde bewusst, dass er in bedächtigem Tempo auf dem Erfder Damm unterwegs war und sich trotz des nur mäßigen Verkehrs eine kleine Schlange hinter ihm gebildet hatte. Wenn der Gegenverkehr es zuließ, scherten die Fahrzeuge aus und überholten ihn. Er beschleunigte und erreichte den nächsten Ort.

Vor einem der Häuser sah er in einem durch einen Zaun gesicherten Vorgarten Kinder spielen. Er bremste, fuhr an den

Straßenrand und stieg aus. Die Kinder mochten zwischen fünf und acht Jahre alt sein. Wer Kinder dort toben ließ, warf ein Auge auf sie. Vielleicht hatten die Eltern etwas bemerkt. Er trat an den Gartenzaun und rief:»Hallo«, um die Kleinen auf sich aufmerksam zu machen. Sie unterbrachen ihr Spiel und sahen zu ihm herüber.

»Sind eure Eltern da?«, wollte er wissen.

Das größere Kind, ein hageres Mädchen, reagierte umgehend. Sie lief zu den beiden Kleineren und schrie dabei laut: »Papaaaa, da ist einer.«

Als hätte sie hinter der Tür gewartet, erschien eine kräftige Gestalt. Unter den kurzen Ärmeln des Sporthemdes blitzten muskelbepackte Oberarme hervor, die sich in strammen Unterarmen fortsetzen. Die Hände hatten das Ausmaß von Heuwendern. Der runde Kopf, der auf einem Stirnnacken saß, war von kürzeren rotblonden Haaren bedeckt. Das Kraftpaket näherte sich dem Zaun im Eiltempo. Zornesröte war ihm ins Gesicht gestiegen.

»Was willst du Strolch von den Kindern?«, brüllte er.

»Moment«, versuchte Große Jäger zu erklären. »Ich wollte –«

Der Mann übertönte ihn.»Hau bloß ab. Lass dich hier nicht mehr blicken. Sonst zermalme ich dich.«

»Das ist ein Irrtu–«

»Du bist ein Irrtum der menschlichen Gesellschaft. Nur ein Perverser macht sich an kleine Kinder heran.«

»Jetzt reicht es«, schrie Große Jäger zurück. »Ich bin von der Polizei.«

Der Mann hatte nicht zugehört.»Polizei! Ich halte dich fest, bis die da ist. So einen wie dich sollte man …« Es ließ es offen.

»Ich *bin* Polizist.«

»Es ist mir egal, mit welchen Ausreden du die Kinder lockst.« Der Mann musterte den Hauptkommissar.»Du bist ein dreckiges, ungewaschenes Ungeheuer.« Obwohl sie noch etwa zwei Meter trennten, holte der Mann aus und deutete an, dass er auf Große Jäger einschlagen wollte.

Es war sinnlos. Einerseits war es gut, dass sich Eltern und verantwortungsbewusste Erwachsene um die Kinder sorgten, andererseits konnten Situationen eskalieren und Unschuldige in etwas hineingezogen werden.

Große Jäger wandte sich ab.

»Lass dich hier nicht wieder sehen«, rief ihm der aufgebrachte Mann wütend hinterher. »Wir reißen dir sonst die Eier ab.«

Was wäre geschehen, wenn der aufgeregte Vater auf Dunker gestoßen wäre? Der Flüchtige war bewaffnet. Und Dunker hätte sich bestimmt nicht beleidigen lassen.

Große Jäger kehrte zu seinem Fahrzeug zurück und fuhr ein Stück weiter bis zur nächsten Abzweigung. Dort parkte er und rief Cornilsen an.

»Uns liegt die Auswertung der Spuren vom Lagerplatz auf der Wiese vor«, berichtete der Kommissar. »Das war eindeutig Dunker.« Cornilsen zögerte einen Moment. »Die Flensburger fragen an, ob sie jetzt jeden Haufen Schei…«, er ließ das Wort in einen Zischlaut übergehen, »den du findest, analysieren sollen?«

»Mir wäre es auch lieber, wenn Dunker seine Notdurft in der Gefängniszelle verrichten würde«, erwiderte Große Jäger. »Gibt es sonst Neuigkeiten?«

»Ich habe erfahren, dass man morgen eine konzertierte Suchaktion in dem Areal starten will. Dazu wird eine Hundertschaft der Bereitschaftspolizei aus Eutin anrücken.«

»Das wurde auch Zeit.«

»Ich habe außerdem mit den Schleswigern gesprochen. Dort häufen sich die Beschwerden über die vielen Motorradfahrer, die im fraglichen Gebiet herumkurven. Es geht nicht nur um den Lärm, den die schweren Maschinen verursachen, sondern vielmehr um die Fahrer. Den Bürgern ist aufgefallen, dass fast alle mit einer Lederkluft bekleidet sind, auf deren Rücken sonderbare Zeichen zu sehen sind.«

»Die Osmanen Burners«, antwortete Große Jäger. »Sie erweisen sich als hartnäckig. Ich fürchte, die geben nicht eher auf, als bis sie Dunker erwischen. Der hat bestimmt nicht mein Mitgefühl, aber ich möchte nicht in seiner Haut stecken, wenn er denen in die Hände fällt.«

»Am Stammtisch würde man jetzt sagen –«, setzte Cornilsen an.

»Vergiss es«, unterbrach ihn Große Jäger. »Es ist auch unsere Aufgabe, Leute wie Dunker vor solchen Exzessen zu schützen. Das ist den Menschen da draußen kaum zu erklären – oder nicht allen«, schwächte er ab. »Ich glaube, ich werde denen einen Besuch abstatten.«

»Nicht wirklich«, sagte Cornilsen. »Die Hundertschaft kommt erst morgen.«

»Ich bin Einzelkämpfer.«

»Das trifft weder zu, noch ist es erlaubt.«

»Das, was Dunker macht, ist auch nicht gestattet. Trotzdem verhält er sich so. Wo wohnt der Halter des Motorrads? Du weißt schon.«

Es dauerte zwei Minuten, bis Cornilsen ihm die Adresse Nihat Kerimoğlus nannte. »Die hast du doch schon«, ergänzte Cornilsen.

»Ich bin Detektiv und kein Speichermedium«, erwiderte Große Jäger. »Deshalb kannst du sie mir per Textnachricht senden.«

»Kannst du damit umgehen?«, spottete Cornilsen.

»Erledige endlich deine Aufgaben.«

»Tu ich machen.«

Große Jäger schlug den Weg nach Flensburg ein. Der Stadtbezirk Klues lag im äußersten Norden und gehörte zum Stadtteil Nordstadt. Nicht jedem war bewusst, dass Flensburg keineswegs an der dänischen Grenze lag. Nördlich der Stadt zwängte sich noch Wassersleben, ein schmaler Streifen, der zur Gemeinde Harrislee gehörte, dazwischen. Von gelegentlichen Mehrfamilienhäusern unterbrochen, hatte sich hier eine bürgerliche Einfamilienhausbebauung etabliert. Große Jäger mochte es, wenn Gebäude und Grundstücke nicht uniform gestaltet waren. Manche waren gut gepflegt, anderen täte eine optische Auffrischung gut. Die Ramsharde, eine schmale Straße, in der der Gegenverkehr eine Herausforderung war, endete an einem Poller, der die ruhige Wohngegend vor dem Durchgangsverkehr schützte. Dort bog er ab und fand in einem der grauen Wohnblocks sein Ziel.

Die schwere Kawasaki Ninja H2 wirkte vor dem Haus deplatziert. Die Maschine stand neben der schmalen Zuwegung auf dem Rasen. Ob das die Zustimmung der anderen Mieter fand?, überlegte Große Jäger. Aber gegen den Osmanen Burner würde kaum jemand aufbegehren.

Große Jäger parkte direkt vor dem Haus, stieg aus und näherte sich dem Motorrad. Er umrundete es mehrfach, blieb davor stehen, bückte sich, umkreiste es erneut und begann schließlich, mit dem Handy Bilder aus verschiedenen Perspektiven zu schießen.

Als er vor dem Hinterrad kniete und das Reifenprofil aufnahm, öffnete sich die hölzerne, abgeschrammte Haustür, und Kerimoğlu erschien. Der Rocker trug eine abgewetzte Jeans. Sein Teint war dunkel, soweit die Bartstoppeln den Blick freigaben. Braune Augen schenkten Große Jäger einen feindseligen Blick. Die längeren Haare waren zu einem Pferdeschwanz zusammengebunden. Statt seiner Kutte trug er eine vorne offene Lederweste.

Große Jäger grinste. Meine ist schöner, dachte er. Und geschichtsträchtiger. Automatisch fuhr seine Hand zum Einschussloch. Wenn deine ein solches aufweist, geht es dir nicht mehr gut, überlegte er.

»Eh, du Penner. Was soll das? Verpiss dich!«, schnauzte Kerimoğlu.

Große Jäger stemmte die Hände in die Hüften. »Schöne Maschine«, sagte er freundlich.

Der Burner ging nicht darauf ein. »Hau ab.«

»Die sieht man nicht so oft.«

Kerimoğlu kam einen Schritt näher. »Zieh Leine. Das geht dich nichts an.«

»Ich interessiere mich dafür.«

Der Rocker verringerte die Distanz erneut um einen Schritt. »Warum fotografierst du hier rum? Willst du was?« Er bewegte drohend den Zeigefinger. »Lass die Finger davon.« Dann streckte er die Hand aus. »Los. Dein Handy.«

»Nee.«

»Tickst du noch sauber, Alter? Ich will dein Handy.«

»Kriegst du aber nicht.«

»Das wird ungesund, wenn ich es dir abnehme.«

»Dann wird Daniel böse.«

»Daniel? Wer ist der Kerl?«

»Dem gehört das Handy.«

»Red keinen Scheiß. Wer ist dieser Daniel? Hat er dich geschickt?«

»Indirekt.«

Kerimoğlu machte den nächsten Schritt.

»Dein Daniel soll hier nicht aufkreuzen. Und du auch nicht, Alter. Wer ist das, dieser Sack?«

»Daniel. Unser Ministerpräsident.«

Kerimoğlu fiel die Kinnlade herunter. »Du quatschst Scheiße mit Soße. Ich versteh nur Bahnhof.«

»Dann pass auf, dass du nicht auf dem falschen Gleis stehst, wenn der Zug einläuft.«

»Willst du mir Angst machen?«

»Ich will dich warnen.«

Kerimoğlus Gesichtsmuskeln zuckten. Ihm schien eine Idee gekommen zu sein. »Bist du ein Scheißbulle?«

Große Jäger nickte bedächtig. »Wenn du so willst, obwohl wir uns lieber Polizei nennen.«

Mit dem nächsten Schritt stand der Rocker direkt vor Große Jäger. »Warum hast du meine Maschine fotografiert?«

»Neulich warst du zu schnell, als wir uns in Stapelholm begegnet sind.«

Man sah Kerimoğlu an, dass er stets etwas länger dafür benötigte, die passende Antwort zu finden.

»Was geht dich das an?«

»Ich habe deinen Namen, kenne deine Adresse.« Große Jäger tippte von außen auf die Weste, in deren Innentasche das Handy steckte. »Und ein paar weitere Details der Kiste hier.« Dabei nickte er in Richtung der Kawasaki. »Nehmen wir einmal an, jemand kommt im Moor zu Schaden. Du bist der Erste, der in Verdacht gerät. Bei deinem Vorstrafenregister wäre das die Eintrittskarte für Lübeck. Das ist kein schöner Ort. Da kommt es schon einmal vor, dass man eine Gabel ins Auge gestochen bekommt.« Er klopfte sich aufs Herz. »Das ist nicht nur eine Straftat, sondern auch eine Sauerei. Deshalb suchen wir den Typen. *Wir!* Nicht ihr. Ist das klar?«

»Du redest Stuss. Ich hab meine Steuern bezahlt und kann fahren, wo ich will.«

»Irrtum. Wenn ich dir sage, dass du Stapelholm und das Moor weiträumig meiden sollst, dann halte dich daran.«

Kerimoğlu lachte kehlig auf. »Was bist du für ein Clown.«

»Im Kaspertheater hat die Hauptfigur eine Zipfelmütze und eine rote Nase, aber auch eine Klatsche und ist am Ende immer der Sieger.«

»Los. Das Handy«, forderte Kerimoğlu.

»Versuch es nicht.«

»Soll ich dir Arsch was auf die Zwölf haun?«

»Das hätte böse Folgen. Du kannst dir aussuchen, ob die uniformierten Kollegen auftauchen sollen oder die Corni-Brothers.«

»Die – was?« Kerimoğlu sah ihn ratlos an.

Große Jäger grinste breit. Der Hosenmatz würde ihm verzeihen, dass er seinen Namen missbrauchte und ihm die

»Corni-Brothers« andichtete. »An deiner Stelle würde ich mich für Lübeck und die Gabel im Auge entscheiden. Das ist nicht angenehm. Die Corni-Brothers sind die preiswerte Lösung.«

»Du redest nur Scheiß, Mann.«

Große Jäger schüttelte ernst den Kopf. »Wenn die dich holen, sparen deine Hinterbliebenen die Kosten für die Beerdigung.«

»Du hast ja 'ne Schraube locker. Du bist kein Bulle, sondern aus 'ner Klapse ausgebrochen. Ich hab schon manchen von euch Traumtänzern getroffen, aber so einen Idioten wie dich noch nie.«

Kerimoğlu streckte die Arme vor, als hinter seinem Rücken die Stimme eines kleinen Mädchens erscholl.

»Papi, Mami sagt, du sollst reinkommen.«

Der Rocker hielt mitten in der Bewegung inne und drehte den Kopf nach hinten. »Ja, meine Prinzessin. Ich komme gleich.«

»Jetzt sofort«, beharrte die Kleine. »Sagt Mami.«

»Du wirst Silvester nicht mehr erleben«, zischte der Rocker für das Kind unhörbar.

»Nimm deine Tochter in den Arm. Sie tut mir leid. So jung und muss bald jedem erklären, dass ihr einäugiger Alter im Knast sitzt. Und wenn sie das erste Mal gebumst wird, hockst du immer noch hinter Gittern.«

Kerimoğlu hatte Mühe, sich zu beherrschen. »Du bist tot«, sagte er und zog sich ins Haus zurück.

Große Jäger beschloss, nach Hause zu fahren. Morgen würde die Bereitschaftspolizei die Region durchkämmen. Vielleicht hatte der Spuk dann ein Ende. Hoffentlich fiel Dunker den Eutiner Kollegen in die Hände. Die Jäger um Stefan Peters-Hagen würden nicht so sanft mit ihm umgehen. Große Jäger traute diesen Leuten nicht zu, dass sie Lynchjustiz üben würden, aber Peters-Hagen war aufgebracht. Im Zorn überschritt mancher die Grenze zur Ungesetzlichkeit. Solche Probleme sollte sich der Landwirt nicht ans Bein binden, wünschte ihm Große Jäger. Hoffentlich gab es keine Auseinandersetzungen, wenn die Jäger auf die Osmanen Burners stießen, die Rocker auf die Polizei und die uniformierten Kollegen bei der Treibjagd mitmachten. Zu viele Parteien waren mittlerweile auf der Suche nach Dunker.

ACHT

Nach einer erholsamen Nacht im Tiefschlaf war er aufgewacht, ohne seine Gedanken sofort an Dunker zu verschwenden. Ob das kühle Bier am Vorabend als Schlafmittel Wirkung gezeigt hatte? Wenn Heidi ihm manchmal einen schrägen Blick schenkte, argumentierte er, dass Bier vorbeugend gegen Nierensteine wirkte.

»Ein Herzmittel ist segensreich für den Patienten«, entgegnete Heidi, »es ist aber immer eine Frage der Dosierung.«

Große Jäger hatte abgewinkt. »Es heißt doch, man solle seinen Arzt oder den Apotheker befragen.«

»Ich bin Arzt.«

»Jaaaa. Schoooon. Und weil ich deine Antwort kenne, frage ich lieber den Apotheker.«

»Welchen?«

Er hatte die Lippen gespitzt. »Ach. Irgendeinen. Es muss ja nicht der Vorsitzende der Anonymen Alkoholiker sein.«

Nach dem Frühstück fuhr er zur Husumer Dienststelle und war nicht überrascht, dass Cornilsen schon am Schreibtisch saß. Nach dem eingeübten Morgengeplänkel – »Kannst du nicht grüßen?« und »Ich wüsste nicht, von wem« – schwieg Cornilsen beharrlich.

»Hat Oma dir heute Morgen die Haferflocken versagt?«

Cornilsen schüttelte den Kopf. »Ich weiß, dass du zu dieser frühen Stunde ungenießbar bist. Das ändert sich erst, wenn du deinen Kaffee von Hilke geschnorrt hast.«

»Geschnorrt? Das ist eine Substitution dafür, dass Tante Hilke meine Heiratsanträge kategorisch ablehnt.«

»Sie hat mein volles – ach was – *vollstes* Verständnis.« Cornilsen wurde ernst. »Hoffentlich hat die Hundertschaft aus Eutin heute schon in den sozialen Medien geblättert. Das wäre eine zusätzliche Motivation für die Jungs.«

»… und Mädchen und Diverse«, ergänzte Große Jäger. »Denk daran, dass wir als Behörde angehalten sind, genderkonform zu formulieren.«

»Jaja«, wehrte Cornilsen ab. »Ich bin Neuerungen gegenüber aufgeschlossen.«

»Wir sind uns einig, dass die Gleichberechtigung auf jedem Gebiet unerlässlich ist. Auf *jedem*. Ich will deshalb auch Anzeigen sehen, in denen Tagesväter und Hebammeriche gesucht werden. Außerdem möchte ich gern wissen, ob Männer auch Kanzlerin werden können. Und dann muss Oma doch noch in die Politik einsteigen, um die Quote zu erfüllen, da sich einfach zu wenig Frauen engagieren.« Er wedelte mit der Hand in der Luft herum. »Nun komm endlich zur Sache. Was war mit den sozialen Medien?«

»In denen nimmt Dunkers Flucht immer noch einen breiten Raum ein. Es gibt besorgte Stimmen. Andere nehmen es zum Anlass, um auf die unfähigen Behörden und die untätige Polizei zu schimpfen, besonders kritisch sind aber jene, die ihn für vogelfrei erklären und zur bedingungslosen Jagd auf ihn blasen.«

»Sagtest du ›Jagd‹ und ›blasen‹?«

Cornilsen nickte. »Ja? Wieso?«

»Stefan Peters-Hagen hat mir gestern erklärt, dass er und seine Jagdkameraden heute auf Wolfsjagd gehen. In Stapelholm und Umgebung treibt wirklich ein Wolf sein Unwesen. Das Tier hat schon zahleiche Schafe gerissen.«

»Ich verstehe nichts davon, aber wird ein Wolf durch eine Treibjagd zur Strecke gebracht?«

»Eben«, stellte Große Jäger fest. »Und die Osmanen Burners bilden auch eine Jagdgenossenschaft.«

»Eine Jagdgenossenschaft ist etwas anderes«, wollte Cornilsen erklären, aber Große Jäger winkte ab. Er berichtete von seinem gestrigen Besuch in Flensburg.

»Es scheint, als hättest du gestern eine neue Freundschaft fürs Leben geschlossen.«

»Das soll mir recht sein, wenn die Burners meine Warnung, sich nicht einzumischen, berücksichtigen.«

»Es ist unschön, dass wir weder Hubschrauber noch eine Hundestaffel haben. Aus welchem Grund auch immer ... politisch oder wirtschaftlich ... nimmt man keine fremde Hilfe durch die Bundespolizei in Anspruch.«

»Leider, Hosenmatz. Ich frage mich oft, wie weit die Entscheider von der Wirklichkeit entrückt sind? Denkt man auch an die Bürger? Wer sich in Stapelholm abseits von Siedlungen aufhält, ist dem herumstreifenden Dunker hilflos ausgesetzt.«

Beide sahen auf das Telefon, dessen Klingeln in ihre Unterhaltung hineinplatzte.

»Ein Gespräch für euch«, sagte die Mitarbeiterin vom Empfang und stellte es durch.

»Schimmelmann«, meldete sich eine verängstigt klingende Stimme. »Sie erinnern sich?«

»Selbstverständlich«, versicherte Große Jäger. »Sie sind Dunkers Cousine.«

»Man kann sich die Verwandten nicht aussuchen. Haben Sie schon Hinweise, die auf Hans-Dieter zielen und in den Medien noch nicht bekannt gegeben wurden?«

»Sie arbeiten selbst bei einer Behörde und wissen, dass es Dinge gibt, die vertraulich behandelt werden.«

»Ja. Schon. Aber für meinen Partner und mich ist es unerträglich. Die Leute wissen, dass es eine Verbindung zum ... zum ... zu Hans-Dieter gibt. Wir sind noch nicht direkt angesprochen oder gar angefeindet worden, aber die Umgebung reagiert zunehmend reservierter. Man glaubt, wenn man zu uns Kontakt halte, werde das auch Hans-Dieter anlocken.«

»Das ist Unfug.«

»Natürlich. Aber selbst in einem aufgeklärten Land wie Norwegen glauben die Menschen an Trolle und Elfen. Es ist nicht nur das. Wir kommen kaum noch zum Schlafen. Nachts liegen wir wach und lauschen, ob sich jemand dem Haus nähert.«

»Die örtliche Polizei fährt speziell bei Ihnen Streife.«

»Ach, hören Sie doch auf. Unsere Station in Lunden ist nur selten besetzt. Nachts ist dort keiner. Gut. Ich weiß, dass man keinen Beamten vor unserem Haus postieren kann. Trotzdem ist es unbefriedigend. Wer will sich schon mit Hans-Dieter einlassen? Freunde hat er keine. Nicht mehr. Wir sind seine einzigen Bezugspersonen. Zumindest aus seiner Sicht. Uns ist überhaupt nicht an einem Kontakt gelegen.«

»Haben Sie ihn im Gefängnis besucht?«

»Wir?« Ein bitteres Lachen ertönte. »Um Himmels willen. Wir haben ihm Weihnachten ein kleines Paket mit Süßigkeiten und ein paar anderen nützlichen Dingen geschickt. Er hat auch nach Zigaretten gefragt. Aber das haben wir aus Prinzip abgelehnt. Unsere Sorgen sind derzeit andere. Sie waren ja schon einmal bei uns. Wir leben in einem älteren Haus. Da knackt es manchmal. Ältere Gebäude machen manchmal Geräusche. Mal springt die Heizung an, dann ächzt eine Diele. An all das ist man gewöhnt. Aber jetzt sitzen wir bei jedem Laut senkrecht im Bett. Wie sollen wir reagieren, wenn Hans-Dieter vor uns steht?«

»Bewahren Sie die Ruhe. Ich glaube nicht, dass er zu Ihnen will. Es gibt keine Anzeichen dafür, dass er sich in Richtung Lunden bewegt. Nach unserer Erkenntnis hält er sich immer noch im Großraum Stapelholm auf.«

»Dort kennt er sich aus. Aber es ist nicht weit bis zu uns.«

Das traf zu. Große Jäger bemühte sich, die Frau zu beruhigen, ihr aber gleichzeitig einzuschärfen, im schlimmsten Fall nicht unüberlegt zu handeln. Unerwähnt ließ er, dass Dunker ihr und ihrem Lebensgefährten vermutlich keine Gewalt antun würde. Sie sollten nichts unternehmen, was Dunker reizen oder provozieren könnte.

»Mit Ihren ganzen Ratschlägen umschreiben Sie nur, dass uns Gefahr droht«, sagte Frau Schimmelmann resigniert.

Große Jäger riet ihr, sorgfältig darauf zu achten, dass alle Türen und Fenster verschlossen blieben.

»Es ist eine Nichtigkeit, aber wir haben Sommer. Üblicherweise befinden sich Schlafzimmer im Obergeschoss unter den Dachschrägen. Das ältere Haus ist nicht perfekt isoliert. Dort staut sich die Wärme unterm Dach. Aus Angst haben wir die Fenster geschlossen. Auch das ist ein Punkt. Wir können einfach nicht schlafen. Erst in den Morgenstunden stellt sich eine ermattende Müdigkeit ein. Wir erscheinen dann völlig zerschlagen zum Dienst in der Amtsverwaltung.«

»Können Sie nicht Urlaub nehmen und verreisen?«

Sie lachte bitter auf. »Ist das eine Lösung? Wir sind in der Ferienzeit. Da sind die Kollegen mit schulpflichtigen Kindern im Urlaub. So einfach ist das nicht.«

Große Jäger bedauerte, ihr nicht helfen zu können. Die Cousine war, wenn auch auf andere Weise, ebenfalls ein Opfer Dunkers.

Als Nächstes meldete sich Bodo Jungnickel. Der Justizvollzugsbeamte klang müde. Auf die Frage, wie es ihm gehe, reagierte er gereizt. Er sei dienstunfähig geschrieben. Konnte man wirklich die Verantwortung auf ihn abladen? Hätte er anders regieren sollen? Diese Frage, so sagte er, lasse ihn nicht los, verfolge ihn Tag und Nacht. Niemanden interessierte, dass Babender an diesem Tag krank zum Dienst erschienen war.

»Es gibt so viele Wenns. Wäre Babender mit in den Untersuchungsraum gekommen … Hätten wir uns gegen die Ärzte durchgesetzt … Wäre Babender auf dem Flur gewesen anstatt auf Toilette …«

Große Jäger hörte Jungnickel am anderen Ende der Leitung schwer atmen. »Da ist noch etwas«, sagte er schließlich leise, kaum hörbar. »Es ist nicht richtig, was ich gemacht habe. Kann ich Ihnen vertrauen?«

»Es kommt darauf an«, antwortete Große Jäger. »Straftaten kann ich nicht decken.«

»Es ist keine Straftat, aber trotzdem falsch. Ich hatte Kontakt zu Irene Lorenzen, und zwar nicht nur indirekt, indem ich ihre Briefe gelesen und damit zensiert habe.«

»Das müssen Sie mir näher erläutern.«

»Nein! Nicht der abgedroschene Klassiker, dass sich Gefängniswärter, um diese Bezeichnung zu wählen, an die Frauen von langjährig Einsitzenden heranmachen, um sie zu trösten. Ich weiß nicht, ob es so etwas wirklich gibt. Mir ist kein Fall bekannt. Frau Lorenzen hat einmal angerufen und wollte sich nach dem Befinden von Dunker erkundigen. Ich habe gesagt, dass ich darüber keine Auskünfte erteilen kann. Schon gar nicht vom Diensttelefon. Sie klang echt besorgt. Da habe ich mich hinreißen lassen und sie zurückgerufen. Privat.«

»Was haben sie ihr gesagt?«

»Nichts Vertrauliches. Ich habe den Alltag in der JVA beschrieben. Aber den kannte sie im Prinzip schon.«

»Sie hat vor Dunker schon andere Gefangene schriftlich betreut.«

»Das hat sie mir dann auch gesagt. Sie hat wirklich aus Fürsorge nachgehakt. Jedenfalls haben wir uns einmal in einem Café am Südermarkt getroffen. Ein Mal. Ganz bestimmt.«

»Sollten Sie den Kurier spielen?«

»Sie meinen, etwas hinter Gittern schmuggeln? Stoff? Handy? Nein! Das wird uns öfter angetragen. Ich riskiere doch nicht meinen Job. Frau Lorenzen wollte wissen, ob Dunker sich im Gefängnis verändert habe. Zu seinen Gunsten. Sie glaubt wohl, er sei durch ungünstige Umstände auf die kriminelle Schiene geraten.«

Große Jäger überlegte, ob er seine Sicht beisteuern sollte, unterließ es aber.

»Manchmal versteht man die Frauen nicht. Wenn die auch nur einen Tag Dienst im Gefängnis tun würden, wüssten sie, dass hier keiner aus Versehen sitzt. Und es grundsätzlich auf die ›schlechte Kindheit‹ zu schieben ist auch abenteuerlich. Jedenfalls hat sich Frau Lorenzen jetzt erneut bei mir gemeldet und wollte wissen, ob ich eine Ahnung hätte, wo Dunker sich aufhält. Sie fragte außerdem, ob es sinnvoll wäre, wenn sie mit ihm sprechen und ihn zur Aufgabe überreden würde.«

»Hat sie das wirklich so formuliert?«

»Ja. Das ist es, was mir Sorgen bereitet. Ich habe gehört, dass sich eine Menge Leute auf die Suche nach Dunker machen. Wenn sich da jetzt auch noch Frau Lorenzen einreiht …«

»Danke, dass Sie mich informiert haben. Ich glaube aber nicht, dass Sie sich Sorgen machen müssen.«

»Na ja«, sagte Jungnickel zweifelnd. »Dunker ist kein künftiger Nobelpreisträger, aber er schlägt sich bestimmt geschickt durch.«

Und ohne jeden Skrupel, ergänzte Große Jäger für sich. Wenn wir Dunker – bisher – nicht finden konnten, möchte ich vermuten, dass er seine Verfolger im Blick hat. Und wenn Irene Lorenzen dort allein auftauchen sollte, dann begab sie sich in Gefahr.

»Das ist eine Schnapsidee von Frau Lorenzen. Wann wollte sich die Frau auf die Suche begeben?«, fragte Große Jäger.

»Heute.«

Dabei hatte die Frau beim Besuch der Polizisten in Nortorf ihre Angst nicht verborgen. Er fand noch ein paar aufmunternde Worte für Jungnickel und legte dann auf. Cornilsen sah ihn interessiert an und schüttelte ungläubig den Kopf, als Große Jäger ihn informierte.

»Es ist zum Mäusemelken«, befand Große Jäger. »Da findet eine Völkerwanderung ins Moor statt, um Dunker zu finden. Gut. Dann werde ich mich den Heerscharen anschließen. Gleich nach dem Motivationsschub.«

Den lieferte Tante Hilke mit Kaffee und Plauderei.

Das traumhafte Wetter der letzten Tage war auf der Zielgeraden. Der Wetterbericht hatte von einem langsam auf Südschweden zudriftenden Tiefdruckgebiet gesprochen, das zu einer Wetteränderung führen sollte. Regen war zu erwarten. Es sollte merklich kühler werden. Und am Rande war mit auffrischendem Wind zu rechnen. Wenn Meteorologen das Wetter machen … weshalb legen sie die »Randgebiete« immer zu uns an die Küste?, überlegte er unterwegs und lächelte, da die Menschen in seiner ursprünglichen Heimat, dem Münsterland, schon bei Windstärke fünf von Sturm sprachen.

Gemessen an der Bevölkerungsdichte Nordfrieslands war die Bundesstraße stark frequentiert. Wer Spaß am Erraten auswärtiger Kennzeichen hatte, war hier gut aufgehoben. Jetzt, während der Saison, war eine bunte Vielfalt unterwegs. Und gelegentlich verirrte sich auch ein Einheimischer in die nicht abreißende Kolonne. Ab Bütteleck, dem in Beton gegossenen Mahnmal schlechter Planung, wurde es Richtung Friedrichstadt leerer. Doch selbst hier traf man auf fremde Fahrzeuge.

Dazu gehörten die zwei Busse, die auf halber Strecke auf dem Erfder Damm standen. Mit ihnen war die Hundertschaft aus Eutin gekommen. Große Jäger warf einen Blick nach links über die weite Fläche. In der Ferne sah er die Kette der Polizisten, die wie die Treiber bei einer Jagd versuchten, das menschliche Wild aufzustöbern. Dem dritten Bus begegnete er in der Einsamkeit am Aussichtsturm bei der Alten Sorge-Schleife.

Ein einzelner Polizist döste als Wache in der Sitzreihe hinter dem Fahrerplatz. Er schreckte auf, als Große Jäger gegen das Fenster klopfte. Der junge Beamte zeigte sich zunächst wortkarg. Erst als Große Jäger sich auswies, erzählte er, dass die Hundertschaft seit knapp zwei Stunden das Gelände durchstreifte. Ihr Leiter hatte die Vorgehensweise dargelegt. Der Polizist gähnte herzhaft.

»Wir sind um vier Uhr aufgestanden«, entschuldigte er sich. Wenn die Kette hier bis an den Fluss vorgestoßen war, würde man diese Abteilung verlegen.

»Es ist kompliziert«, meinte der Beamte. »Da laufen auch noch Jäger herum. Die sind auf der Suche nach einem Wolf. Der soll hier wüten. Einer erzählte, dass der heute Nacht wieder Schafe gerissen hat. Die Bauern sind sauer. Das kann ich auch verstehen.«

Stefan Peters-Hagen hatte seine Absicht in die Tat umgesetzt. Durften die eigentlich Jagd auf den vierbeinigen Wolf machen? Bedurfte es dazu nicht besonders ermächtigter Jäger? Große Jäger hielt das Ganze immer noch für einen Vorwand, um die Suche nach Dunker zu kaschieren. Wie würde die Öffentlichkeit reagieren, wenn der Flüchtige einem Jagdunfall zum Opfer fiel?

Etwas verdeckt, hinter der Schutzhütte, stand ein roter VW up! mit Rendsburger Kennzeichen. Große Jäger rief Cornilsen an und ließ sich seine Vermutung bestätigen. Das Fahrzeug war auf Irene Lorenzen zugelassen. Die Frau hatte ihren Vorsatz in die Tat umgesetzt.

»Haben Sie gesehen, wer dort ausgestiegen ist?«, wollte Große Jäger von dem Bereitschaftspolizisten wissen.

»Ich glaube, eine Frau.«

»Geht es ein bisschen präziser?«

»Weshalb? Die suchen wir doch nicht.«

»In welche Richtung ist sie gegangen?«

»Keine Ahnung.« Das Achselzucken wurde von einem erneuten Gähnen begleitet.

Große Jäger machte sich fluchend auf den Weg Richtung Fluss. Er hörte die Hundertschaft, bevor er den Beamten begegnete. Die jungen Polizisten kehrten in kleinen Gruppen zurück. Sie unterhielten sich. Große Jäger wurde an einen Oberkommissar verwiesen, der sich wenig begeistert von diesem Einsatz zeigte.

»Da ist nichts. Ich wette, an den anderen Stellen auch nicht. So bescheuert kann doch keiner sein, dass er sich hier versteckt.«

Große Jäger fragte nach den Jägern.

»Auf die sind wir gestoßen. Die machen einen vernünftigen Eindruck. Sie meinten, wir würden so viel Lärm machen, dass der Wolf, auf den sie aus sind, vertrieben werde. Deshalb haben die sich in Richtung Süden orientiert und durchkämmen jetzt die Gegend bis zur Eider. Prima. Dann können wir uns die Ecke sparen. Wir laufen jetzt noch einmal bis zu diesem Kanal ...«

»Die Neue Sorge.«

»Von mir aus. Da laufen wir jetzt hin. Ich bin Polizist und kein Marathonläufer«, sagte der Uniformierte maulig.

Große Jäger hütete sich, ihm laut zuzustimmen, und fragte, ob ihnen eine Frau begegnet sei.

Der Oberkommissar zeigte über die Schulter. »Dahinten läuft eine Verrückte herum. Ich verstehe das nicht. Was sucht die hier? Als Frau sollte sie lieber einen Bummel durch die Fußgängerzonen machen, zum Beispiel in Neumünster. Da komme ich her.«

Auf Große Jägers »Noch einen schönen Tag« antwortete der Polizist: »Was ist an dem schön?«

Nach einer halben Stunde Fußmarsch stieß Große Jäger auf Irene Lorenzen. Die Frau erschrak, als sie ihn gewahrte. Dann erkannte sie ihn wieder.

»Sie sind nicht zufällig hier?«, fragte er.

Irene Lorenzen zuckte nichtssagend mit den Schultern.

»Bei unserem Besuch in Nortorf haben wir Sie gewarnt. Dunker ist kein Teddybär zum Knuddeln, sondern gefährlich. Hat er Kontakt zu Ihnen aufgenommen?«

»Wie sollte er?«, entgegnete sie. »Er hat mich nie kennengelernt, und Name und Anschrift sind ihm auch unbekannt.«

»Woher wissen Sie, dass er sich vermutlich in dieser Gegend aufhält? Ausgerechnet hier, wo die Polizei ihn sucht?« Dass auch Peters-Hagen und die Burners auf Dunkers Spuren waren, ließ er unerwähnt.

»Das weiß die ganze Welt«, behauptete Inge Lorenzen. Leider war das nicht zu widerlegen. »Ich bin mir sicher, dass Hans-Dieter auf mich hört. Er hat Vertrauen zu mir.«

»Nein. Dunker vertraut niemandem. Er ist nur auf sich bezogen.«

»Ihr Beruf als Polizist hat Sie verbittert. Sie begegnen jedem mit Misstrauen. In jedem – jedem! – Menschen steckt etwas Gutes.«

»So tief kann man bei Dunker nicht buddeln, um das zu finden. Sie begeben sich in Gefahr. Fahren Sie nach Hause und verschanzen Sie sich, bis Dunker wieder gefasst ist. Lassen Sie sich auf keinen Fall mit ihm ein. Dunker hat nichts zu verlieren. Und keine Zukunft. Das weiß er auch. Sein Konto ist überzogen. Alles, was er noch begeht, kann ihm nicht mehr wehtun.«

»Ich habe Schwierigkeiten, Ihnen zu glauben.«

»Ich meine es gut mit Ihnen.« Er sah sie nachdenklich an. »Haben Sie eine Beziehung?«

»Das geht Sie nichts an.«

»Sie haben keine«, stellte er fest. »Sie sind einmal schwer enttäuscht worden. Nun glauben Sie, ein Mann, der im Gefängnis festsitzt, kann Ihnen nicht davonlaufen.«

Sie drehte sich zur Seite. »So ein Schwachsinn.«

»Was fasziniert Sie an Verbrechern?«

»Verbrecher! Was für ein Wort. Das sind Menschen mit einer Seele. So wie Sie und ich.«

»Das hier ist kein Spiel, bei dem Gefühle eine Rolle spielen. Noch einmal: Fahren Sie nach Hause.« Wie konnte er Irene Lorenzen überzeugen? »Dunker benötigt Unterstützung. Essen. Kleidung. Eine Unterkunft, um sich auszuruhen. Er ist krank. Glaubt es zumindest. Sie sind Krankenschwester. Ist es Ihr Beruf, der Sie innerlich antreibt? Berufung? Sollen Sie ihn hier herausbringen?«

Wenn Irene Lorenzen etwas verheimlichte, würde es die Suche noch weiter erschweren. Und für die Frau gefährlich werden. Dunker war keiner, der Dankbarkeit zeigte. Er würde die Gutgläubige nur für seine Zwecke benutzen. Und das in vielerlei Hinsicht.

»Dunker ist nichts für Sie. Er hat sich nicht gescheut, eine demenzkranke alte Frau zu überfallen und zu missbrauchen. Seien Sie vernünftig. Sie wären sein nächstes Opfer.«

Irene Lorenzen sah Große Jäger lange nachdenklich an. Dann schüttelte sie unmerklich den Kopf, wandte sich um und ging.

»Warten Sie«, rief er ihr hinterher, aber sie verschwand in Richtung des Flusses.

Was sollte er unternehmen? Er beschloss, ihr in einem größeren Abstand zu folgen. Das erwies sich als Herausforderung, da Irene Lorenzen ein flottes Tempo vorlegte.

Viele Hochmoore sind durch Trockenlegung und Torfgewinnung stark verändert. Dieses wurde schon früh in Grünland umgewandelt. Es gab Bestrebungen, einzigartige Lebensräume zu renaturieren. Dieses Naturschutzgebiet war ein Beispiel dafür. Dazu trugen sicher auch die Flüsse, Bäche und Gräben bei, die landschaftsprägend waren. Große Jäger schenkte der Natur nur wenig Aufmerksamkeit. Er war unentschlossen. Wenn sich Irene Lorenzen mit Dunker verabredet hatte, war der Flüchtige inzwischen durch die Polizei und die Jäger vertrieben worden. Wie hatten die beiden Kontakt aufgenommen? Nach seinem Wissensstand hatte Dunker kein Handy. Gab es irgendwo eine Telefonzelle? Die musste man im Zeitalter der mobilen Telefonie suchen. Und auf den kleinen Dörfern war diese Einrichtung mittlerweile zur Gänze verschwunden. Hatte Dunker sich ein Handy beschafft, indem er irgendwo eingebrochen war? Und war diese Tat noch nicht entdeckt worden? Die Geräte waren in der Regel passwortgeschützt. Oder irrte sich Große Jäger, und die Frau war auf gut Glück unterwegs?

Nach einem weiteren Kilometer blieb sie plötzlich stehen. Er trat zu ihr.

»Verfolgen Sie mich?«, fragte sie böse.

»Ja.«

»Lassen Sie das. Ich will das nicht.«

Er grinste. »Sie können ja die Polizei rufen.«

»Unverschämter Kerl.«

»Es ist schwierig, Ihre Verabredung einzuhalten. Heute ist ein unglücklicher Tag. Es ist einfach zu viel Betrieb. Und Handyempfang gibt es hier auch nicht.«

»Ach, lassen Sie mich in Ruhe«, sagte sie wütend, drehte sich um und stapfte Richtung Parkplatz davon.

Der Bus der Bereitschaftspolizei war verschwunden. Einsam standen dort die beiden Kleinwagen. Große Jäger hatte ihr einen Vorsprung gelassen. Sie stieg in ihren VW und fuhr davon. Er setzte sich in den Smart und startete den Motor, als sich ein tiefes Brummen näherte.

Von Weitem sah er zwei Motorräder, die sich näherten, das Tempo drosselten und am Aussichtsturm anhielten. Die drei Burners stiegen von ihren schweren Maschinen. Sie würden auch keinen Erfolg bei ihrer Suche haben, dachte er. Dunker hatte sich verkrochen. War er überhaupt noch hier? Er wurde zuletzt von der jungen Frau gesichtet, die ihm auf dem Fahrrad entkommen konnte. Und das war in der entgegengesetzten Richtung gewesen.

Hatte Dunker überhaupt einen Plan?

Alle, die nach ihm suchten, konzentrierten sich auf dieses Gebiet.

»Wohin bist du geflüchtet?«, murmelte Große Jäger und startete den Motor.

Langsam ließ er den Smart die kurvenreiche Nebenstraße durch das platte Land in Richtung des nächsten Dorfes rollen. In einer der lang gestreckten Kurven kam ihm ein weiteres Motorrad entgegen, das die ganze Breite des Fahrwegs beanspruchte. Nur knapp gelang es dem Fahrer, auszuweichen. Die Maschine geriet ins Schlingern. Große Jäger befürchtete, sie könnte ins Schleudern geraten und verunglücken. Doch der Fahrer konnte sie noch abfangen. Alles spielte sich in Bruchteilen von Sekunden ab.

Trotzdem glaubte Große Jäger, dass ihm Kerimoğlu auf seiner Kawasaki begegnet war. Im Spiegel sah er, wie das Motorrad langsamer wurde und schließlich abbremste. Große Jäger trat das Gaspedal durch. Der Motor des Smarts heulte gequält auf. Dann beschleunigte der Wagen. Der Motorradfahrer war dabei, sein Gefährt zu wenden. Kerimoğlu musste ihn auch erkannt haben. Große Jäger hatte sein Auto direkt vor dessen Flensburger Wohnung geparkt gehabt.

Wenn es gelang, Meggerdorf vor dem Verfolger zu erreichen, konnte er sich eventuell in einer kleinen Seitenstraße verbergen. Er wollte es nicht auf eine Konfrontation mit dem Burner ankommen lassen. Kerimoğlu war gereizt, eventuell auch von der bisher ergebnislosen Suche nach Dunker genervt. Er würde Große Jäger nicht stellen wollen, um mit ihm die Diskussion fortzusetzen. Was würde geschehen, wenn er seine Kumpane zu Hilfe rufen würde? Die Leute waren bekannt dafür, dass sie nicht zimperlich waren. Große Jäger konnte auch um Verstärkung bitten. Damit würde er aber ein paar unliebsame Erklärungen abgeben müssen. Außerdem hatte er das gleiche Handicap wie Kerimoğlu. Hier draußen gab es keinen Handyempfang.

Er trat das Gaspedal durch und war für die kurvenreiche Strecke viel zu schnell unterwegs. Zum Glück herrschte hier kaum Verkehr, nicht jede Kurve war aufgrund des Seitenbewuchses optimal einsehbar.

Er hörte das Motorrad, bevor es im Rückspiegel auftauchte. Vor der schnellen Maschine gab es kein Entkommen. Der Burner hatte sich an seine Stoßstange geheftet. Es war mehr als Leichtsinn, es war lebensgefährlich. Kerimoğlu hätte keine Chance, zu bremsen. Sein Gefährt würde in das Heck des Smart krachen. Und dessen Knautschzone …

Welche?, fragte sich Große Jäger. Es kroch ihm kalt den Rücken hoch. Konzentriert saß er am Steuer und jagte auf den Ortseingang zu. Nach einer Linkskurve begann die Bebauung. Große Jäger bremste sachte ab. Er konnte es nicht verantworten, mit hoher Geschwindigkeit durch das Dorf zu fahren. Hier konnten Fußgänger oder spielende Kinder auftauchen.

Ein schneller Blick in den Spiegel bestätigte ihm, dass Kerimoğlu Mühe hatte, sein Krad unter Kontrolle zu halten. Der Burner pendelte hin und her. Meggerdorf bestand außer dem kleinen Ortskern im Prinzip aus dieser lang gezogenen Straße. Mit achtzig Stundenkilometern waren sie immer noch zu schnell. Auch ein geübter und aufmerksamer Fahrer konnte die Gesetze der Physik nicht aushebeln.

Große Jäger überlegte fieberhaft, wie er weiter vorgehen sollte. Anhalten und sich stellen? Kerimoğlu würde viel schneller von seinem Motorrad abgestiegen sein, als er den Smart verlassen konnte. War der Mann bewaffnet? Messer? Schlagring? Totschläger? Würde er sich von Große Jägers Dienstwaffe beeindruckt zeigen? Einem Dritten hätte er geraten, den Schutz einer Menschenansammlung zu suchen. Doch so etwas fand man in deutschen Dörfern nicht mehr, höchstens in *Düssel*dorf, dachte er grimmig.

Sie erreichten die Kreuzung der vorfahrtberechtigten Landesstraße. Große Jäger bremste ab. In diesem Moment setzte sich Kerimoğlu neben seinen Smart und rüttelte an der Tür. Zum Glück hatte der Hauptkommissar die Sperre eingelegt. Er sah noch einmal nach links. Die Straße war frei. Dann gab er Gas. Vorsichtig trat er auf das Pedal, damit der Wagen langsam anfuhr. Er wollte den Burner nicht verletzen und von seinem Motorrad reißen. Kerimoğlu hielt sich krampfhaft fest, als könne er den Kleinwagen aufhalten. Dann ließ er los. Große Jäger bog rechts ab. Das Motorrad folgte ihm und hatte ihn nach wenigen Sekunden wieder eingeholt. Der Kleinwagen hatte keine Chance, zu entkommen.

Solange sie fuhren, konnte Kerimoğlu wenig unternehmen. Sobald sich eine Gelegenheit bot, würde er aber übergriffig werden, dessen war sich Große Jäger sicher. Er konnte nach Erfde fahren und die dortige Polizeistation ansteuern. Die war aber nur gelegentlich besetzt. Die Möglichkeit entfiel. Wenn er auf einen leeren Parkplatz fahren und dem Burner mit gezückter Waffe gegenübertreten würde …? Ließe sich Kerimoğlu davon beeindrucken? Der Rocker wusste, dass Große Jäger wahrscheinlich keinen Gebrauch von der Schusswaffe machen würde, es sei denn zur Selbstverteidigung.

Es war vertrackt. In dieser Situation vermisste er Cornilsen.

Das Motorrad hielt jetzt einen etwas größeren Abstand. Nach einer leichten Linkskurve setzte es zum Überholen an, brach den Vorgang aber unvermittelt wieder ab, als ihnen ein

Kleintransporter entgegenkam und wütend die Lichthupe betätigte. Nach der nächsten Kurve führte die Straße fast zwei Kilometer schnurgeradeaus. Wie mit dem Lineal gezogen folgte sie dem kanalartig ausgebauten Flusslauf der Neuen Sorge. Weit hinten sah man das nächste entgegenkommende Fahrzeug.

Das Motorrad heulte auf, dann schoss es auf die Gegenfahrbahn und flog förmlich an dem Smart vorbei. Mit einem gewagten Schlenker setzte es sich vor Große Jäger. Dann leuchtete das Bremslicht auf. Kerimoğlu führte eine Stotterbremsung durch. Er war klug genug, nicht abrupt zu bremsen, um keinen Auffahrunfall zu riskieren.

Große Jäger verringerte ebenfalls das Tempo, bis sie nahezu gemächlich mit vierzig Stundenkilometern dahinrollten. Hinter ihnen tauchte ein BMW auf und musste notgedrungen ebenfalls die Geschwindigkeit drosseln. Der Fahrer blinkte wild. Große Jäger hörte, wie er die Hupe betätigte. Er beließ seine Hand auf dem Hupring, als er die beiden Fahrzeuge überholte. Für einen Sekundenbruchteil musste er auch das Lenkrad losgelassen haben, als er Große Jäger im Vorbeifahren den ausgestreckten Mittelfinger zeigte. Kerimoğlu hatte das Tempo weiter reduziert. Er wurde immer langsamer, bis er ganz zum Stehen kam.

Die Gegenfahrbahn war frei. Große Jäger beschleunigte und überholte den Burner. Der benötigte ein paar Herzschläge, um die kurze Distanz, die sich zwischen ihnen aufgetan hatte, auf seinem Motorrad wieder zu überbrücken. Sie hatten fast die Einmündung an der Stelle erreicht, an der Dunker mit dem in Hürup entwendeten Opel Corsa verunglückt war.

Große Jäger traute seinen Augen nicht. Kurz vor der Einmündung gab es einen Wendeplatz für den Linienbus. Dort parkte jetzt der Bus der Eutiner Bereitschaftspolizei. Eine Gruppe junger Beamter stand davor und rauchte. Sie sahen irritiert auf, als Große Jäger den Smart auf sie zusteuerte und scharf bremste.

Kerimoğlu hatte ebenfalls das Tempo reduziert, war dann aber an ihnen vorbeigefahren und verschwunden.

Große Jäger schaltete den Motor ab, atmete tief durch, stieg aus und sagte:»Moin, Jungs.«

»He«, beschwerte sich eine junge Polizistin.

Er verbeugte sich leicht.»Hallo, die Dame.«

Ein hochgewachsener Rothaariger aus der Gruppe grinste.»Was war das denn?«, fragte er.»Eine Sardinenbüchse und dann Rennen fahren?«

»Und der Opa hat auch noch gewonnen«, ergänzte ein anderer.»Donnerlüttchen.«

Große Jäger sagte nichts dazu. In der Gruppe stand auch der Beamte, der den Bus am Aussichtsturm bewacht hatte.»Das ist ein Kollege von der Kripo«, erklärte er.

Der Rothaarige lachte erneut.»Von der schnellen Eingreiftruppe, so wie der fährt?«

»Welche Kripo?«, wollte einer wissen.

»Husum.«

»Nun, dann will ich später nicht dorthin versetzt werden, wenn die Smarts als Einsatzfahrzeuge haben.«

»Ist doch gemütlich, Maxi«, mischte sich ein weiterer ein.»Im Schießen bist du doch nicht so doll. Da kommt Husum gerade recht. Die gehen da noch mit Pfeil und Bogen auf Gangsterjagd.«

Große Jäger gesellte sich zu der Runde und schwieg. Sollten die jungen Polizisten ruhig fröhlich lästern. Sie würden früh genug mit ernsten Lagen konfrontiert werden. Ihm schmeckte die Zigarette bestens. Die dritte war noch bekömmlicher, als er den roten VW up! mit dem Rendsburger Kennzeichen vorbeifahren sah. Irene Lorenzen saß allein im Auto, näherte sich der Abbiegung und fuhr dann Richtung Rendsburg davon.

Große Jäger wartete noch zehn Minuten, dann setzte er sich ins Auto und fuhr los. Auf Höhe der Steinschleuse hatten heute Morgen noch zwei Polizeibusse gestanden. Jetzt war der Platz verwaist. Das Naturschutzgebiet war ein großes Areal und konte nur weit umfahren werden. Nach vielen Kilometern traf er nahe einem kleinen Waldgebiet auf ein Fahrzeug der Bereitschaftspolizei.

Er suchte den Leiter der Hundertschaft, einen Hauptkommissar, und fragte nach dem Erfolg der Aktion. Der zeigte sich enttäuscht.

»Für die jungen Kollegen ist es deprimierend, wenn sie viele Kilometer durch das Gelände stapfen und absolut nichts außer Landschaft entdecken«, sagte er mit einem bitteren Unterton.

»Das mögen auf direktem Weg etwa sieben Kilometer von der Steinschleuse bis hierher sein, aber wir haben den Weg s-förmig zurückgelegt. Da kommen ein paar Kilometer mehr zusammen. Jeder, der schon einmal Golf gespielt hat, weiß, dass sich die Nettodistanz erheblich verlängern kann, wenn man ungenau spielt und ständig kreuz und quer laufen muss. Unsere zweite Gruppe ist noch Richtung Dörpstroot unterwegs. Dort steht auch der Bus.«

Große Jäger fragte, ob sich die dritte Gruppe gemeldet habe.

»Ja«, bestätigte der Hauptkommissar. »Sie meinen jene, die drüben an der Alten Sorge unterwegs war.« Dann grinste er. »Waren Sie der Verrückte, der sich mit dem Smart ein Rennen mit einer Kawasaki geleistet hat?«

»Ich war der Erste«, erwiderte Große Jäger. Als Sieger fühlte er sich hingegen nicht.

Nach einem Dank an die Hundertschaft kehrte er nach Husum zurück. Von der Dienststelle aus fragte er die umliegenden Polizeistationen ab. Schleswig. Kropp. Husum. Lunden. Nichts. Nirgendwo waren Straftaten gemeldet worden, die auf Dunker hinweisen könnten. Der Mann war wie vom Erdboden verschluckt. Auch das Fahrrad war nicht wieder aufgetaucht. Hatte er sich doch zu seiner Cousine durchgeschlagen?

»Du siehst nicht sehr glücklich aus«, stellte Cornilsen fest.

»Erfolg sieht anders aus«, erklärte Große Jäger. »Wo hat sich Dunker versteckt?«

»Du musst dir keine Vorwürfe machen. Der ganze Polizeiapparat ist ihm auf den Fersen.«

»Nicht nur der. Aber – verflixt – der Kerl ist doch nicht unsichtbar? Die Bereitschaftspolizei war den ganzen Tag unterwegs.« Er fasste sich an die Nasenspitze. »Mich ärgert, dass ich ideenlos hier sitze.« Er zog die Stirn kraus. »Die Cousine hat erzählt, dass Dunker sich in der Kindheit im Moor wohlgefühlt hat. Lassen wir einmal alle Betrachtungen der Psychoeute außen vor, weshalb das so war. Es gab die Andeutungen, dass er keine glückliche Kindheit in Heide verbracht hat. Wenn er sich dort eingeengt fühlte, möglicherweise sogar bescheidene Wohnverhältnisse erlebte, dann bedeutete das Moor Großzügigkeit, Weitläufigkeit.«

Seine Gedanken kehrten kurz zu seinem Schlafplatz im Freien zurück, als er über sich den unendlich weiten Sternenhimmel gesehen hatte. Für ihn war es nichts Mystisches, aber immer wieder unfassbar, dass es da oben immer weiterging und man sich auch mit viel Phantasie nicht vorstellen konnte, wie groß und gewaltig das All war.

Cornilsen lachte laut auf.

»Was ist?« Große Jäger musterte sein Gegenüber durch zusammengekniffene Augenlider. Hatte Cornilsen seine Gedanken erraten?

»Du sagtest, wir sollten die Psychoeute außen vor lassen, stellst dann aber Überlegungen an, dass Dunker die Weite suchte, weil er sich als Kind eingeengt fühlte.«

»Mach du dir Gedanken, ob Dunker *die* Weite oder *das* Weite gesucht hat.«

»Die Frage ist beantwortet. Er hat *das* Weite gesucht.«

»Hm.« Große Jäger strich sich mit Daumen und Zeigefinger über die Mundwinkel.

Dann griff er zum Telefon und rief Marlies Schimmelmann an. Dunkers Cousine war sofort am Apparat. Er erinnerte sie an ihren Hinweis in Bezug auf das Moor. »Gibt es noch andere Bezugspunkte, weshalb sich Dunker dorthin gezogen fühlt?«

Sie zögerte lange. »Nur die, die ich schon genannt hatte.«
»Denken Sie noch mal nach, es mag Ihnen auch noch so unbedeutend erscheinen.«
»Meine Eltern hatten dort einen losen Kontakt zu einer älteren Frau.«
»Eine Verwandte?«
»Nein. Damals gab es Nenntanten. Wir haben Tante Hedwig zu ihr gesagt.«
»Hedwig. Und weiter?«
»Keine Ahnung. Für uns war sie Tante Hedwig. Der Zuname ist nie gefallen.«
»Wo wohnt sie?«
»Tja.« Es entstand eine lange Pause. »Wissen Sie, das ist alles so lange her.«
»Wie stand Dunker zu ihr?«
»Ich glaube, sie haben sich gemocht. Wenn ich es recht bedenke ... Es mag eigentümlich klingen, aber Hans-Dieter war in ihrer Gegenwart ... war ... war ... Wie soll ich es beschreiben?«
»Versuchen Sie es«, ermunterte Große Jäger sie.
»Er war irgendwie Kind.«
Dunker hatte sich offenbar in Gegenwart von »Tante Hedwig« wohlgefühlt, vielleicht sogar geborgen. Diese Erfahrung schien er sonst kaum gemacht zu haben. War das auch einer der Gründe, weshalb es ihn in diese Region zog? Übertrug er dieses Gefühl aus der Kindheit auf das Jetzt?
Geduldig versuchte Große Jäger, weitere Erinnerungen zu wecken. »Wo wohnt diese Tante Hedwig?«
»Das ist viel zu lange her. Ich kann mich wirklich nicht erinnern. Ich würde ja gern helfen, aber ...« Ein Stoßseufzer kam aus der Leitung. Plötzlich schien ihr noch etwas einzufallen. »Ich glaube, sie wohnte in Fresendelf.«
Große Jäger kannte die kleine Gemeinde mit rund sechzig Einwohnern. Fresendelf lag allerdings abseits des Gebiets, auf das sie ihre Suche konzentriert hatten. Jetzt machte auch das gestohlene Fahrrad Sinn. Und nach der letzten Sichtung bewegte

sich Dunker in diese Richtung. Danach war er abgetaucht. In der Nähe des Dorfes gab es ebenfalls ein Moor. Das Wilde Moor. »Waren Sie auch im Wilden Moor?«, fragte er.

»Oja«, antwortete Marlies Schimmelmann spontan. »Für uns Kinder war das immer ein bisschen unheimlich. Dort traf man nur auf wenig Menschen. Und Nutzflächen findet man dort auch nicht, anders als in Stapelholm.«

Das Wilde Moor schien ein ideales Terrain zu sein, um sich zurückzuziehen, dachte Große Jäger.

Es sollte nicht schwerfallen, »Tante Hedwig« ausfindig zu machen. Ob sie Dunkers Ziel war? Ging er davon aus, dass sich niemand an die Verbindung zwischen ihm und ihr erinnerte?

Es half nichts. Cornilsen ließ sich nicht abschütteln. »Wir sind ein Team«, erklärte er. »Ich werde dich begleiten.«

Sie mussten feststellen, dass der Smart für die beiden Polizisten mit ihren unterschiedlichen Staturen nicht gerade das ideale Fahrzeug war.

Unterwegs ärgerte sich Große Jäger über den Zustand der Straßen. »Patchwork-Bernd …«

»Wer?«, hakte Cornilsen nach.

»Der Verkehrsminister. Der hat das gleiche Hobby wie Heide Simonis. Die war für ihre Patchworkdecken bekannt. Der jetzige Verkehrsminister probiert sich allerdings an den Straßen. Die bestehen nur noch aus Flicken. Wenn bei uns etwas in Sachen Straßenbau geplant wird, geht es in die Hose.«

»Dafür mag es Gründe geben.«

»Ja«, fluchte Große Jäger. »Seit vierzig Jahren endet die Husumer Umgehung in einer scharfen Kurve. Die Küstenautobahn hingegen endet immer wieder vor Gericht. Was die auch anfassen … Es funktioniert nicht. Wie gut, dass die Straßenplaner nicht für den Deichbau zuständig sind. Sonst hätte ich mich aus Angst schon ins Hochgebirge geflüchtet. Wären wir ein privatwirtschaftliches Unternehmen, hätten wir Insolvenz anmelden müssen.«

»Na, na«, wiegelte Cornilsen ab.

»Oder wir wären übernommen worden, wie marode Unternehmen auch. Zum Beispiel von den Bayern. Da hat jedes Dorf eine vierspurige Umgehung.« Er malte mit der rechten Hand in der Luft herum. »Stell dir vor: Freistaat Bayern, Regierungsbezirk Schläfrig-Holzbein.«

»Das wäre für uns beide von Nachteil«, protestierte Cornilsen. »Wir würden doch die Dienstanweisungen nicht verstehen. Die sind nicht auf Deutsch.«

»Stimmt«, pflichtete ihm Große Jäger bei. »Trotz aller Widrigkeiten bewerben sich immer noch mehr junge Leute für den Polizeidienst, als Stellen angeboten werden. Gut ein Drittel scheitert aber schon an der Rechtschreibung.« Er knuffte Cornilsen mit dem Ellenbogen in die Seite. »Was sagtest du? Wo hast du Abitur gemacht?«

Fresendelf hatte keine einhundert Einwohner. »Hier kannst du jeden beliebigen Bürger fragen«, sagte Große Jäger, »und er weiß, was es beim Nachbarn zu Mittag gibt.«

Beim ersten Haus, an dem sie klingelten, öffnete ein gemütlich aussehender Mann mit Bierbauch. Er war erstaunt, dass geläutet wurde.

»Hier sind die die Türen nicht verschlossen«, erklärte er. »Wer was von einem will, kommt einfach rein.«

Er besah sich die beiden ungleichen Polizisten. »Interessant«, murmelte er, »was von unseren Steuern heute finanziert wird.«

Natürlich war ihm Tante Hedwig ein Begriff. »Wer kennt die nicht. Bei uns war sie genauso bekannt wie Stine Mett in Husum, nur dass Tante Hedwig ein ganz anderer Typ war.«

»Hedwig … Wie lautet ihr Zuname?«, wollte Große Jäger wissen.

Der Mann legte die Stirn in Falten. »Oh. Jeder nannte sie nur Tante Hedwig. Nicht etwa Hedwig. Dafür hatten alle zu viel Respekt vor ihr. Sie hieß …« Er schnippte mit den Fingern.

»Genau. Hedwig Bruhn. Man sagt, sie sei über ein paar Ecken mit Nicolaus Bruhn verwandt.«

»Der ist aber schon über dreihundert Jahre tot«, stellte Große Jäger fest.

Der Mann griente. »Ich wäre mir nicht sicher, ob Tante Hedwig ihn nicht doch persönlich kannte.«

Cornilsens fragender Gesichtsausdruck veranlasste Große Jäger, zu erklären, dass der in Schwabstedt geborene Bruhn ein bedeutender Komponist von Orgelwerken und ein Orgelvirtuose war.

»Tja«, sagte der Mann und kratzte sich den Hinterkopf. »Tante Hedwig ist vor zwei Jahren hochbetagt verstorben. Sie wurde auf dem Friedhof von St. Jacobi beerdigt.«

»Schwabstedt«, warf Große Jäger ein.

Der Mann nickte. »Tante Hedwig hatte keine Angehörigen. Trotzdem war das ganze Dorf da. Wie gesagt: Jeder kannte sie. Immer hilfsbereit. Deshalb hat sie auch bis zuletzt das ganze Dorf unterstützt, als sie selbst nicht mehr konnte. Das ist hier so. Jeder hilft jedem.«

»Hatte Frau Bruhn …«

»Wer? Ach so. Sagen Sie doch einfach Tante Hedwig.«

»Hatte Tante Hedwig einen Bezug zum Moor?«

»Einen Bezug zum Moor?« Der Mann lachte kehlig. »Sie sind gut. Sie war die Moorhexe schlechthin.« Er hob abwehrend die Hand mit dem gestreckten Zeigefinger. »Das war nichts Ehrenrühriges. Bei dichtestem Nebel kam sie nicht vom Weg ab. Das war aber nicht nur das Moor. Auch die Wälder ringsherum. Ich bin mir sicher, sie hat jeden Baum mit Vornamen gekannt. Dafür ist sie im Leben aber wohl nie weiter weg gewesen als Schwabstedt, höchstens mal bis Friedrichstadt. Husum – ich glaube, das war ihr zu groß.«

Sie bedankten sich bei dem hilfsbereiten Mann und fuhren nach Schwabstedt.

»Unsere Idee, dass es einen Kontakt zwischen Tante Hedwig und Dunker gab, ist nicht von der Hand zu weisen. Möglicherweise hat Dunker im Gefängnis noch erfahren, dass Tante Hedwig tot ist.«

Cornilsen nickte stumm.

Die St.-Jacobi-Kirche war ein mittelalterlicher Feldsteinbau mit einer sehenswerten Ausstattung. Sie lag auf einer Anhöhe über dem schmucken Ort, umgeben vom Friedhof. Ein schmiedeeisernes Tor führte auf den Kirchhof. Sie teilten sich auf und suchten nach der Grabstätte. Eine ältere Frau war dabei, mit einer Handharke eine Parzelle zu pflegen.

»Kann ich Ihnen helfen?«, fragte sie freundlich. Dabei rutschte ihr Gebiss ein Stück vor. Geschickt brachte sie es mit der Zunge wieder an der vorgesehenen Stelle unter.

»Wir suchen das Grab von Tante Hedwig.«

»Tante Hedwig«, wiederholte sie und streckte den Arm aus. »Da drüben. Neben dem Grabstein aus Granit. Das schlichte Holzkreuz.«

Dann wünschte sie den beiden Beamten noch einen schönen Abend und setzte ihre Arbeit fort.

Große Jäger war nicht überrascht, dass das Grab gepflegt war. Obwohl die Verstorbene keine Hinterbliebenen hatte, kümmerte sich jemand um die Pflege.

»Neunundachtzig ist sie geworden«, sagte Große Jäger und sah auf, als die ältere Frau näher kam.

»Sie sind nicht von hier?«, fragte sie. Große Jäger bestätigte es. »Man kennt sich ja. Komisch. Da war neulich schon mal einer und hat sich das Grab angesehen. Der war auch nicht von hier.«

»Haben Sie mit ihm gesprochen?«

»Nee.« Sie schüttelte sich. »Der war irgendwie komisch. Sah ziemlich heruntergekommen aus. Wie ein – Verzeihung – Penner. Ich habe mich noch gewundert, was der hier wollte.«

»Wann war das?«

»Gestern erst. Wenn das Wetter gut ist, komme ich häufig hierher, um meinen Jesper zu besuchen.«

»Was hat er gemacht?«

»Er hat still am Grab gestanden. Es sah so aus, als hätte er noch nicht mitbekommen, dass Tante Hedwig tot ist. Ich glaube, er war ziemlich traurig.«

Der Beschreibung nach, die sie anfügte, musste es sich um Dunker gehandelt haben.

»Du hast richtig kombiniert«, lobte ihn Cornilsen, als sie zum Auto zurückkehrten. »Nun sind wir ihm auf der Spur.«

Große Jäger bremste die Euphorie des jungen Kollegen. »Dunker ist ein Meister im Verbergen. Und er ist skrupellos genug, sich das zu beschaffen, was er zum Überleben braucht.« Er atmete tief durch. »Und ich brauche jetzt meinen Feierabend.«

»Tun wir das machen«, stimmte Cornilsen zu.

Das Wetter war umgeschlagen. Der Wetterfrosch vor den Nachrichten hatte von einem typischen norddeutschen Sommer gesprochen. Manchem mochte es recht sein. Nach zwei Dürrejahren freuten sich Landwirte und Böden über die Nässe. »Es ist staubfrei«, hatte Cornilsen erklärt und genickt, als Große Jäger vermutete, diese Erkenntnis stamme von Oma. Auch die zahlreichen Urlaubsgäste störten sich nicht an den gelegentlichen Wolken. Es war angenehmer, den Regen zu ertragen, als die schönste Zeit des Jahres in Gegenden zu verbringen, in denen das Thermometer selbst nachts nicht die Zwanzig-Grad-Marke unterschritt.

Mommsen und Karlchen hatten dieses Erlebnis im letzten Jahr geteilt. »Das war im wahrsten Sinne des Worts ein heißer Urlaub«, lautete Karlchens Resümee nach dem Urlaub in Kenia.

Mittlerweile waren die Vorhersagen der Meteorologen erstaunlich zuverlässig. Demnach standen nicht nur ein paar gelegentliche Schauer, sondern eine längere durchgängige Regenperiode bevor, mit einem Temperaturabfall auf auch tagsüber nur noch fünfzehn Grad.

Das würde Dunkers Aufenthalt im Freien unangenehmer machen. Damit war auch die Gefahr verbunden, dass er sich Zugang zu geschützten Unterkünften verschaffen würde.

Große Jäger hatte seinen ersten Becher Kaffee noch nicht ausgetrunken, als Mommsen in das Büro kam und ihn mit einem strafenden Blick bedachte, der auf die in der Schreibtischschublade geparkten Füße gerichtet war. Der Kriminalrat wollte wissen, ob es seitens Große Jägers Neuigkeiten gab. Er selbst konnte von keinen Fahndungserfolgen berichten. Große Jäger erzählte von »Tante Hedwig« und dass man Dunker vermutlich auf dem Schwabstedter Friedhof gesehen hatte. »Ich gehe davon aus, dass er ins Wilde Moor will.«

»Das ist eine Annahme, für die keine Fakten vorliegen.«
Große Jäger strich sich versonnen den Schmerbauch. »Wenn sich drei Hundertschaften aufstellen und das Moor durchkämmen, könnten wir ihn einkesseln.«

»Wir haben in Schleswig-Holstein insgesamt nur drei Hundertschaften«, gab Mommsen zu bedenken. »Du kannst nicht die ganze Landespolizei zur Jagd auf Dunker einsetzen. Außerdem ist nicht gewährleistet, dass er sich dort aufhält.«

»Wir müssen den Fahndungsdruck erhöhen, Harm«, erwiderte Große Jäger.

»Wilderich. Das ist nicht unser Fall.«

»Sind wir die Polizei?«

»Ja, aber für die Suche nach Dunker ist Flensburg zuständig. Es reicht, dass man uns gelegentlich in Fällen ermitteln lässt, die nicht in unseren Zuständigkeitsbereich fallen.«

Große Jäger lachte laut auf. »Ich amüsiere mich immer köstlich über die zahlreichen Mordkommissionen im Fernsehen. Es gibt bestimmt zwei Dutzend auf Sylt, sogar mit eigener Gerichtsmedizin. Natürlich hat Föhr eine eigene Polizeidirektion, ebenfalls personell bestens ausgestattet. Die Leute sehen mit Begeisterung Krimis, in denen die Mordkommission Amrum ermittelt. Die haben jetzt sogar einen neuen Chef, der sein Handwerk in Büttenwarder erlernt hat.«

»Deine Ausflüchte führen uns nicht weiter. Hier in Husum warten handfeste Aufgaben auf uns. Da wird jeder gebraucht. Auch du«, sagte Mommsen ernst.

»Ich bin täglich im Einsatz.«

»Ich habe mit keiner Silbe behauptet, dass du nicht fleißig bist. Aber hier stapeln sich die unerledigten Fälle. Deine Expertise wird benötigt.«

»Ich akzeptiere deine Sicht der Dinge«, sagte Große Jäger und klopfte sich gegen die Brust. »Aber ich kann keine innere Ruhe finden, solange Dunker da draußen sein Unwesen treibt.«

»Wir können über diesen Punkt nicht diskutieren«, erklärte Mommsen.

»Nein. Ich habe dir schon einmal gesagt, dass ich gerne Urlaub nehmen möchte.«

Mommsen atmete tief durch, während Große Jäger aufstand.

»Ich habe auch schon eine Idee.«

Der Kriminalrat hob und senkte die Schultern. Dann winkte er ab, drehte sich um und ging.

»Wie schaffst du es, ihn ständig um den Finger zu wickeln?«, wollte Cornilsen wissen.

Große Jäger grinste breit und zog mit dem Zeigefinger das rechte Augenlid herab. »Er kann nicht anders. Schließlich habe ich ihn ausgebildet, als er noch *das Kind* war. Hier hat er seine ersten Gehversuche in der Praxis unternommen. Dort, wo du jetzt sitzt.« Plötzlich wurde er ernst. »Bei dir werde ich besser aufpassen. Nicht dass du auch nach Münster gehst und als Kriminalrat zurückkehrst. Ich bin schließlich nicht für den ganzen Führungsnachwuchs der Landespolizei zuständig.«

Dann machte er sich auf den Weg.

Der Bäcker in Schwabstedt hatte seinen Laden etwas abseits des Ortskerns. Er war weit über die Grenzen der Gemeinde für seine Backwaren bekannt. Große Jäger wartete, bis die Kunden vor ihm bedient wurden, und fragte die freundliche Verkäuferin nach einem Kunden »wie dieser«. Dabei zeigte er ein Foto Dunkers auf seinem Handy.

»Ganz sicher bin ich mir nicht«, sagte die Frau und schob ihre Brille hin und her. »Die Einheimischen, die kennt man ja. Aber hierher kommen auch Urlauber, die sich in einer der Ferienwohnungen einquartiert haben. Im Laufe der Zeit gewinnt man Routine. Wenn sie das dritte Mal zu uns kommen, weiß ich, was sie haben möchten. Doch. Ich glaube, der war hier. Einmal. Solche Kunden haben wir nicht oft.« Sie musterte Große Jäger eindringlich und schien jeden Fleck an seiner Kleidung in sich aufzunehmen. »Ist er ein, äh … Freund von Ihnen?«

»Nein. Ganz bestimmt nicht.«

»Ich meine, weil er genauso ...« Sie brach mitten im Satz ab. Ein leichter Rotschimmer überzog ihr Gesicht.

»Weil ich nicht im gebügelten Frack herumlaufe?«, half ihr Große Jäger.

»So wollte ich es nicht ausdrücken«, wehrte sie ab.

»Aber Sie erinnern sich an ihn?«

»Ja. Das kommt selten vor, dass ein Kunde unangenehm ist. Dort saß er.« Sie zeigte auf die beiden kleinen Tische neben dem Verkaufstresen. »Er sah sehr ungepflegt aus.« Sie senkte die Stimme. »Und hat gestunken.« Um das zu unterstreichen, zog sie die Nase kraus. »Ein komischer Typ. Er hat sich zwei Brötchen mit Mettwurst machen lassen und zwei Becher Kaffee getrunken. Dann hat er in seiner Tasche gewühlt und das Geld herausgeholt. Auf eine merkwürdige Art, so als würde er das nicht oft machen. Ich war schon in Sorge, dass er gar nicht bezahlen wollte, und hatte überlegt, was ich dann machen soll. So einen aufhalten? Oder gar anfassen?« Bei dem Gedanken schüttelte sie sich.

»Hat er etwas gesagt? Gefragt?«

»Nee. Er wollte auf die Toilette, aber wir haben keine. Dann wollte er auf die Personaltoilette. Aber nee. So einen lasse ich doch nicht dahin. Er ist schließlich brummig davongezogen.«

»Welche Richtung?«

Sie zeigte nach rechts. »Da lang. Mit einem Fahrrad.«

»Fahrrad?«

»Ja. Aber wie ein Radtourist wirkte er nicht. Ich habe mich noch gewundert, weil er keine Satteltaschen dabeihatte. Kein Gepäck und so. Sah aus, als sei er schon länger unterwegs.«

Große Jäger bedankte sich und bestellte ein Mettwurstbrötchen und einen Becher Kaffee. Die Brötchen waren wirklich lecker. Dafür lohnte auch der Umweg über Schwabstedt.

Die Richtung, in die die Verkäuferin gewiesen hatte, führte grob zum Wilden Moor. Dorthin wollte er auch. Er kannte die Lage, war aber selbst noch nie dort gewesen. Auf einer engen gewundenen Straße, die durch üppiges Grün und kleine Dörfer führte, gelangte er nach Hollbüllhuus, dem Eingangstor zum Moor. Er war enttäuscht, dass außer einem hölzernen Schild nichts weiter auf dieses Gebiet hinwies. Am schmalen Seitenweg lag ein zugewuchertes Grundstück. Ein Schild warb für Gästezimmer.

Nach wenigen Metern versperrte eine Schranke die weitere Fahrt. Seitlich versetzt gab es eine große Tafel mit Erklärungen zum Moor und dessen Flora und Fauna. Große Jäger wendete den Smart und parkte vor einem VW-Bus mit Schleswiger Kennzeichen. Er war überrascht, dass sich bei diesem Wetter noch jemand hierherverirrt hatte. Es regnete unentwegt. Es waren keine Sturzbäche, aber der durchgängige Landregen reichte, um alles zu durchnässen.

Große Jäger zögerte einen Moment. Sollte er wirklich hinaus? Was würde es bringen? Falls Dunker sich dort aufhielt, würde er nicht mitten auf der freien Fläche stehen und ihn erwarten, sondern hatte sich irgendwo ins halbwegs Trockene zurückgezogen.

Er stieg aus und suchte im kleinen Kofferraum nach der gelben Öljacke, dem Friesennerz. Dort lag sie nicht. Er war überzeugt, sie ins Auto gelegt zu haben. Viele Möglichkeiten der Ablage bot der Smart nicht. Schließlich fand er sie zerknüllt unter dem Beifahrersitz.

Obwohl er die Jacke vor langer Zeit für sich erstanden hatte, war sie reichlich eng. Mit Mühe schaffte er es, den Reißverschluss zu schließen. Bei seinen Anstrengungen befürchtete er, das dünne Material würde reißen. Hieß es deshalb »Reißverschluss«?, fragte er sich. Er stülpte die Kapuze über, stapfte los und umrundete den Schlagbaum, der im Schatten eines einzelnen großen Baums die Zufahrt versperrte.

Moor? Der grasbewachsene Weg mit zwei Fahrspuren führte durch Maisfelder links und rechts. Am Ende gelangte man mittels einer schlichten Betonplatte über einen kleinen Wasserlauf, der sich durch die Landschaft schlängelte. Danach wurde der Weg von dichtem Buschwerk und kleinen Bäumen begleitet. Sie bildeten ein nahezu undurchdringliches Dickicht. Wer schaurige Geschichten mochte, dem boten die dunklen Löcher, die von dem etwas höher gelegenen Weg ins Nichts führten, genügend Stoff für die Phantasie. Die hohen Gräser und bunten Wildblumen mochten Naturfreunde begeistern. Für Große Jäger bedeutete der Gang keine Freude. Der Regen troff ihm von der Kapuze ins Gesicht, lief an der Öljacke herab und durchweichte seine Jeans am Übergang von der Jacke zur Hose. Sie war klitschnass und klebte unangenehm am Bein. Das galt auch für die Hosenbeine. Die Sneakers waren nicht wasserfest, und das hohe Gras durchnässte ihn bis zu den Waden. Es war egal, ob die Feuchtigkeit von oben oder unten kam. Er war kein Waldläufer, sondern Stadtpolizist, beschloss er in diesem Moment.

Es war auch kein Trost, dass es Dunker nicht besser erging als ihm. Hoffentlich.

Der Weg wollte kein Ende nehmen. Ein Moor hatte er sich anders vorgestellt. Fast wäre er an dem Steg aus Holzplanken vorbeigelaufen, der links in die Büsche führte. Ein Schild warnte davor, dass dieser Steg wegen Baufälligkeit nicht betreten werden durfte. Ob das Dunker gestört hatte? Große Jäger bog ab. Die teilweise mitgenommen aussehenden Planken waren auf Lücke gearbeitet. Dazwischen sah man dunkles Wasser.

Die Vegetation war so gewuchert, dass er die Büsche links und rechts streifte. Sie sorgten für weitere Nässe an seiner Kleidung. Und von oben regnete es unentwegt weiter. Er blieb kurz stehen. Nichts war zu hören oder zu sehen, nur dieses undurchdringliche Grün. Sensiblen Naturen mochte es einen Schauder über den Rücken jagen. Es war eine Art Dschungelfeeling. Aber in Deutschland gab es keine wilden Tiere. Und Menschen waren bei diesem Wetter auch nicht unterwegs. Mit Ausnahme von Dunker. Vielleicht.

Nach einer gefühlten Ewigkeit öffnete sich das Buschwerk, und er gelangte auf eine Hochebene, die, so weit das Auge reichte, nur aus tristem Ried zu bestehen schien. Doch die Sicht war begrenzt. Dafür sorgte der Regen. Dieser verdammte Regen.

Große Jäger hatte den Blick gesenkt und folgte dem Steg. Er wollte unter keinen Umständen ausrutschen und in die Nässe unterhalb des Stegs abgleiten. Dort erwarteten ihn zwar keine gurgelnden Löcher wie in alten englischen Kriminalfilmen, aber die durchnässte Kleidung reichte ihm. Er musste nicht auch noch in ein Schlammloch fallen. Insgeheim hegte er Sympathie für Klaus Jürgensen. Der Leiter der Flensburger Spurensicherung fluchte regelmäßig, wenn er in das seiner Meinung nach unzivilisierte Nordfriesland musste. »Recht hast du, Klaus«, murmelte Große Jäger.

Sollte er umkehren? Irgendwann musste dieser verdammte Steg doch enden. Plötzlich stutzte er. Ein Stück vor ihm stand eine Gestalt. Reglos. Sie war in regenfeste Kleidung gehüllt. Aus der schmalen Öffnung, die für das Gesicht blieb, starrte sie ihn an. Große Jäger blieb ebenfalls stehen und sah zu ihr hinüber. Nein. Dunker war es nicht. Die Gestalt war schmaler. Der Figur nach konnte es eine sportliche Frau sein. Was suchte sie bei diesem Wetter auf diesem Steg mitten in der Einöde? Sie stand immer noch reglos da. Hatte sie keine Angst? Weit und breit war keine Menschenseele zu sehen. Er hätte sich nicht gewundert, wenn die Frau sich umgedreht hätte und geflüchtet wäre.

»Hallo«, rief er. Sie musste es gehört haben, antwortete aber nicht. »Erschrecken Sie nicht. Ich komme von dort«, dabei zeigte er mit dem Daumen über die Schulter, »und suche das Ende des Bohlenwegs.«

Sie streckte den Arm aus. »In diese Richtung. Etwa zweihundert Meter.«

»Dieser Weg ist eine Zumutung«, sagte er. »Wollen Sie hier entlang?«

Sie überlegte eine Weile. »Nein, heute nicht. Das ist ein scheußliches Wetter.«

Heute nicht. Die Frau musste den Weg kennen. Dann drehte sie um und ging zurück. Er ließ einen größeren Abstand zwischen ihnen, um sie nicht zu erschrecken. Für einen Moment hatte er überlegt, ob er ihr zurufen sollte, dass er Polizist sei. Das war keine gute Idee, befand er. Sein Aussehen. Die Situation. Und welcher Polizist streifte bei diesem Wetter allein durch das Moor? Und das in Zivil?

Der Bohlenweg endete an einem grasbewachsenen Weg, wie er ihn zuvor benutzt hatte.

Als er auf dem Grasweg stand, war sie etwa zehn Meter weitergegangen. Jetzt sah sie zu ihm herüber.

»Ich habe mein Auto in Hollbüllhuus geparkt.« Er zeigte in ihre Richtung. »Geht es da entlang?«

»Ja«, erwiderte sie. »Immer geradeaus.«

»Ist der VW-Bus Ihr Auto?«

»Ja.«

Mehr Fahrzeuge hatte er nicht gesehen. Waren sie die einzigen Menschen im Moor?

Die Frau trug über ihrer Kleidung einen Regenponcho, dessen Kapuze weit nach vorne gezogen war und in einer Art Schirm mündete. Ihre Brille war regennass. Dahinter verbargen sich, soweit erkennbar, braune Augen. Die Haare fielen von rechts nach links schräg über die Stirn. Eine kleine Locke hatte sich selbstständig gemacht und hing feucht über der Nasenwurzel. An einem Ohr zierte ein kleiner Ohrring mit einem roten Stein ihre attraktive Erscheinung. Sie mochte irgendwo zwischen vierzig und fünfzig Jahre alt sein. Irgendetwas verbarg sie unter ihrem Poncho.

»Haben Sie das Wetter vorausgesehen?«, fragte er unverfänglich.

»Es hat mich nicht überrascht. Der Regen ist wie angekündigt eingetreten.«

Sie trug auch eine regenfeste Hose und war bis über die Knie schlammverschmiert. Er konnte nicht erkennen, ob Wasser in ihre Gummistiefel gelaufen war.

»Sie haben sich trotzdem ins Moor gewagt? Ein vergnüglicher Spaziergang sieht anders aus.«

Sie bewegte die Hände unter ihrem Poncho. In groben Umrissen zeichnete sich eine Kamera ab.

»Sie fotografieren? Und das bei diesem Wetter?«

»Ja«, antwortete sie einsilbig.

»Wonach sind Sie auf Pirsch?« Hoffentlich nicht auch auf der Jagd nach Dunker, unterdrückte er zu sagen.

»Wenn Sie durch die Fußgängerzone einer beliebigen Großstadt gehen, gibt es nichts zu entdecken außer den uniform gestylten Läden der großen Ketten. Wenn Sie sich nur daran orientieren, wissen Sie nicht mehr, in welcher Stadt Sie sich gerade aufhalten.«

»Das Internet ist als Einkaufserlebnis noch öder«, warf Große Jäger ein.

»Das ist zutreffend. Ich wollte nur darauf hinaus, dass es in der Stadt außer den Einheitsläden nur Menschenmassen gibt. Ich möchte nicht missverstanden werden. Das ist eine starke Vereinfachung. Es gibt viele, denen das Bummeln durch eine Einkaufsmeile viel Vergnügen bereitet. Es sei ihnen gegönnt.« Sie zeigte mit dem ausgestreckten Arm über das Moor. »Für mich gibt es hier ungemein viel Spannenderes zu entdecken. Haben Sie es schon bemerkt?«

Große Jäger schüttelte den Kopf.

»Die Pflanzendecke.«

»Ziemliches Gestrüpp. Da blüht nichts. Alles einfarbig.«

»Sie müssen genau hinsehen. Die Zwergsträucher, zum Beispiel Heidekräuter und Moosbeere. Die unterschiedlichsten Riedgräser. Die Oberfläche ist von Torfmoosen, Binsen, Wollgras und Pfeifengras bedeckt. Sie finden Gagelstrauch, Krähenbeere und Sonnentau.«

»Letzterer ist aber zu selten vertreten«, monierte Große Jäger und schlug nach einem Insekt, das ihn lästig umschwirrte.

»Man hat über achtzig Vogelarten gezählt, manche davon stehen auf der Roten Liste. Bekassine. Goldammer. In den

Böschungen der Gräben nisten gelegentlich Eisvögel. Für uns meistens unsichtbar leben dort Kreuzottern und Ringelnattern. Der Kammmolch.« Sie tippte auf ihre Kamera. »Ich habe Trauerschwäne und Fischotter eingefangen. Und der Marderhund zieht auch durchs Moor.«

»Und der Mörderhund«, ergänzte Große Jäger unhörbar.

»Ein nicht alltägliches Hobby«, sagte er laut.

Sie zuckte mit den Schultern und wirkte nicht mehr so angespannt wie zunächst. Trotzdem hielt sie Distanz zu ihm.

»Sind Sie nur hier auf Fotopirsch?«

»Nein. Auch an anderen Orten.«

»Drüben in Stapelholm?«

»Auch«, erwiderte sie einsilbig. Nach einer längeren Pause fügte sie an: »Ich mache das beruflich.«

Er war erstaunt. »Moorfotografie?«

Jetzt lachte sie herzhaft und zeigte dabei zwei Reihen strahlender Zähne. »Ich fotografiere die Natur und die Tiere. Mir gibt das mehr als gestellte Aufnahmen von Menschen. Einen Tiger können Sie nicht bitten, sich in eine bestimmte Pose zu begeben. Und eine Hummel auf einer Blüte, an der noch der Blütenstaub klebt, war auch nie zum Casting.«

»Tiger?«, fragte Große Jäger erstaunt.

»Ja. Tiger. Löwen, Kamele und vieles mehr.«

»Donnerwetter. Und das als Frau?«

»Wieso? Wir haben eine Bundeskanzlerin, die sich auch furchtlos in die Höhle des Löwen begibt.«

»Darf ich Sie nach Ihrem Namen fragen?«

Sie nickte. »Heinke Jensen.«

»Mein Name ist Erich Jäger«, kürzte er seinen Namen ab. »Ich habe nicht so einen aufregenden Beruf wie Sie, sondern bin Beamter in Husum.«

»Haben Sie etwas mit dem Moor zu tun? Naturschutz?«

»Ja«, bestätigte er. »Der Schutz ist meine Aufgabe. Aber hier im Wilden Moor bin ich das erste Mal.«

Sie hatte es zugelassen, dass er sich ihr langsam näherte.

»Man muss sich auskennen. Auf den ersten Blick wirkt es harmlos, fast eintönig. Ich bin schon öfter hier gewesen. Vorhin bin ich in ein Wasserloch geraten.« Sie hob leicht den linken Fuß an. »Na ja. Wasser ist untertrieben. Ich war bis zum Knie in einem Schlammloch drin.« Sie pustete einen Tropfen von ihrer Nasenspitze. »Der Regen stört mich nicht. Ich wage mich auch abseits der Wege ins Gelände. Bei jedem Schritt muss man leicht antreten, dann belasten und hoffen, dass es trägt. Passt man nicht auf, fällt man in ein Loch. So wie ich. Oder man sitzt ganz fest.« Sie holte tief Luft. »Ich erinnere mich an meinen ersten Besuch hier. Ich habe eine Jagd fotografisch begleitet. Das war im Winter. Während eines regelrechten Schneesturms bin ich bis zum Knie im eisbedeckten Moor eingesunken. Die anderen waren schnell weit voraus, und ich hatte große Probleme, bis ich da raus war. Dann hatte ich keinerlei Orientierung mehr. Der Schnee fiel so heftig, dass alles um mich herum nur noch weiß war. Es herrschten keine fünf Meter Sicht. Kennen Sie das Gefühl bei dichtem Schneetreiben? Man glaubt, alles sei in Watte gepackt. Es war nichts mehr zu hören. Es kommt nicht oft vor, aber ich bekam doch eine leichte Panik. Ich hatte mir zudem noch den Knöchel verdreht. Zum Glück fand ich dann einen Steg wie den, den Sie vorhin benutzt haben. Die werden im Allgemeinen für Führungen benutzt.« Sie lachte trotzig auf. »Die blöden Kerle von der Jagdgesellschaft haben sich totgelacht, als ich ihnen von meinen unfreiwilligen Erlebnissen erzählte. Besonders der Förster hat sich in diesem Punkt hervorgetan. Ich war überhaupt nicht amüsiert. Mir wurde bewusst, wie gefährlich das Moor sein kann. Die Jäger, ja, die kennen das Moor total gut. Ich war damals das erste Mal hier. Bei Schnee – nie wieder, habe ich mir geschworen.«

»Heute ist das Wetter auch nicht toll«, gab Große Jäger zu bedenken.

»Dichtes Schneetreiben ist noch etwas anders, obwohl die Sicht heute auch nicht gut ist.«

Große Jäger zeigte den Weg entlang. »Ich will zum Auto zurück.«

»Ich auch.« Sie hatte die anfängliche Skepsis überwunden und ging neben ihm her.

Er hielt plötzlich inne. »Heinke Jensen. Heinke Jensen«, wiederholte er mehrfach. »Ich habe schon von einer Tierfotografin dieses Namens gehört. Es gibt tolle Kalender mit spektakulären Aufnahmen. Auch Bildbände. Und im Fernsehen ... lief da nicht auch schon etwas?«

»Möglich«, sage sie leise, ohne ihn anzusehen.

»Sind Sie das?«

Es folgte das nächste »Möglich«.

Sie gingen schweigend weiter und hatten fast den Weg erreicht, der durch das dichte Buschwerk führte, als er aus den Augenwinkeln eine Bewegung wahrnahm. Eine Gestalt war dort kurz aufgetaucht, aber gleich wieder verschwunden. Seine Begleitung hatte es auch bemerkt.

»Offenbar trauen sich noch mehr bei diesem Wetter ins Moor«, stellte sie fest.

»Ich dachte, wir seien die einzigen Hartgesottenen.«

»Sie würden sich wundern, wen man alles trifft. Oft sind es ältere Paare, die hier unterwegs sind. Manchmal auch kleine Gruppen.«

»Und Einzelne?«

»Kaum.« Sie sah ihn kurz von der Seite an. »Sie und ich – wir sind Ausnahmen. Aber wir sind ja auch nicht zum Vergnügen hier.«

»Wahrlich nicht«, erwiderte er. Er zählte sich weder zu den Wanderfreunden, noch war er enthusiastischer Naturfreund, auch wenn er nachvollziehen konnte, dass es Menschen gab, die Freude an dieser Freizeitbeschäftigung fanden.

Nach ein paar Schritten zeigte er auf das undurchdringliche Dickicht. »Waren Sie da schon einmal drinnen?«

»Nein. Das ist zu dicht.« Sie tippte auf die unter dem Poncho verdeckte Kamera. »Außerdem kann man dort nicht fotografieren. Zudem vermute ich, dass es dort ziemlich nass ist. Dort hält sich wohl niemand freiwillig auf. Mich interessiert mehr das offene Moor, dort, wo wir uns begegnet sind, oder die Gegend weiter unten Richtung Fluss. Es gibt hier eine unglaublich artenreiche Vogelwelt. Wiesen- und Watvögel brüten und rasten dort. Etwa zwanzig Prozent des Weltbestandes der sibirischen Zwergschwäne halten sich hier während des Übergangs vom Winter zum Frühjahr auf. Sie fressen sich auf den Grünlandflächen die Energie für den Weiterflug in die sibirischen Brutgebiete an. Seit einigen Jahren besiedelt auch der Kranich die vernässten Moore der Flusslandlandschaft. Ich muss oft schmunzeln, wenn die Städter beim Anblick eines Kranichs in Begeisterung ausbrechen und laut rufen: ›Ein Storch.‹«

»All das haben Sie mit Ihrer Kamera eingefangen?«

»Aber nicht heute«, erwiderte sie lachend.

Die nächsten Meter schwiegen sie.

»Ist Ihnen heute jemand begegnet?«

»Außer Ihnen? Nein, wenn Sie die Gestalt außer Acht lassen, die dort vorhin auftauchte.«

»Haben Sie die zuvor beobachtet?«

»Mir ist nichts aufgefallen. Die Sicht ist heute auch sehr beschränkt. Vielleicht war es ein Dorfbewohner, der notgedrungen mit seinem Hund unterwegs war.«

Große Jäger wartete ein paar Schritte mit der Antwort. »Ich hatte auch einen Hund. Der war bei solchem Wetter nicht dazu zu bewegen, weiter vor die Tür zu gehen als unbedingt erforderlich.«

»Was war das für einer?«

»Eine Dachsbracke.«

»Und wie hieß der kluge Hund?«

»Blödmann.«

Sie blieb stehen und sah ihn erstaunt an. »Wirklich? Ein ungewöhnlicher Name.«

»Ein Kollege – nein, er war eher ein Freund – hat ihn so getauft.«

»Lustig.«

Vielleicht der Name des Hundes, dachte Große Jäger, aber nicht Christophs Ermordung. Ohne dieses Verbrechen würde er heute möglicherweise im Warmen sitzen, Kaffee trinken und mit Christoph plaudern, der sie als Pensionär auf der Dienststelle besucht hätte, um dort seinen geliebten Darjeeling zu genießen. Der immer noch unerbittlich niedergehende Regen störte ihn plötzlich nicht mehr. Hier lief irgendwo der Mann herum, der Christoph auf dem Gewissen hatte. Und viele andere schlimme Verbrechen.

»Gibt es außer dem Hauptweg, den wir gegangen sind, und dem Holzsteg, den ich entdeckt habe, noch weitere kleine Pfade durchs Moor?«, wollte er wissen.

»Bestimmt, aber ich kenne nur wenige. Sie sind für den normalen Spaziergänger unsichtbar. Man muss sie kennen.«

Ihn interessierte, ob Dunker sie kannte. Heinke Jensen würde diese Frage nicht beantworten können.

Sie hatten das Ende des dichten Buschwerks erreicht. Hinter der kleinen Brücke begannen die Maisfelder beiderseits des Weges. Ein Stück voraus stand der große Baum an der Absperrung, hinter der ihre Fahrzeuge parkten.

Plötzlich knallte es. Heinke Jensen fuhr erschrocken zusammen und zog den Kopf ein. Es war ein Schuss. Sie rückte nahe an ihn heran.

»Was war das?«, fragte sie ängstlich.

»Jäger – vermute ich. In der Gegend soll sich ein Wolf aufhalten, der Nutztiere reißt.«

Sie entspannte sich kurz. Dann knallte ein weiterer Schuss. Es war das kurze Aufbellen einer Kurzwaffe. Gewehrschüsse klangen anders. Instinktiv stellte sich Große Jäger vor die Frau.

»Schießt jemand auf uns?«, fragte sie. »Bei diesem Wetter, um diese Jahreszeit … Da sind doch keine Jäger unterwegs. Von dem Wolf habe ich auch gehört, aber der streift nicht durch dieses Gelände. Hier findet er keine Beute. Außerdem sind Wölfe scheu. Das muss etwas anderes sein.«

»Nein«, versicherte er. »Irgendjemand ballert in der Gegend herum. Es gibt Hornochsen, die haben Freude am Schießen. Bei dieser Witterung können sie davon ausgehen, dass niemand unterwegs ist. So führen sie ihre Schießübungen aus.«

»Das ist doch verboten.«

»Klar, aber Sie dürfen auch nicht auf dem Fußweg parken. Und? Halten sich alle an die Regeln?«

Die Antwort schien sie zu beruhigen. Als es ein drittes Mal knallte, war ihr Erschrecken nur kurz.

Es waren eindeutig Pistolenschüsse gewesen. Kein Jäger schlich mit einer Kurzwaffe durch das Unterholz. Große Jäger sah sich um und versuchte, im dichten Regen etwas zu erkennen. Auch in der freien Natur war es schwierig, die Richtung, aus der geschossen wurde, eindeutig zu bestimmen. Es musste von links gekommen sein. Auf der Seite hatten sie auch die Gestalt gesehen, die kurz vor dem Beginn des Buschdickichts aufgetaucht und sofort wieder verschwunden war. Es führte nur der Weg, den sie benutzt hatten, hindurch. Große Jäger hatte auf der Karte keine andere Möglichkeit gesehen.

Falls es sich bei der Gestalt und dem Schützen um dieselbe Person handelte, musste sie auf eine rätselhafte Weise durch das Dickicht gekommen sein. Vielleicht gab es außen herum noch eine andere Möglichkeit. Aber die Distanz wäre so groß gewesen, dass es auch für einen geübten Läufer nicht zu schaffen war. Waren doch mehrere Personen unterwegs? Oder war Dunker in der Nähe und hatte ihn erkannt? Dem Flüchtigen war alles zuzutrauen.

Große Jäger wusste nicht, wie groß die Entfernung zum Schützen war. Mit einer Pistole konnte man auf größere Distanz kaum gezielt treffen. Es wäre Zufall gewesen. Falls Dunker – falls! – es auf ihn abgesehen hatte, müsste die Wut so groß sein, dass er jede Vorsicht vergaß. Er hatte aber keine Anhaltspunkte dafür gefunden, dass sich der Gesuchte im Wilden Moor aufhielt. Es machte ihn unruhig, dass alles auf Vermutungen basierte. Er reimte sich etwas zusammen.

Vorsichtig ließ er seine Hand zur Seite gleiten. Er tastete die Stelle der Öljacke ab, unter der die Dienstwaffe im Holster steckte. Hatte seine Begleiterin etwas mitbekommen? Automatisch wanderte seine rechte Hand zu der Stelle, unter der sich in der Lederweste das Einschussloch verbarg. Es war bei einem Einsatz in Norderstedt gewesen, den er gemeinsam mit Lüder Lüders absolviert hatte. Sie wussten, dass der Täter bewaffnet war. Große Jäger trug auch seine Pistole bei sich. Im Unterschied zu Christoph, der nie eine Waffe bei sich führte. Sein Credo war, dass die stärkste Waffe des Polizisten sein Wort war. Sie hatten damals nur eine schusssichere Weste dabei. Lüder hatte ihn gezwungen, sie anzulegen. Und ihr verdankte er möglicherweise sein Leben oder zumindest die Gesundheit.

»Ist etwas?«, fragte Heinke Jensen, die neben ihm durch das feuchte Gras stapfte, weil er sich immer wieder umsah.

»Ich bin empört über den Leichtsinn, dort herumzuballern. Vielleicht sieht man den Halunken.«

»Der wird sich hüten, sich zu zeigen. Sollte man die Polizei verständigen?«

»Nein. Das bringt nichts. Wo sollen die suchen?«, antwortete er. »Sie kennen sich hier aus. Kann es dieselbe Person gewesen sein, die wir auf der anderen Seite des Dickichts gesehen haben?«

»Sie meinen den Schatten? Ich bin nicht der perfekte Insider, obwohl ich hier schon öfter herumgestreift bin und manchen unsichtbaren Weg entdeckt habe.«

»Unsichtbar?«

»Nun, es gibt Pfade, die durchs Moor führen. Aber der normale Spaziergänger oder Wanderer entdeckt sie nicht. Man weiß davon. Oder man weiß, wie man sie findet. Die Moorhexe war so eine.«

»Sie kennen sie?« Große Jäger war überrascht.

»Nicht persönlich«, wehrte sie ab. »Aber für meine Publikationen ist es wichtig, auch ein wenig die Geschichte hinter den Bildern zu beleuchten.«

»Von Tante Hedwig?«

Heinke Jensen war stehen geblieben. »Wer ist das?«

»Der bürgerliche Name der Moorhexe.«

Sie lachte. »Tante Hedwig – ein bürgerlicher Name. Das klingt lustig. Aber man erzählt sich überall, dass die Moorhexe in jüngeren Jahren traumwandlerisch durch das Moor gegangen ist.«

Und wenn sie dieses Wissen an Dunker weitergegeben hatte?, überlegte Große Jäger. Menschen, die sich für ein bestimmtes Thema begeisterten und darin aufgingen, waren nur zu gern bereit, ihre Kenntnisse anderen zu vermitteln, die sich ebenfalls dafür interessierten. Dunkers Cousine hatte erzählt, dass der Gesuchte ein Faible für diese Landschaft entwickelt hatte. Es fiel schwer, das bei einem Menschen zu glauben, dem offenbar jede Empathie fehlte.

Sie hatten den Schlagbaum erreicht. Große Jäger ließ seiner Begleiterin den Vortritt beim Umrunden der Absperrung und zeigte auf ihren VW-Bus.

»Sie kommen aus Schleswig?«

»Nicht direkt. Aus Kappeln.« Sie blieb vor ihrem Auto stehen. »Es war nett, mit Ihnen zu plaudern. Obwohl …«

Er lächelte. »Mir ist Ihr Erschrecken nicht verborgen geblieben. Bei diesem Wetter. Und plötzlich tauchte eine Figur auf, die nicht vertrauenerweckend aussieht.«

»Na ja …«, sie lüftete ihren Poncho. Darunter hing eine Nikon mit einem Weitwinkelobjektiv.

»Da haben Sie aber nur kurze Distanzen fotografiert«, stellte er fest.

Sie hatte die Schiebetür zum Fond geöffnet, war hineingekrochen und zog den Poncho aus. Jetzt bemerkte er die weitere Ausrüstung. Zweckmäßig in Köchern verpackt, hatte sie noch weitere Objektive dabei.

»Mein Dreihunderter-Tamron«, sagte sie und zeigte auf einen größeren Behälter.

»Die hatten Sie heute alle im Einsatz?«

»Ja. Mit dem Weitwinkel habe ich Pflanzen und Insekten fotografiert. Das heißt, Insekten sind schlauer als wir. Die schwirren bei Regen nicht frei herum. Mich interessierten Wassertropfen.«

»Bitte?«, fragte er ungläubig.

»Kommen Sie«, forderte Heinke Jensen ihn auf und rückte auf der hinteren Sitzbank ein Stück zur Seite. Dann zeigte sie ihm auf dem Display ihre heute geschossenen Aufnahmen.

»Oh«, staunte er. »Ich hätte nie geglaubt, dass ein einzelner Wassertropfen fotogen sein kann.«

Es folgten weitere Bilder, auf denen sie mit Licht und Schatten, Dunstschleiern und verschwommenem Vorder- oder Hintergrund gespielt hatte. Die Frau verstand wirklich etwas von Fotografie. Sie hatte auf dem kleinen Display schon auf das nächste Bild gescrollt, als er sie bat, noch einmal zurückzukehren.

»Können Sie das etwas größer einstellen?«

Sie sah ihn irritiert an. »Da ist doch nichts Besonderes zu sehen.«

»Der Schatten im Hintergrund.«

Sie versuchte es, aber das Bild wurde unschärfer. »Das liegt am kleinen Display«, entschuldigte sie sich und nahm die Kamera dichter vors Auge. »Das sieht aus, als würde dort einer stehen«, stellte sie fest. »Jetzt sehe ich es auch. Ob es der ist, den wir am Rand des Dickichts gesehen haben?«

»Das würde mich auch interessieren. Können Sie mir das Bild mit der größtmöglichen Auflösung schicken?«

»Ja, sicher. Aber …« Heinke Jensen sah ihn fragend an.

»Ich interessiere mich dafür.«

»Das geht aber erst von zu Hause aus.«

»Das reicht. Es wäre prima, wenn das heute noch wäre.« Er gab ihr eine zerknitterte Visitenkarte. »Hier ist meine Adresse.«

Sie warf einen flüchtigen Blick darauf. Dann stutzte sie. »Polizei? Sie sind – Hauptkommissar? Und dann bei der Kripo?«

»Sagte ich doch. Ich bin Beamter und für den Schutz zuständig.«

»Ja, aber es klang so, als wäre das der Naturschutz.«

Große Jäger lächelte. »Das ist zutreffend. Manchmal muss man die Natur vor dunklen Subjekten schützen.«

»Vor Leuten, die das Moor als Schießübungsplatz missbrauchen?«

»Zum Beispiel«, erklärte er und wünschte ihr eine gute Heimfahrt. »Es war schön, Sie getroffen zu haben«, fügte er an. Dann stieg er aus und ging zu seinem Smart. Er wartete, bis sie abfuhr, und schlug den Weg Richtung Schwabstedt ein. Er war durchnässt. Alles war klamm. Und verschmutzt. So wollte er Heidi nicht begegnen. Er beschloss, seine Wohnung in Husum aufzusuchen, zu duschen und sich trockene Kleidung anzuziehen.

Das ›Zentrum‹ von Hollbüllhuus war ein kleiner dreieckiger Platz, an dem sich die Bushaltestelle befand. Vermutlich war die Anbindung an den Nahverkehr so selten, dass auf dem Fahrplan statt einer Uhrzeit die Wochentage angegeben wurden. Niemand war zu sehen. Das lag aber nicht nur am Wetter. In den kleinen Orten traf man selten Passanten an.

Hinter dem Ort führte die schmale Straße in sanften Kurven weiter. Etwa fünfhundert Meter danach mündete ein Weg in die Straße. Ein hölzernes Schild wies die Richtung »Wildes Moor« für Radfahrer. Dort stand ein schlammverschmiertes Motorrad. Auf ihm saßen zwei Leute. Das Krad bog in die entgegengesetzte Richtung ab. Große Jäger konnte nicht erkennen, ob es Burners waren. Seine Frontscheibe war verschmiert. Er musste die Wischerblätter bei Gelegenheit austauschen. War dieser Weg eine Alternative, um ins Moor zu gelangen? Sicher gab es noch andere Pfade, die dort hineinführten.

Zwei Leute auf einem Motorrad. Man konnte ausschließen, dass Naturfreunde dem Moor einen Besuch abgestattet hatten. Es musste sich um Burners handeln. Woher wussten die, dass sich Dunker möglicherweise hier aufhielt? Er konnte für die Mitglieder dieser Gang keine Sympathie empfinden, war aber verblüfft über ihren Einsatz und ihre Hartnäckigkeit bei der Suche nach Dunker. Natürlich mussten sie ihr Gesicht wahren, sonst liefen sie Gefahr, dass ihre Drohungen nicht mehr ernst genommen wurden. Und der Angriff, zumal in einem gesicherten Gefängnis, auf ihren Sergeant-at-Arms, war so spektakulär, dass er in allen Medien thematisiert worden war.

Zwei Leute, überlegte Große Jäger. Hatten sie einen von ihnen vor dem Dickicht gesehen, während der Zweite auf Höhe des Maisfeldes auf sie geschossen hatte? Das würde erklären, wie die Distanz überbrückt worden war, ohne dass sie den Weg benutzt hatten. Im Moor gab es keinen Handyempfang. Er traute den Burners zu, dass sie technisch so ausgestattet waren, dass sie sich untereinander dennoch verständigen konnten. Die Burners jagten Dunker. Weshalb hatte man auf ihn geschossen? Oder galt es gar nicht ihm? Hatten die beiden Burners eventuell Dunker aufgespürt und ihn erwischt?

Große Jäger trat auf die Bremse und wendete das Auto. Wie sollte er erklären, dass er keine weiteren Anhaltspunkte zum Motorrad hatte, kein Kennzeichen, nicht einmal eine Beschreibung?

»Du bist ein toller Polizist«, murmelte er vor sich hin und beschleunigte. Er schalt sich einen Narren, als er durch die engen Kurven preschte. Es war leichtsinnig. Einige Kilometer weiter teilte sich die Straße. Er musste sich entscheiden. Er beschloss, aufzugeben. Mit seinem Smart würde er das Motorrad nicht einholen können.

Minutenlang war er unschlüssig. Sollte er allein zurückfahren und die Gegend am Maisfeld absuchen, ob er dort auf den angeschossenen oder gar tödlich getroffenen Dunker stieß? Falls die Burners ihn aufgescheucht haben sollten, würde Dunker, der mit dem Moor besser vertraut war, eher fliehen können. Wenn es zu einem Schusswechsel mit den Burners gekommen war, hätte sich Dunker gewehrt. Er war bewaffnet.

Es war unwahrscheinlich, dass beide Pistolen gleich klangen. Mit Sicherheit wären auch mehr als drei Schüsse gefallen. Große Jäger fluchte. Das war eine Situation, in der er sich früher mit Christoph besprochen hätte. Welche Entscheidung er auch traf, es konnte immer die falsche sein.

Unzufrieden, aber auch unsicher fuhr er nach Husum zurück. Könnte man ihm Vorwürfe machen, weil er nicht reagiert hatte? Wer wusste von seiner Anwesenheit im Moor? Heinke Jensen und die Unsichtbaren. Ein mulmiges Gefühl begleitete ihn. Das ließ sich auch unter der heißen Dusche nicht abspülen. Mit sauberer und trockener Kleidung machte er sich auf den Weg nach Garding. Heidi war noch in ihrer Praxis und machte anschließend Hausbesuche. Nur Heidis mittlerweile volljähriger Sohn war anwesend. Neugierig näherte sich Moritz und sah Große Jäger über die Schultern.

»Was machst du da?«, wollte er wissen.

Große Jäger hatte auf Google die Karte des Wilden Moores aufgerufen und versuchte, sie so groß wie möglich einzustellen. Das funktionierte aber nur zulasten der Schärfe. Er probierte dieses und jenes, aber es wurde nicht besser.

»Keine Chance«, erklärte Moritz. »Ist doch logo. Weißt du, was Pixels sind?«

»Ich bin doch nicht von gestern.«

Moritz grinste. »Nee. Von vorgestern. Pixels, Bits und Bytes sind eine Symbiose eingegangen. Die kannst du genauso wenig verändern, wie du die Schwerkraft aufheben kannst.«

Große Jäger zoomte abwechselnd das Bild ein und aus. Immer wieder.

»Was suchst du denn?«, wollte Moritz wissen. »Kann ich dir helfen?«

Er erklärte es ihm. Dann sah er wieder auf die Karte. Der Weg durchs Dickicht, den er auf dem Rückweg gemeinsam mit der Naturfotografin beschritten hatte, täuschte. Auf dem Satellitenbild sah man, dass nur dieser Pfad vom dichten Buschwerk gesäumt wurde. Dahinter wich das undurchdringliche Grün zurück. Wenn jemand sie vor dem Dickicht beobachtet hatte, könnte dieser durchaus die Möglichkeit gehabt haben, schneller bei den Maisfeldern zu sein. Sie waren in normalem Tempo gegangen. Wenn der Unbekannte mit den Wegen vertraut war, hätte er schneller dort sein und auf sie schießen können.

War es Dunker? Hatte Große Jäger leichtfertig eine Chance vertan, ihm zu folgen? Er tröstete sich damit, dass er mit dem Gelände nicht vertraut war und Dunker ihm ohnehin entkommen wäre. Außerdem hätte er Heinke Jensen nicht allein lassen können. Aber welche Rolle hatten die Burners gespielt?

»Da ist eine Mail für dich gekommen«, sagte Moritz und sah auf den Absender. »Heinke Jensen. Wer ist das?«

»Du bist überhaupt nicht wissbegierig«, stellte Große Jäger fest.

Neben einem kurzen Gruß hatte die Frau ihm das versprochene Bild geschickt.

»Lass mal«, sagte Moritz und beugte sich über Tastatur und Maus. Viel war nicht zu erkennen. Es konnte Dunker sein oder auch nicht. Waren es zwei Personen? Oder doch nur eine? Große Jäger wischte sich mit der Hand über die Augen. Was sollte er noch glauben? Hatte Mommsen recht, wenn er behauptete, dass ein Einzelner überfordert bei der Jagd auf Dunker war?

Moritz hatte ihn nicht aus den Augen gelassen und legte ihm vertraulich eine Hand auf die Schulter. »Du siehst müde und abgespannt aus.«

Wie die Jahre vergingen. Als er Moritz und seine Mutter vor sieben Jahren kennenlernte, war der Junge hellauf begeistert, wenn er im Streifenwagen mitfahren durfte. Aus dem Kind war ein junger Erwachsener geworden, der im nächsten Jahr das Abitur anstrebte. Er hatte schon eine Ehrenrunde gedreht. Für Heidi würde es einen Einschnitt bedeuten, wenn ihr Sohn das Haus verlassen würde, um zu studieren. Moritz träumte davon, Medizin zu studieren. Mit einem schwärmerischen Ausdruck im Gesicht verkündete er dann, dass auf dem Praxisschild stehen würde: Dres. Krempl & Krempl. Allerdings sprachen seine schulischen Leistungen gegen eine Realisation dieses Wunsches. Sie wurden durch das Telefon abgelenkt. Heidi war am Apparat. Sie hatte ihren letzten Hausbesuch absolviert und schlug vor, sich mit »ihren beiden Männern« in Tönning zum Essen zu treffen. Am Hafen gab es eine Reihe attraktiver Lokale. Das bedeutete Abwechslung. Große Jäger stimmte sofort zu, während Moritz es bei einem »Ach nö« beließ.

Große Jäger stieg in den Smart. Er wurde oft gefragt, weshalb er sich »kein richtiges Auto« anschaffe. An diesem schon betagten Modell hing sein Herz. Mancher in Husum sprach heute noch davon, dass ein Fahrzeug dieser Baureihe mit einem mobilen Blaulicht auf dem Dach nachts den Weg von der Neustadt zur Poggenburgstraße gesucht hatte, und rätselte, ob es dem Wind an der Westküste geschuldet war, dass das Fahrzeug leicht schlingerte.

Er fuhr zur Bundesstraße und musste eine Weile warten, bis er einbiegen konnte. Hinter sich, aber mit Abstand, näherte sich ein Motorrad und setzte ebenfalls den Blinker. Im Rückspiegel sah er, dass zwei Leute auf dem Motorrad saßen.

Nachdem einige weitere Fahrzeuge die Stelle passiert hatten, konnte auch das Motorrad auf die Bundesstraße fahren. Es reihte sich in die Fahrzeugschlange ein. Selbst an einem Wochentag herrschte auf dieser Straße lebhafter Verkehr. Es war Urlaubszeit, und zahlreiche Tagesausflügler befanden sich auf dem Heimweg von St. Peter-Ording. Mit mäßiger Geschwindigkeit floss der Verkehr ostwärts. Waren es Burners? Sehe ich sie jetzt überall?, fragte er sich. Um diese Jahreszeit waren viele Biker unterwegs. Allerdings war heute durchaus kein Motorradwetter. Er wunderte sich, dass trotz des permanenten Regens so viele Menschen unterwegs waren. Das Krad hielt immer den gleichen Abstand.

Große Jäger wollte es wissen. Bevor er die Abfahrt nach

Tönning erreichte, bog er auf eine kleine Nebenstraße ab. War es Zufall, dass das Motorrad auch diesen Weg nahm? Diese Strecke kannten nur Einheimische. Er reduzierte das Tempo weiter und wählte eine noch kleinere Straße, die nach Kotzenbüll führte. Große Jäger hatte aufgehört, sich über die Ortsnamen zu amüsieren. Außer über Kotzenbüll staunten Auswärtige über das Dorf Witzwort ebenso wie über Reimersbude. Was mochten sie zu dem Feldweg sagen, der ebenfalls einen eigentümlichen Namen trug? Wie mochte der Bumsweg, so das Straßenschild, zu seinem Namen gekommen sein? Als das Motorrad ihm auch hier folgte, wusste er, dass es kein Zufall mehr war. Niemand wählte diesen Schleichweg, um nach Tönning zu gelangen. Und Häuser gab es hier auch keine. Der Regen behinderte die Sicht, und die Heckscheibe war nass. Es war nicht mehr zu erkennen als das mit Abstand folgende Motorrad mit den beiden Leuten.

Was wäre, wenn sie ihn in der Einsamkeit ausbremsten? Sie waren ihm überlegen. Er musste es allmählich einsehen. Sollte er sich doch an den Gedanken gewöhnen, künftig als Schreibtischpolizist tätig zu werden? Weshalb hatten es die Burners auf ihn abgesehen? Steckte Kerimoğlu dahinter? Der hatte mit Sicherheit noch eine offene Rechnung mit Große Jäger. Und wer bei der Gang auf der Liste stand, war ihren Verfolgungen und im schlimmsten Fall ihrer Rache ausgesetzt.

Er sah immer wieder in den Spiegel. Der Bumsweg war so schmal, dass er sie, sollten sie den Versuch starten, ihn zu überholen, durch eine entsprechende Fahrweise daran hindern konnte. Hatten die Burners in Garding auf ihn gewartet? Woher wussten sie, dass er sich dort aufhielt? Es wurde immer rätselhafter.

Über eine Landstraße, in die er abbog, erreichte er schließlich Tönning, überquerte die Bahngleise und fuhr zum idyllischen Hafen. Wenn man vom Tonnenhafen der Wasserstraßen- und Schifffahrtsverwaltung und einem Liegeplatz für Ausflugsschiffe absah, gehörte der historische Hafen heute den Seglern. Nichts erinnerte mehr an seine herausragende wirtschaftliche Bedeutung, als von hier aus reger Handel mit England betrieben worden war und Tönning seine wirtschaftliche Blütezeit erlebte. Die Alte Werft und das Packhaus sowie die alten Kapitänshäuser waren Zeugnisse dieser Epoche. Heute waren die Gebäude zu begehrten Wohnhäusern umgestaltet worden, oder die Gastronomie hatte sich ihrer bemächtigt. An schönen Tagen, insbesondere im Sommer, herrschte hier ein lebendiges Durcheinander. Die Touristen hatten den Fleck entdeckt und erobert. Bei diesem Wetter gab es aber genügend Parkplätze.

Er stellte den Smart neben Heidis Auto ab und ließ seinen Blick kreisen. Das Motorrad stand mit laufendem Motor etwa zweihundert Meter entfernt bei der Weißen Brücke. Er zögerte einen Moment, dann ging er entschlossen in die Richtung, immer bereit, zur Seite zu springen, falls die Maschine auf ihn zukommen sollte. Das kurze Stück reichte, um ihn zu durchnässen. Das Wasser troff aus seinen Haaren. Als er etwa zwanzig Meter zurückgelegt hatte, heulte der Motor auf. Der Fahrer gab Gas. Es klang wie eine Drohgebärde. Dann setzte sich das Motorrad in Bewegung, machte einen Schlenker und fuhr Richtung Markplatz davon.

Was sollte das bedeuten? Wollte man ihn einschüchtern? Das machte keinen Sinn. Er jagte nicht die Burners. Große Jäger konnte sich auch nicht vorstellen, dass sie ihn mit diesem Gehabe davon abhalten wollten, Dunker weiter zu verfolgen, ihm zeigen wollten: Dunker gehört uns. Was sollte die Einschüchterung? Wussten sie etwas von seiner Anwesenheit im Moor? War er dort auf die Gang gestoßen?

Achselzuckend kehrte er um.

Auf diesem Stück gab es mehrere Lokale hintereinander. Um diese Jahreszeit waren sie normalerweise stark frequentiert, und man musste Glück haben, um einen Platz zu bekommen. Das von Heidi vorgeschlagene lag in der Mitte und nahm mehrere der alten, gemütlichen Fischerhäuser ein. Wo sich sonst Einheimische und Urlaubsgäste im Schatten mächtiger Bäume an der Außengastronomie erfreuten, herrschte heute gähnende Leere. Nur dicht an die Hauswand gedrängt hatten einige Platz unter den Markisen gefunden. Im Hintergrund strahlte das Weiß des Gebäudes des Wasserstraßen- und Schifffahrtsamtes. Von der anderen Hafenseite grüßte der alte Drehkran.

In der Gaststube waren alle Tische belegt. Er fand Heidi an einem Tisch im kleinen Saal, in dem die Gäste bei diesem Wetter dicht an dicht saßen. Entsprechend hoch war der Geräuschpegel.

»Ich habe dich vorhin schon gesehen. Weshalb bist du noch Richtung Stadt gelaufen?«, begrüßte sie ihn.

»Ach, nichts. Ich glaubte, dort jemanden gesehen zu haben«, wiegelte er ab.

»Wie kann man dich animieren, nicht ständig mit den Problemen deines Berufes im Hinterkopf herumzulaufen?«

Er lachte. »Zeige es mir am Beispiel einer Landärztin, die nach Praxisschluss alles Berufliche vergisst.«

Jetzt lachte sie auch. »Okay. Pari.«

Sie widmeten sich der umfangreichen Speisekarte, die von regionaltypischen Gerichten geprägt war. Es fiel schwer, eine Auswahl zu treffen. Während Heidi sich zügig entschied, schwankte Große Jäger zwischen zwei Angeboten.

»Wie wäre es mit einem Salat?«, schlug Heidi vor.

»Dazu?«

»Nein, *anstatt*.«

Er klappte die Speisekarte zu. »Ich fange mit dem gebratenen Aal an. Danach nehme ich die Scholle satt mit Bratkartoffeln.«

Das gemeinsame Lachen läutete den Beginn eines ruhigen Feierabends ein.

ZEHN

Routine mochte Große Jäger es nicht nennen, auch wenn es immer mal wieder vorkam: Er hatte schlecht geschlafen und war oft aufgewacht. »Jetzt raubt mir der Kerl auch noch meinen Schlaf«, hatte er Heidi geklagt. Er musste allein frühstücken, da Heidi schon früh in ihre Praxis aufgebrochen war. Landarzt zu sein war kein Zuckerschlecken. Manche Vorurteile hielten sich hartnäckig. Ärzte hätten einen gut dotierten Halbtagsjob und träfen sich am Mittwoch und Freitagnachmittag auf dem Golfplatz. Lehrer fänden dazu sogar an jedem Werktag Gelegenheit, wenn sie nicht gerade Ferien hatten. Am besten sei der Pastor dran. Der musste nur am Sonntag eine Stunde arbeiten.

Der mangelnde Schlaf und die bedrückende Ungewissheit, ob Dunker in der Nacht erneut zugeschlagen hatte, begleiteten Große Jäger auf dem Weg nach Husum. Auch wenn es früher bequem gewesen war, in Sichtweite des Polizeigebäudes zu wohnen, mochte er sein jetziges Leben zwischen Husum und Garding nicht mehr aufgeben.

Sie waren äußerlich ein ungleiches Paar – Heidi und er. Aber das waren Mommsen und Karlchen auch. Die Nordfriesen waren tolerante Menschen, auch wenn ihre »Metropole« Husum eine Kleinstadt war.

Beim Verlassen des Hauses hatte er sich umgesehen und nach einem Motorrad Ausschau gehalten. Er konnte keines entdecken. Auch unterwegs begegnete ihm keine Maschine, weder als Verfolger noch im Gegenverkehr. Für Zweiräder war der Dauerregen schlecht.

Cornilsen überfiel ihn mit der Neuigkeit, dass Dunker wahrscheinlich wieder aktiv geworden war.

Große Jäger forderte ihn ungeduldig auf, zu berichten.

»Das war gestern Abend in Schwabstedt. Da hat es einen Zwischenfall gegeben, in den Dunker verwickelt war. Dass es

Dunker war, ist meine Meinung«, fügte Cornilsen an. »Hundt bearbeitet den Vorgang.«

»Hätten die Leute vor hundert Jahren über die Grenzziehung zwischen Dänemark und Deutschland vernünftiger abgestimmt«, schimpfte Große Jäger, »wären uns die Niebüller im Allgemeinen und du im Besonderen erspart geblieben.«

»Ist das dein Ernst?«, wollte Cornilsen wissen.

Große Jäger war aufgestanden und blieb an der Zimmertür stehen. »Um deine Oma wäre es schade gewesen.« Dann streckte er den Finger aus und zeigte auf Cornilsen. »Und dich, Hosenmatz, hätte ich adoptiert. Auch gegen deinen Widerstand.«

Er wartete Cornilsens Antwort nicht ab, sondern ging direkt zu Hundts Büro. Mit der Faust donnerte er gegen die Tür und riss sie im selben Moment auf. Mit Genugtuung stellte er fest, dass Hundt sich mächtig erschreckt hatte. Statt einer Begrüßung bellte Große Jäger zweimal. »Du hast Dunker am Haken?«

»Nicht so hastig«, erwiderte Hauptkommissar Hundt. »Was geht dich das an?«

»Ich bin hinter Dunker her. Das sollte sich auch bis zu dir Bello herumgesprochen haben.«

»Wann wirst du pensioniert?«, wollte Hundt wissen. »Reichen die Jahre noch aus für den Fall? Du heißt zwar Großer Jäger, bist aber nicht einmal ein kleiner.«

»Und hättest du eine bessere Spürnase als Hundt, würden uns nicht alle Tatverdächtigen von der Schippe hüpfen.«

»Willst du mich beleidigen?«

»Geht das noch? Oder ist *dieses* Potenzial ausgeschöpft? Was ist nun mit Dunker?«

»Hätten die JVA-Leute ihn nicht entkommen lassen, hättest du ihn wieder eingefangen, hätte –«

»Hätte – hätte – Fahrradkette«, unterbrach ihn Große Jäger. »Bist du an diesem Fall dran, oder versuchst du dich gerade als Laienprediger?«

Hundt schluckte. »Es geht um einen politischen Vorgang. Rassismus.«

»Hä?«

»Gestern Abend. In Schwabstedt. Im Ort gibt es einen Supermarkt.«

»Der heißt nicht nur Supermarkt, der ist es auch«, fiel ihm Große Jäger ins Wort.

»Kannst du nicht einmal die Klappe halten? Also. Gestern Abend war Doğu Gümüşpal mit seiner Frau einkaufen.«

»Wer ist dieser ... dieser ...«, Große Jäger schnippte mit den Fingern, »Gemüse?«

»Du und Dunker ... Ihr passt zusammen. Doğu Gümüşpal ist Ende siebzig. Er ist vor über fünfzig Jahren nach Deutschland gekommen und hat hier als Lkw-Fahrer gearbeitet. Seine Kinder sind hier geboren, arbeiten und leben hier. Die beiden alten Herrschaften wohnen in Schwabstedt. Die Frau hat sich trotz des langen Aufenthalts in unserem Land ihre Kultur bewahrt und kleidet sich auch entsprechend. Als das Ehepaar gestern den Laden mit ihren Einkäufen verließ, wurde es von einem anderen Kunden angepöbelt. Dafür gibt es mehrere Zeugen. Der Fremde, auf den die Beschreibung Dunkers passt, hat sie als ›Türkenpack‹ beschimpft. Das waren noch die harmloseren Formulierungen. So ging es munter weiter. Als sich andere einmischten, ist Dunker auf die los und hat ihnen gedroht.«

»Mit einer Waffe?«

»Davon war nicht die Rede. Aber sein Auftreten hat alle eingeschüchtert. Immerhin hat ein Mann«, Hundt sah kurz auf seine Notizen, »auch schon Mitte sechzig, Zivilcourage gezeigt und sich schützend vor das Ehepaar Gümüşpal gestellt.«

»Und dann?«

»Dunker hat die beiden noch weiter beschimpft.« Hundt zeigte auf seinen Bildschirm. »Hier ist eine ganze Litanei erfasst. Danach hat er sich auf sein Rad geschwungen und ist davongeradelt.«

»Geradelt«, mokierte sich Große Jäger. »Bringst du jetzt

auch süddeutsche Vokabeln unter die Leute? Weggefahren heißt das. Hat jemand die Polizei verständigt?«

»Ja, aber erst eine Weile später. Jemand vom Ladenpersonal.«

»Schwabstedt«, sagte Große Jäger vor sich hin. »Dafür ist die Station in Friedrichstadt zuständig.«

»Die war zu dem Zeitpunkt nicht besetzt.«

»Herrje noch mal. Das wäre eine Gelegenheit gewesen, Dunker zu fassen.«

»Dafür können die Kollegen von der Streife nicht verantwortlich gemacht werden.«

»Ist schon gut«, stimmte Große Jäger versöhnlich zu.

»Noch etwas. Ein anderer Passant hat geistesgegenwärtig ein Foto des Pöblers gemacht. Es liegt uns vor.«

Die beiden Polizisten beugten sich über den Bildschirm.

»Das ist Dunker«, stellte Große Jäger fest, bellte noch einmal und verließ eilig den Raum.

Cornilsen wirkte enttäuscht, nachdem er sich Große Jägers Bericht angehört hatte. Er hielt Daumen und Zeigefinger in die Höhe und ließ nur wenige Millimeter Spielraum. »Da waren wir ihm sooo nah«, sagte er.

»Das war typisch für Dunker. Sein abgrundtiefer Hass gegen Türken. Den kann und will er nicht ablegen. Der Bogen spannt sich vom Geldboten über seinen Komplizen bis zu seinem Angriff im Gefängnis. Und nun jagen ihn die Osmanen Burners. Dieser unliebsame Auftritt bestätigt uns allerdings in unserer Vermutung, dass er sich irgendwo rund um Schwabstedt aufhält. Aber wo? Rundherum ist nichts als Marsch.« Er sah Richtung Fenster, gegen das der Regen heftig niederprasselte.

»Nur im Osten – da ist das Wilde Moor.« Große Jäger schlug mit der geballten Faust auf die Tischplatte. »Soll der Kerl doch in irgendeinem Sielzug absaufen. Und von mir aus die Motorräder der Burners gleich mit versenken.«

»Das wäre aber Frevel an der Umwelt«, meinte Cornilsen.

»Du hast leider recht, Hosenmatz. Leute wie Dunker oder Kerimoğlu sind schädlich für die Umgebung. Aber wer einen

Garten hat, weiß, dass dort trotz sorgfältiger Pflege immer wieder das Unkraut sprießt.«

»Das heißt nicht Un-, sondern Wildkräuter«, belehrte ihn Cornilsen.

»Du und deine Weisheiten. Ist das von Oma?«

»Nee«, gestand Cornilsen ein. »Die spricht auch von Unkraut.«

»Ich behaupte es seit Jahren: Du hast eine kluge Oma. Vermutlich liegt es daran, dass sie kein Abitur in Niebüll gemacht hat.«

»Hö, hö.«

Es war nur ein schwacher Trost, dass ihre Vermutung hinsichtlich des Aufenthaltsortes von Dunker richtig war. Wem nützte das Rechthaben, wenn es nicht zum Ziel führte? Christoph hatte es so erklärt: Du fährst mit deinem Auto auf der Hauptstraße entlang. Aus der kleinen Seitengasse biegt ein Betonmischer ein, obwohl du Vorfahrt hast. Du bist im Recht und musst nicht bremsen. Und auf deinem Grabstein steht dann: »Hier ruht im Recht«.

Cornilsen räusperte sich. »Sollten wir beide Richtung Wildes Moor aufbrechen?«

»Das regnet zu heftig für dich.«

»Stört es mich? Ich glaube kaum.«

Große Jäger drehte sich um und sah auf den leeren Schreibtisch in seinem Rücken. »Tja, Christoph. Wir beide können stolz darauf sein, was wir aus unserem Nachwuchs gemacht haben. Erst Harm Mommsen, das Kind. Und nun der Hosenmatz.« Er faltete die Hände und streckte sie zur Zimmerdecke. »Danke, dass du den Kleinen damals aus Niebüll nach Husum geholt hast. Wie in allen Dingen … Du warst einfach der Beste. Und deshalb ist es für mich eine Herzensangelegenheit, Dunker zu fassen.« Dann nahm er wieder die reguläre Sitzposition ein. »Ich freue mich über dein Angebot. Aber es ist schon großzügig von unserem Chef, dass er mir freie Hand lässt.«

»Immerhin seid ihr zu zweit«, sagte Cornilsen.

»Wieso?«

»Na ja. Kollege Hundt sucht für seinen Fall dieselbe Person. Ihr solltet euch zusammentun.«

Große Jäger verbarg sein Gesicht in den Handflächen und ließ ein lautes »Grrrrhhh« hören. Dann machte er sich auf den Weg nach Hollbüllhuus. Die Scheibenwischer hatte er immer noch nicht erneuert. In Kombination mit dem Dreck, den der vor ihm fahrende Tanklaster hochschleuderte, entstanden Schlieren auf der Scheibe, die nur eine eingeschränkte Sicht zuließen. Auf dem letzten Stück vor dem kleinen Ort hatte er allerdings die Straße für sich allein. Wenn Dunker hier auch entlanggefahren war, hatte ihn möglicherweise niemand gesehen. Andererseits fiel hier jeder Fremde auf.

Dunker und eine Affinität zum Moor – war das wirklich der einzige Grund? Oder gab es noch andere? Große Jäger hatte noch keine schlüssige Erklärung dafür gefunden, dass der Mann sich in diese Einöde zurückzog. Glaubte er, dass man ihn dort nicht suchen würde? Dafür sprach auch, dass er sich schon eine Reihe von Tagen vor den Verfolgern hatte verbergen können. Moor – das ist für viele Menschen etwas Geheimnisvolles, Düsteres. Doch Dunker hatte als Kind eine andere Erfahrung gemacht. Diese Landschaft war für ihn ein Sehnsuchtsort gewesen.

Dunker war aber kein Survivalkünstler, der sich von Beeren und Nacktschnecken ernährte. Offenbar war er sich seiner Sache so sicher, dass er die fünf Kilometer bis zum nächsten Kaufmann mit dem gestohlenen Rad zurücklegte und sich auch nicht scheute, dort seine Einkäufe zu tätigen. Er hatte bei seinen Raubzügen Bargeld erbeutet. Es war der einzige Laden weit und breit.

Die nächsten Geschäfte waren weit entfernt. Man könnte, überlegte Große Jäger, in dem Geschäft einen Zivilpolizisten stationieren. War der im Zweifelsfall dem Gewalttäter gewachsen? Dunker war bewaffnet und ohne Skrupel. Also brauchte man mehrere spezialisierte Beamte. Wer würde das genehmigen? Sicher hatten die Flensburger diese Möglichkeit auch durchgespielt. Es wäre auch denkbar, eine motorisierte Zivilstreife in Sichtweite des Ladens warten zu lassen. Diese könnte Dunker vorsichtig folgen und, sobald er das bewohnte Gebiet verlassen hatte, überwältigen. Allerdings waren Leute wie Dunker mit einem sechsten Sinn ausgestattet. Sie konnten Polizisten riechen.

Er war unschlüssig, wie er vorgehen sollte. Von Haus zu Haus gehen und fragen, ob jemand etwas bemerkt hatte? Wenn uniformierte Kollegen das machen würden, bekämen sie sicher eine Antwort. Er hatte wenig Neigung, noch einmal in eine missverständliche Situation wie bei den spielenden Kindern und ihrem zornigen Vater am Ortseingang von Stapel zu geraten. Fast im Unterbewusstsein registrierte er das Motorrad, das ihm entgegenkam. Der Fahrer saß allein auf der Maschine.

Er ließ den Smart im Schritttempo durch das kleine Dorf rollen. Nicht einmal eine Katze kreuzte den Weg. Vermutlich war es in einem abseits gelegenen Ort in Jakutien lebhafter als hier. Und das Wetter mochte im entlegensten Winkel Sibiriens auch nicht schlechter sein.

Plötzlich stutzte er. Vor einem älteren Einfamilienhaus saß unter einem Vordach ein Mann und rauchte. Große Jäger hielt an, stieg aus und ging zu ihm.

»Moin.«

»Moin«, erwiderte der Raucher ruhig.

»Darf ich?«, fragte Große Jäger und verkroch sich ebenfalls unter das Vordach. Der Mann stimmte auf nordfriesische Art durch Schweigen zu.

»Schietwetter«, meinte Große Jäger.

»Is so.«

»Stört Sie das nicht?«

»Nee.«

»Gibt Schöneres.«

»Bin das gewohnt. Beruflich.«

Große Jäger fragte nach.

»Över dörtig Johr … über dreißig Jahre war ich hier der Postbüddel.« Er streckte den Arm aus und ließ die Hand im Halbrund kreisen. »Peter Turnschuh ham se mi genannt, weil ick so 'n fixen Dutt wor. Ach, das war eine schöne Zeit, auch wenn ich jetzt meine Pension genießen tu. Hier, ein Stück weiter, hat Michael Naura gewohnt. Der war nicht nur ein berühmter Jazzmusiker, sondern auch ein feiner Kerl. ›Peter‹, hat er zu mir gesagt, ›haste was für mich?‹ Dann haben wir 'nen kleinen Schnack gehalten. Hier sagen alle Du zueinander. Man kriegt als Briefträger viel mit.« Er legte die Hand auf Höhe des Gürtels an. »Zuerst hatte die Mutter 'nen dicken Bauch, dann ham sie dir stolz das Kleine gezeigt. Die Lütten spielten im Vorgarten, kamen zur Schule. Später habe ich ihnen die Pakete zur Konfirmation gebracht, auf meiner Runde bei ihrer Hochzeit ein Glas Sekt getrunken, bis sie selbst Kinder bekamen.« Sein Blick schweifte träumerisch in die Ferne. »Man war immer ganz dicht dran an den Menschen. Sie haben von ihren Sorgen und Freuden erzählt. Das war der schönste Beruf meines Lebens.«

»Peter …?«, fragte Große Jäger und stellte sich vor.

»Peter Thomsen. Polizei? Hier bei uns? Die ham wir Jahre nich geseh'n. Wo das denn?«

»Wir sehen uns um. Reine Routine.«

»Sooo. Is merkwürdig. Is das wegen 'n Wolf?«

»Welchen?«

»Den ein oder den annern. Steht inne Zeitung. 'nen Stück weiter längs geht der auf Schafe. Kann versteh'n, dass die Bauern sauer sind. Man sagt, die ham das jetzt in die eigene Hand genommen.«

»Und was meinen Sie mit dem anderen?«, wollte Große Jäger wissen.

Thomsen wechselte ins Hochdeutsche. »Das ist hier Tagesgespräch. Da läuft einer rum, der die Gegend unsicher macht. Das Ding da drüben in der Sorge-Niederung … Die Sache mit der alten Frau … Das glaubt man nicht, dass so was hier bei uns passiert. Hier ist die Welt doch noch in Ordnung. Sagte ich schon. Ich kenne sie alle.«

»Ist Ihnen irgendetwas aufgefallen?«

»Mir? Nee. Was denn?«

»Etwas, das nicht hierhergehört. Ein Fremder.«

»Eigentlich nicht.«

»Was heißt eigentlich?«

Thomsen streckte den Arm aus. »Da drüben. Schräg.«

Große Jäger holte tief Luft. Die Nordfriesen gehörten nicht zu den Geschwätzigen. Die Wortkargheit war für wissbegierige Polizisten trotzdem manchmal nervtötend.

»Was ist das?«

»Da wohnt Harry.«

»Wer ist Harry?«

»Harry Dreisaitl. Klar?«

»Dreisaitl – der Name stammt nicht vom friesischen Landadel ab«, sagte Große Jäger schmunzelnd.

Thomsen legte die Hand an die Stirn. Indianer werden oft mit einer solchen Geste dargestellt. Er sah Große Jäger an. »Was sagten Sie? Wie heißen Sie noch einmal?« Der Mann grinste breit. »Auch wenn der Name fremd klingt, ist die Familie seit Generationen hier ansässig. Ich kenne Harry noch aus der Schulzeit. Manche sagen, er sei ein merkwürdiger Kerl. Dabei ist er nur schweigsam und fühlt sich wohl, wenn er mit sich allein ist. Er hat bis zur Rente als Zimmermann gearbeitet.«

»Es klingt so, als würde er allein leben.«

»Sagte ich doch. Da war nie eine Frau in seiner Nähe.«

»Und ... äh ... Männer?«

Thomsen lachte laut auf. »Was denken Sie, wo Sie hier sind? Nix da. Keine Saufkumpane, keine Partys. Einfach nur allein sein.«

Große Jäger sah hinüber. »Im Augenblick scheint er unterwegs zu sein. Ich sehe kein Auto.«

»Hat Harry auch nicht. Nie gehabt. Er hat ein altes Moped und einen ebenso alten Anhänger. Die Holzkiste darauf hat er selbst gebastelt. Mit dem ist er zur Arbeit. Jeden Morgen, egal bei welchem Wetter. Der Knatterkasten läuft immer noch. Damit fährt er auch zum Einkaufen. Es sei denn ...« Thomsen strich sich über die Nase.»... es geht um etwas Größeres. Getränkekisten zum Beispiel. Oder er will mal zum ALDI oder braucht etwas, das es bei unserem Kaufmann nicht gibt. Da findet sich immer jemand, der Harry mitnimmt. Das ist hier so – aufn Dorf. Dafür revanchiert er sich, hackt Holz oder Ähnliches.«

»Was wollten Sie mir nun erzählen?«

»Also Harry, wie gesagt – ist Einsiedler. Er läuft auch gern durchs Moor. Das liegt ja direkt vor unserer Haustür.«

»Bitte?«, fragte Große Jäger erstaunt.

»Ja. Das machen hier viele. Harry auch.«

»Bei dem Wetter?«

»Das macht Harry nichts aus. Nur, wenn er ins Moor geht, dann zu Fuß. Aber sein Moped ist weg.«

»Schon länger?«

»Weiß nicht genau. Merkwürdig ist nur, dass es so aussieht, als ist da jemand im Haus.«

»Was haben Sie beobachtet?«, wollte Große Jäger wissen.

»Nichts. Aber als Briefträger achtet man auf Dinge, die anderen verborgen bleiben. Erinnern Sie sich noch an den Vorschlag, dass die Briefträger auch auf vereinsamte alte und gebrechliche Leute achten sollten, deren Krankheit oder Tod sonst niemand mitbekommt?«

»Sie glauben, da ist jemand im Haus, aber es ist nicht Harry?«

Thomsen zuckte mit den Schultern. Sie wurden durch einen blonden Jungen abgelenkt. Er blieb bei den Männern stehen und sah Große Jäger an. Dabei öffnete er den Mund und zeigte eine große Zahnlücke, die zwischen den beiden Eckzähnen gähnte. Thomsen legte ihm die Hand auf den Kopf.

»Yannick, unser Enkel. Er kommt jetzt zur Schule.« Dann beugte er sich zu dem Kind herab. »Wie heißt es, wenn Besuch da ist?«

»Oma sagt, du sollst reinkommen. Die Pfannkuchen sind fertig.«

Die beiden Männer lachten. Thomsen stand auf.

»Dann wollen wir mal. Wenn Oma ruft und man folgt nicht, kann es Ärger geben, nicht, Yannick?«

Der Junge packte Thomsen an der Hand und zerrte an ihm. »Komm, Opa. Mach zu.«

Große Jäger zog die Nase kraus, als er wieder in den Regen trat. Er überquerte die Straße und näherte sich dem älteren Haus. Die roten Klinker waren zerfurcht, manche wiesen schadhafte Stellen auf. Die Fenster waren ebenfalls betagt, obwohl sie vor einiger Zeit frische Farbe gesehen hatten. Auf den Dachpfannen hatte sich Moos abgesetzt. Im Garten rundherum hatte schon lange keine pflegende Hand mehr zugegriffen. Das Unkraut spross, auch auf der Zufahrt, die aus Sand bestand. Hinter dem Haus standen zwei hölzerne Schuppen, die erkennbar aus zusammengesuchtem Material gebaut worden waren. Als Zimmermann hatte Dreisaitl vermutlich immer wieder einmal etwas beiseiteschaffen können. Neben dem Schuppen hatte sich Gerümpel angesammelt. Ein alter Heizkörper, ein zerbrochenes Waschbecken, die Überreste eines rostigen Gartenstuhls. Das Grundstück war nicht gepflegt, machte aber auch keinen völlig heruntergekommenen Eindruck. Hervor stach, dass die zugezogenen Gardinen hinter den geputzten Fensterscheiben frisch gewaschen waren.

Große Jäger zögerte. Irgendetwas stimmte hier nicht. Der Eindruck verstärkte sich, als er glaubte, eine kaum wahrnehmbare Bewegung hinter der Gardine gesehen zu haben.

Er ging zur Haustür, von der die Farbe großflächig abblätterte. Hinter dem Riffelglas versperrte eine Gardine den Blick ins Innere. Eine Klingel fehlte.

Große Jäger stellte sich versetzt vor die Tür und klopfte gegen das Glas. »Herr Dreisaitl. Ich bin von der Polizei und möchte mit Ihnen sprechen.«

Nichts rührte sich.

Er versuchte es erneut. Vergeblich. Alles blieb still.

»Keine Sorge. Es geht nur um eine Auskunft«, sagte er und wiederholte das Klopfen.

Im Haus blieb es ruhig. Ob er versuchen sollte, die Türklinke herunterzudrücken? Mehrfach hatte man ihm versichert, dass Häuser in dieser Gegend selten abgeschlossen waren. Große Jäger legte die Hand auf das abgeschabte Messing und bewegte die Klinke millimeterweise. Dann versuchte er, die Tür zu öffnen. Tatsächlich. Sie gab nach. Er hätte das Haus betreten können.

Stattdessen rief er noch einmal: »Herr Dreisaitl. Ist alles in Ordnung bei Ihnen?«

Kein Ton drang aus dem Inneren.

Die Sache war zu heikel. Zum einen gab es keine Veranlassung, das Haus zu betreten. Der Wunsch, Dreisaitl zu befragen, rechtfertigte es nicht. Viel bedeutsamer war aber der Gedanke an Dunker. Der trieb sich hier irgendwo herum. In Erfde war er auch in das Haus der Schmidts eingebrochen und hatte sich dort eingerichtet. Falls Dreisaitl wirklich unterwegs war, stand das Haus leer. Dunker hatte einen Blick dafür. Es kam ihm nicht darauf an, Wertvolles zu stehlen. Und ein unscheinbares Haus würde keine Aufmerksamkeit wecken. Für Dunkers Zwecke war es ein ideales Versteck, wenn er sich still verhielt.

Große Jäger zog sich zurück. Minutenlang stand er im strömenden Regen auf der Straße. Er zog sich in sein Auto zurück und postierte es so, dass er das Haus im Auge behielt. Ein weiteres Mal hatte er den Eindruck, als würde er durch die Gardine beobachtet werden. Auch wenn Dreisaitl ein Sonderling war, gab es für dieses Verhalten keine Veranlassung. Große Jäger rief auf seiner Dienststelle an, erklärte Cornilsen die Situation und sprach von seinem Verdacht.

»Das macht einen guten Polizisten aus«, sagte Cornilsen anerkennend. »Man muss einen Riecher haben. Was willst du jetzt machen?«

»Nichts«, erwiderte Große Jäger. »Kannst du bitte zwei

oder drei Streifenwagen herschicken? Die Kollegen sollen die Schutzausrüstung mitbringen und ohne Tatütata anrücken.«

»Ich tu das machen«, versprach Cornilsen und nahm Große Jäger das Versprechen ab, zu warten, bis Verstärkung eingetroffen war.

Es dauerte eine Viertelstunde, bis der erste Streifenwagen eintraf. Kurz darauf folgten die beiden nächsten.

Große Jäger setzte die Beamten ins Bild.

»Sollen wir da reinstürmen?«, fragte Fiete, ein kräftig gebauter Obermeister.

»Wir wollen die Lage gemeinsam abstimmen«, erwiderte Große Jäger.

»Das ist doch eine Aufgabe für das SEK«, meinte ein anderer.

»Wir wissen nicht, wer sich dort im Haus aufhält.«

»Ich denke, das ist dieser Dunker. Das ist ein schlimmer Finger«, sagte Fiete.

»Sicher ist das nicht. Die Person im Haus reagiert nicht.«

»Sie wird ihre Gründe haben«, erwiderte Fiete.

»Nach allem, was wir wissen, ist es nicht der Eigentümer. Sein Moped steht nicht vor der Tür. Außerdem hätte er keinen Grund, nicht zu öffnen.«

»Ich weiß nicht«, zeigte sich ein grauhaariger Oberkommissar skeptisch. »Sollen wir Dunker da herausholen? Das ist doch riskant.«

»Das ist unser Job«, sagte Fiete.

»Ich gehe noch einmal zur Tür und fordere den Hausinsassen auf, herauszukommen.«

»Guck mal«, rief Fiete und zeigte auf das Haus. »Da ist einer, Die Gardine bewegt sich.«

Der Oberkommissar zog sich in die Deckung des Streifenwagens zurück. »Da ist doch etwas faul. Weshalb verbirgt er sich?«

»Das wollen wir herausfinden«, erklärte Große Jäger und überquerte die Fahrbahn.

Dreisaitls Haus lag still und friedlich da. Trotz des schlechten Wetters hatten sich ein paar Schaulustige eingefunden. Die Besatzung des dritten Streifenwagens drängte sie zurück und forderte sie auf, in ihre Häuser zurückzukehren.

»Was soll das werden?«, fragte ein mittelalter Mann. »Das ist doch Humbug. Der Dreisaitl tut niemandem etwas. Der bestimmt nicht. Keiner aus unserem Dorf.«

Der Polizist breitete die Arme aus. »Gehen Sie bitte zurück«, sagte er und trieb die Leute wie eine Gänseschar vor sich her.

Große Jäger hatte die andere Straßenseite erreicht, als sich ein Passat näherte und hinter dem Streifenwagen hielt. Ihm entstieg Cornilsen.

»Schon etwas passiert?«, fragte er.

»Siehe da – die Kripo. Ich staune«, sagte Fiete. »Euch sieht man doch sonst immer nur in Verbindung mit einem Schreibtisch.«

Große Jäger erklärte Cornilsen das Lagebild.

»Ich komme mit dir«, sagte Cornilsen und zog seine Dienstwaffe.

»Ach, Kinder.« Fiete stöhnte laut auf. »Dann lasst uns zu dritt vorrücken.«

»Legt Schutzwesten an«, mahnte der Oberkommissar.

Sie folgten dem Rat.

»Sonst hast du hinterher zwei Löcher in deiner Lederweste«, merkte Cornilsen an, bevor sie im Gänsemarsch die Straße überquerten. Im Haus blieb es still.

Sie hatten die Haustür erreicht, als Große Jäger bei einem Blick über die Schulter sah, dass sich weitere Beamte bereit gemacht hatten und ihnen mit einigem Abstand folgten, während der Oberkommissar aus der Deckung eines Streifenwagens gute Ratschläge erteilte.

Sie stellten sich beidseitig neben der Haustür auf, und Große Jäger pochte erneut gegen das Glas.

»Hier ist die Polizei. Kommen Sie heraus. Ergeben Sie sich.«

Nichts bewegte sich. Kein Laut war zu vernehmen. Große

Jäger streckte den Arm vor und drückte die Türklinke herab. Dann öffnete er die Tür einen Spalt, jederzeit darauf gefasst, auf Gegenwehr zu stoßen. Alles blieb ruhig. Fiete stand auf der anderen Seite des Eingangs und gab der Tür mit der Fußspitze einen Schubs. Knarrend schwang sie ein Stück auf. Sonst geschah nichts.

Fiete reichte um die Ecke und drückte die Tür ganz auf, dass sie gegen die Wand im Flur schlug. Dann lugte er vorsichtig um die Ecke und wisperte: »Niemand zu sehen.«

Jetzt blinzelte auch Große Jäger in den Flur. Linoleum bedeckte den Fußboden. Ein paar derbe Halbschuhe standen an der Seite. An den Garderobenhaken hing eine Wolljacke. Große Jäger zeigte auf sich, dann streckte er Zeige- und Mittelfinger in die Höhe und hielt sie Fiete hin. Der Streifenpolizist nickte. Er sollte als Zweiter folgen. Auf Zehenspitzen schlich sich Große Jäger in den Flur. Der wurde nur spärlich durch eine offene Tür am anderen Ende beleuchtet. Eine hölzerne Treppe führte ins Obergeschoss. Drei Türen waren geschlossen. Während er vorsichtig die erste Tür öffnete, gab ihm Fiete in seinem Rücken Deckung. Cornilsen stand mit seiner entsicherten Waffe im Anschlag im Flur und behielt die anderen Türen im Auge.

Der kleine Raum war das Schlafzimmer. Er war karg möbliert. Ein altes Bett, das mit sauberer Bettwäsche bezogen war, ein Nachttisch mit einer Tütenlampe als Beleuchtung und ein schwerer Kleiderschrank mit Verzierungen auf den Türen bildeten die Einrichtung. Ansonsten war der Raum leer. Das traf auch auf den zweiten Raum zu, der ebenfalls mit altertümlichen Möbeln ausgestattet war. Das Zimmer war klein und diente als Esszimmer, obwohl es den Eindruck machte, dass es für diesen Zweck schon ewig nicht mehr benutzt wurde. Wann mochte jemand von dem Porzellan, das sich hinter den Glastüren des Büfetts befand, gegessen haben? In einem Vitrinenschrank stand eine Sammlung von Kristallgläsern, darunter auch verschiedenfarbige Römer. Dreisaitl hütete hier die Schätze seiner Vorfahren. Die letzte verschlossene Tür führte ins Wohnzimmer. Hier gab es eine Mahagoniausrüstung, einen Esstisch und ein Sofa. Auf einem rollbaren Teewagen stand der wuchtige Röhrenfernseher. Große Jäger lächelte, als er die Uhr gewahrte, die in einem geschwungenen Mahagonigehäuse oben auf dem Schrank thronte. Über dem Tisch baumelte ein Leuchter mit nachgebildeten Tropfenkerzen. Auffällig war, dass auf dem Tisch ein Aschenbecher stand. Daneben befanden sich eine Packung Zigarettenpapier und eine offene Tabakdose. Krümel auf dem Tisch zeugten davon, dass hier noch vor Kurzem Zigaretten gedreht worden waren. Große Jäger ging zum Fenster. Von dieser Stelle aus waren sie heimlich beobachtet worden.

Dicht hintereinander schlichen sie zur offenen Tür am Ende des Flurs. Das war der heikelste Teil der Mission. Der Flur bot keine Deckung. Große Jäger hatte den Türrahmen erreicht. Er blieb kurz stehen und atmete tief durch. Er war seit Jahrzehnten im Polizeidienst und hatte sicher viel Erfahrung. Wurde es nicht langsam Zeit, Einsätze dieser Art jüngeren Beamten zu überlassen? Er schätzte sich selbst nicht mehr als sportlich ein. Und irgendwann glich auch die größte Erfahrung das schwindende körperliche Leistungsvermögen nicht mehr aus. Es gab Männer seines Alters, die sich durch sportliche Aktivitäten fit hielten. Davon war er weit entfernt.

Er holte noch einmal tief Luft und sprang dann, die Waffe im Anschlag, aus der Deckung. Es war die Küche. Damals hatte man diesen Raum nicht nur für die Zubereitung des Essens geplant. Ein Teil des Familienalltags spielte sich in der Wohnküche, wie man es nannte, ab. Eine Eckbank, ein Tisch und Küchenmöbel waren Überbleibsel einer vergangenen Epoche. Ob das auch auf den Mann zutraf, der sich auf der gegenüberliegenden Seite in eine Ecke quetschte und die Hände abwehrbereit vor den Mund hielt? Er war abgemagert. Ulkusfalten zogen sich von der Nasenspitze um die Mundwinkel. Die dunklen Augen lagen tief in den Höhlen. Dunkle Bartsprossen zierten seine Wangen. Die Haare hingen ihm wirr in die Stirn. Die abgetragene Kleidung schlotterte um seine magere Gestalt. Aus großen, angsterfüllten Augen starrte er Große Jäger an.

»Hände hoch«, schrie der Hauptkommissar.

Der Mann bewegte sich nicht. Er hielt immer noch die Hände vors Gesicht. Dabei murmelte er etwas so leise, dass es nicht verständlich war. Große Jäger hörte es hinter seinem Rücken poltern. Die anderen Beamten mussten ebenfalls ins Haus eingedrungen sein. Schwere Schritte ließen die Treppe ächzen.

Große Jäger ging langsam auf den Mann zu. »Wer sind Sie?«, fragte er.

»Nicht schießen«, erwiderte der Mann im Flüsterton. »Nicht schießen.«

Auch die wiederholte Frage nach seinem Namen beantwortete er nicht. Er leistete keinen Widerstand, als Cornilsen und Fiete ihn nach Waffen durchsuchten und ihm Handfesseln anlegten. Der Mann war eindeutig verwirrt. Ängstlich sah er die Polizisten der Reihe nach an. Dabei hatte er den Kopf tief zwischen die Schulterblätter eingezogen. Auf dem Küchentisch lagen ein Brotlaib, eine geöffnete Margarinepackung und eine aufgerissene Packung mit Jagdwurst.

Cornilsen klopfte die Taschen des Mannes ab. Viel war es nicht, was er zutage förderte. Ein schon seit Langem in Gebrauch befindliches Stofftaschentuch mit Löchern, ein verbeultes Benzinfeuerzeug, das noch mit einem Feuerstein entzündet wurde, zwei Euro vierundsiebzig an Bargeld, einen gebogenen stabilen Draht und ein altes Taschenmesser.

»Keine Papiere?«, wunderte sich Große Jäger.

»Nein«, bestätigte Cornilsen.

»Wie heißen Sie? Was suchen Sie hier?«, fragte Große Jäger.

Sie wurden durch einen Streifenpolizisten unterbrochen, der in die Küche trat und meldete, dass das Haus leer sei.

»Wir haben auch unter den Betten und in den Schränken nachgesehen. Er da«, dabei nickte er in Richtung des Mannes, »hat nirgendwo seinen Liebhaber versteckt.«

Große Jäger zeigte auf die Eckbank. Als der Mann sich nicht rührte, drückte ihn Cornilsen auf die Sitzfläche. Große Jäger nahm auf dem anderen Schenkel der Bank Platz.

»Ist in Ordnung«, sagte er einfühlsam. »Niemand schießt.«
Der Mann sah ihn an. »Ich darf hier sein«, sagte er. Statt Zähnen hatte er nur noch braune Stummel im Mund.

»Wer hat Ihnen das erlaubt?«

»Harry.«

»Harry Dreisaitl?«, wollte Große Jäger wissen.

»Harry.«

»Wo ist Harry?«

Der Mann überlegte. Dann sagte er: »Weg.«

»Ja. Aber wohin?«

»Weg.«

Dieses Spiel wiederholten sie mehrfach. Sie erhielten auch keine Antwort auf die Frage nach dem Namen. Der Mann ignorierte sie.

»Sind Sie hier eingebrochen, weil Harry nicht da ist?«

Es dauert wieder eine Ewigkeit, bis die Worte den Mann erreicht hatten. Er rückte auf der Bank ein Stück nach hinten.

»Ich darf. Harry«, stammelte er.

Mehr war aus ihm nicht herauszubringen.

Eine kurze Durchsuchung des Hauses ergab nichts Auffälliges. Alles war einfach und schlicht, aber sauber.

»Was soll mit ihm geschehen?«, fragte Fiete und zeigte auf den Mann.

»Nehmt ihn zur Identitätsfeststellung mit.«

Vorher machte Große Jäger eine Handyaufnahme von ihm. Zunächst schien es, als würde sich der Mann weigern, den Polizisten zu folgen, bis das Missverständnis geklärt war. Er bestand darauf, dass seine wenigen Habseligkeiten, die sie in einer kleinen Kammer im Obergeschoss fanden, mitgenommen wurden. Besonders erpicht war er darauf, dass der Tabak und das Zigarettenpapier aus dem Wohnzimmer nicht vergessen wurden.

»Wer war das?«, fragte Große Jäger, als er mit Cornilsen allein war. »Merkwürdig.«

»Jedenfalls war es kein geschminkter und verkleideter Dunker«, antwortete Cornilsen. »Aber wer konnte das vorhersehen? Das Muster, das du vorgefunden hast, hätte auch auf Dunker hinweisen können. Ein im Augenblick leer stehendes Haus, für das sich niemand interessiert. Das sind die Objekte, auf die es Dunker abgesehen haben könnte.«

Große Jäger nickte geistesabwesend. »Ich habe noch eine Idee«, murmelte er, verließ das Haus und stiefelte zu Peter Thomsen hinüber.

Der ehemalige Briefträger öffnete selbst. »Da ist ja richtig was los bei uns in Hollbüllhuus«, sagte er. »So viel hat sich hier in den letzten hundert Jahren nicht zugetragen.«

»Drüben in Dreisaitls Haus hat sich ein Unbefugter aufgehalten«, erklärte Große Jäger.

»Unbefugter?« Thomsen lachte kehlig. »Wer soll das sein?«

Große Jäger zeigte ihm das Foto.

»Ach so. Der übernachtet manchmal für ein paar Tage bei Harry. Dann zieht er weiter.«

»Wer ist das?«

Thomsen zuckte mit den Schultern. »Keine Ahnung, wie der heißt. Ein Landfahrer, wie man früher sagte. So nennt man ihn hier. Ein Tippelbruder. Obdachlos. Harmloser Kerl. Der kommt alle paar Monate hier durch. Ich habe noch nie gehört, dass er gestohlen hat. Er bettelt und schnorrt. Nach dem Motto ›Leben und leben lassen‹ bekommt er Brosamen. Mancher hat es früher auch einmal versucht, ihm gegen ein kleines Entgelt Handlangerdienste zu übertragen. Das hat nicht geklappt.«

»Dreisaitl lässt ihn allein in seinem Haus?«

»Warum nicht?«

»Kommt es öfter vor, dass Dreisaitl nicht da ist?«

Thomsen legte die Stirn in Falten. »Was heißt öfter? Wenn Sie meinen, dass Harry in Urlaub fährt ... Nee. Das nicht. Aber dass er für ein paar Tage abgetaucht ist …« Thomsen nickte. »Doch. Das passiert schon.«

»Hat er Freunde oder Verwandte?«

»Nicht dass ich wüsste. Der ist dann im Moor unterwegs.«

»Bei diesem Wetter?«

»Keine Ahnung, was er dort macht. Ich nehme an, er ist dann in der Hütte.«

»In welcher Hütte?«

Thomsen senkte die Stimme. »Eigentlich gibt es die gar nicht. Ich weiß nicht, wer die einmal aufgestellt hat. Man munkelt, dass es Flüchtlinge oder Fahnenflüchtige nach dem Krieg waren. Das Ding ist auch schon ziemlich morsch. Mich wundert, dass es nicht zusammenfällt. Ich bin allerdings schon viele Jahre nicht mehr draußen gewesen.«

»Aber Dreisaitl.«

»Hören Sie«, wehrte Thomsen ab. »Die Hütte ist nicht legal. Ich will mich in nichts hineinziehen lassen. Ich sagte schon, hier im Dorf ist das Leben noch friedlich. Alle kommen miteinander aus. Wenn Sie so wollen … Wir sind eine Dorfgemeinschaft. Und bei Harry Dreisaitl ist es nicht anders. Wenn er Spaß daran hat, sich für eine Weile dorthin zurückzuziehen, dann stört es niemanden. Die Hütte ist ein einziger Raum. Ohne Strom und ohne Wasser. Man muss wissen, wo sie ist. Sonst findet man sie nicht. Es geht zunächst über einen Steg, dann über einen Pfad durchs Moor. Der Weg steht allerdings manchmal unter Wasser.« Er sah auf Große Jägers Schuhe. »Damit bekommen Sie garantiert nasse Füße.«

»Wenn Dreisaitl sich dort für ein paar Tage aufhält, benötigt er Lebensmittel. Es müssen ein Bett, ein Tisch und ein Stuhl in der Hütte sein. Wie kommt das dorthin?«

»Haben Sie Ahnung vom Camping? Wahrscheinlich nicht, sonst wüssten Sie, dass man vieles mit Gas machen kann.«

»Also schleppt Dreisaitl Gasflaschen ins Moor?«

Thomsen trat einen Schritt zurück und vergrößerte den Abstand zwischen sich und Große Jäger. »So viel wird er nicht schleppen, seitdem er eine künstliche Hüfte hat. Das geht mich alles nichts an. Harry Dreisaitl ist ein feiner Bursche. Weshalb sollte ich ihn bei der Polizei anschwärzen?«

»Es ist nicht gegen Dreisaitl gerichtet. Ich will das Moor verstehen.«

»Das Moor verstehen?«, wiederholte Thomsen gedehnt. »Das begreife ich nicht.«

»Ich suche jemanden, der sich möglicherweise dort verborgen hält.«

»Dreisaitl?«

Große Jäger holte tief Luft. »Nein, nicht Ihren Nachbarn.«

Thomsen sah ihn aus großen Augen an. »Komisch. Ich habe im Dorf gehört, dass da schon mehr Leute unterwegs waren und neugierige Fragen gestellt haben. Zwei Rocker, ganz in Leder, haben sich auch für unser Moor interessiert. Und heute Morgen sind mir zwei Jäger begegnet, die nicht hierhergehören. Die müssen mit dem Porsche Cayenne gekommen sein, der am Zugang zum Moor stand.«

Große Jäger wunderte sich. Waren Stefan Peters-Hagen und ein Begleiter unterwegs? Wenn sie ihre angebliche Suche an der Sorge-Schleife noch mit den Wolfsrissen begründen konnten, so war dies hier eindeutig nicht ihr Revier. Woher wusste Peters-Hagen von Dunkers möglichem Aufenthalt im Wilden Moor? Dass die Burners hier aufgekreuzt waren, überraschte ihn hingegen nicht.

»Hier gab es die Moorhexe«, fiel Thomsen noch ein. »Die hatte einen guten Draht zu Harry. Kein Wunder, beide waren besessen vom Moor.«

Große Jäger wünschte Thomsen noch einen schönen Tag und kehrte zu seinem Auto zurück. Cornilsen erwartete ihn ungeduldig und hielt das Handy hoch.

»Der Chef hat sich gemeldet. Ich soll umgehend zurück auf die Dienststelle kommen. Er kann es nicht mehr vertreten, dass zwei seiner Beamten ausfallen.«

Große Jäger riet Cornilsen, dem Auftrag zu folgen. Im Stillen befürchtete er, dass Mommsen sonst auch ihn zurückbeordern würde.

»Und was machst du?«, wollte Cornilsen wissen.

»Ich gehe im Moor spazieren«, erwiderte Große Jäger.

Cornilsen schüttelte den Kopf. »Du bist jetzt schon völlig durchnässt.«

»Dann kommt es auf ein paar Liter Wasser auch nicht mehr an.«

Sie trennten sich. Während Cornilsen nach Husum zurückkehrte, fuhr Große Jäger zu der Stelle, an der er geparkt hatte, als er Heinke Jensen begegnet war. Dort stand der Porsche Cayenne mit dem Kennzeichen SL-PH. PH wie Peters-Hagen. Dessen Frau hatte prophezeit, dass ihr Mann die Attacke auf seine Mutter nicht tatenlos auf sich beruhen lassen würde. Wenn er und sein Jagdfreund bei dem fürchterlichen Wetter seit heute Morgen durch das Moor streiften, würden sie weder Mühe noch Aufwand scheuen. Ob die Burners auch in der Gegend waren?

ELF

Große Jäger steuerte das Haus mit dem weitläufigen Grundstück an, das an der Zuwegung zum Moor stand und auch Unterkünfte für Feriengäste anbot, und fragte, ob er sein Fahrzeug dort abstellen dürfe.

Die Frau, die ihm öffnete, sah ihn erstaunt an. »Da sind doch genügend Parkmöglichkeiten am Weg.«

»Ich komme von der Polizei und habe einen triftigen Grund.«

»Aha«, sagte sie. »Hängt das mit dem Aufgebot vor Dreisaitls Haus zusammen?«

Sie fragte nicht nach, als Große Jäger ihr die Antwort schuldig blieb, duldete aber, dass er den Wagen dort parkte.

Große Jäger machte sich auf den Weg ins Moor. Der Weg war nass. Er spürte die Feuchtigkeit aber kaum noch. Seine Kleidung war vom Regen durchtränkt. Fast apathisch lief er zwischen den Maisfeldern entlang. Bei der kleinen Brücke warf er einen Blick nach rechts. Von dort war bei seinem letzten Besuch auf ihn und die Fotografin geschossen worden. Heute war nichts zu sehen. Der Regen und die von Stirn und Augenbrauen herabrieselnden Tropfen ließen ihn ohnehin die Augen zusammenkneifen. Wie oft war er diesen Weg in den letzten Tagen schon gelaufen? Er hatte den Beginn des Pfades durch das Dickicht erreicht. Erneut fragte er sich, ob es Sinn hatte, weiterzugehen. Seine Füße gaben die Antwort. Sie schleppten ihn vorwärts. Automatisch.

Sein Blick war auf das Grün vor ihm gerichtet. Gelegentlich sah er auf. Am Ende des Weges und auf der dahinterliegenden Moorfläche war niemand zu sehen, zumindest aus der Distanz, die er im Regen überblicken konnte. Fast hätte er den Abzweig des hölzernen Steges in den »Urwald« verpasst. Sollte er wirklich dort entlanggehen? Dunker würde sich kaum mitten ins

Moor stellen, von allen Seiten gut sichtbar. Und wo befand sich die geheimnisvolle Hütte? Thomsen hatte es nicht verraten wollen.

Große Jäger schwenkte nach links. Die morschen Holzbohlen des Stegs waren durch die Nässe auch noch glatt. Nach hundert Metern durch das Dickicht sagte er sich, dass dieser Weg nicht der richtige war. Das war nicht nur sprichwörtlich gemeint. Er kehrte um.

Kurz bevor er die Abzweigung des Hauptweges erreichte, hörte er laute Stimmen. War das Türkisch? Den Burners wollte er nicht begegnen, aber es gab keine Möglichkeiten, sich zu verstecken. Die Stimmen näherten sich. Sie kamen aus Richtung Moor. Die Männer, es waren zwei, gingen in Richtung des Maisfeldes. Hatten sie ihr Motorrad auch dort abgestellt, wo er seinen Smart parkte? Wieder umkehren und sich in die andere Richtung flüchten, dafür blieb nicht genug Zeit. Außerdem konnte man sich auf den Holzplanken nicht schnell bewegen. Er schon gar nicht. Vorsichtig glitt er vom Steg und versank bis zum Bauchnabel in der braunen Brühe. Es war unangenehm kalt. Und es war ekelig. Wer mit einer trockenen Badehose ins Meer steigt, schaudert auch ein wenig, wenn die Wellen den Stoff der Badehose erreichen. Nur war es hier kein klares Seewasser, sondern brackiges Moorwasser. Es bedeutete auch keinen Trost, dass sich manche Leute im Rahmen einer Kur freiwillig in eine Schlamm-Moor-Packung betten ließen.

Die Stimmen kamen immer näher. Große Jäger drückte sich mit seinem ganzen Gewicht in das Gestrüpp. Er hatte das Gefühl, die knisternden Äste und das gurgelnde Wasser seien meilenweit zu hören. Obwohl er sich nur zentimeterweise bewegen konnte, schlitterte er auf dem morastigen Grund weg und wäre fast ausgerutscht. Die Äste und Zweige ratschten an seiner Kleidung. Hoffentlich rissen sie keine Löcher, zumindest nicht in die Lederweste. Das Einschussloch war mittlerweile Kult, aber wie sollte er Astlöcher erklären?

Die beiden Männer hatten den Abzweig des Holzstegs erreicht. Gleich hatte er es überstanden. Er traute sich nicht, zu atmen, schon gar nicht, sich zu bewegen. Absurde Gedanken schossen ihm durch den Kopf. Heinke Jensen hatte gesagt, hier würden Kreuzottern und Blindschleichen leben. Konnten die schwimmen? Wenn eine der Schlangen ein Schlupfloch im Hosenbein finden würde? Blindschleichen, beruhigte er sich, waren gar keine Schlangen, sondern gehörten zu den Echsen. Und die waren nicht gefährlich, es sei denn, man begegnete einem Krokodil.

Nur wenig von seinem Versteck entfernt blieben die Männer stehen. Würden sie in seine Richtung sehen, könnten sie ihn entdecken.

»Ich muss mal pissen«, sagte der eine und fügte etwas auf Türkisch an. Große Jäger unterstellte, dass es Türkisch war. Die vielen »ü«s ließen es vermuten.

»Quatsch Deutsch mit mir«, sagte Kerimoğlu, den er jetzt eindeutig erkannte. »Ich bin hier geboren. Meine Alten haben mit uns Kindern zum Glück nur Deutsch gesprochen. Sie wollten, dass wir uns hier verwurzeln.«

Der andere hatte Große Jäger den Rücken zugewandt. Auf seiner Kutte trug er das Emblem der Osmanen Burners. »Und die Großeltern?«, wollte er von Kerimoğlu wissen.

»Die habe ich verehrt. Leider sprachen sie nur wenig Deutsch, die Oma schon gar nicht.«

Der andere bewegte sein Becken. »Das ist doch scheiße, bei diesem Wetter durchs Moor zu waten«, beklagte er sich.

»Der Typ hat Orhan die Gabel ins Auge gerammt. Hast du unseren Kameraden mal gesehen danach? Wie lange musst du denn pissen, Ayaz? Das reicht, wenn der Himmel pisst«, fragte Kerimoğlu.

Ayaz sprach abgehackt, als müsse er seine Aufmerksamkeit zwischen seinen Worten und der Verrichtung teilen. »Und was ist mit dem Scheißbullen? Weshalb soll der allegemacht werden?«

»Jeder tote Bulle ist ein guter Bulle«, erwiderte Kerimoğlu.

»Aber der dicke Wichser ist ein besonderes Arschloch. Ich hätte ihn fast gehabt. Wenn da nicht die Bullenkompanie an der Sandschleuse gestanden hätte, wäre er fällig gewesen. Dann hätten die anderen Bullenschweine ihn bei solch einem Scheißwetter in die Grube schmeißen können. Der Gabelstecher kann in der Hölle schmoren und da dem Teufel seine Großmutter ficken. Ich will den dicken Bullen zerlegen. Ganz langsam.«

»Das hört sich an, als hättest du etwas Persönliches gegen ihn«, sagte Ayaz, der sein Geschäft beendet hatte.

»Die dicke Sau ...«, fing Kerimoğlu an zu erklären. »Bei diesem verfickten Wetter ... in diesem Drecksmoor ... Wie willst du da jemanden finden? Woher wollt ihr überhaupt wissen, dass er hier ist?«

»Den anderen haben wir doch auch aufgestöbert.«

»Ausgerechnet jetzt macht die Drohne schlapp«, sagte Ayaz.

»Du Arsch hast vergessen, eine Ersatzbatterie mitzunehmen«, stellte Kerimoğlu fest.

»Wieso ich?«

»Weil du das Arschloch bist.«

»Weshalb willst du eigentlich den Bullen ficken?«

Kerimoğlu zögerte mit der Antwort. Schließlich erklärte er: »Er hat meine Ehre verletzt.«

»Oh. Das ist ein guter Grund«, stellte Ayaz fest. »Aber er ist doch nicht blöd. Er hat uns immer zu dem anderen geführt. Er hat eine gute Spürnase.«

»Wundert dich das? Die stinken doch alle wie die Schweine. Kein Wunder. Die fressen sie ja auch. Komm jetzt.«

»Ist schon gut«, knurrte Ayaz, bevor sie weitergingen.

Es war aufschlussreich, den beiden zuzuhören. Manchmal half auch Kommissar Zufall. Zumindest schien ein kleines Rätsel gelöst. Die Burners setzten mit der Drohne moderne Technik ein. Weshalb benutzte die Polizei nicht diese Mittel?, überlegte Große Jäger. Er ließ noch zehn Minuten vergehen, bevor er zum Steg zurückwatete. Mit Mühe hievte er sich auf die Planken. Dann wartete er weitere zehn Minuten, bis er es wagte, um die Ecke den beiden Burners hinterherzusehen. Er sah sie hinten am Ende der Maisfelder, kurz vor dem Schlagbaum. Es fiel ihm schwer, sich in Geduld zu üben, aber falls einer von ihnen noch einen Blick zurückwarf, würden sie ihn möglicherweis entdecken. Die nasse Hose – der Schlamm ... Das alles musste er für die Besoldung nach A 11 erdulden. Er war jetzt komplett durchnässt und verdreckt. Es machte keinen Unterschied mehr, ob er zum Auto zurückkehrte oder noch ein Stück weiter bis zum Beginn der offenen Moorfläche ging. War es berufliche Routine oder stoischer Gleichmut, der ihn in Richtung Moor trieb?

Unterwegs dachte er noch einmal an die Drohne, von der die beiden Burners gesprochen hatten. Sie flogen damit das Gelände ab. Hatten sie so auch den Schlafplatz entdeckt, in dessen Nähe Große Jäger eine Nacht verbracht hatte?

Er glaubte, ein Geräusch gehört zu haben, und spitzte die Ohren. Jetzt kam es näher. Aus einer unbestimmten Richtung. Es schwoll auf und ab. Das ging noch einen kurzen Augenblick weiter, bis es verlosch. Große Jäger hatte sich nicht geirrt. Die Bestätigung kam, als wenig später ein zweites Geräusch erklang. Es waren die Signalhörner von Feuerwehrwagen. In der Stille des Moores drang ein Horn über eine große Distanz. Soweit er sehen konnte, war auf dem Weg nichts zu erkennen. Nach kurzem Überlegen beschloss er, nicht zum Ausgang, sondern in Richtung des offenen Moores zu gehen. Mit weit ausholenden Schritten eilte er voran. Als er das Ende des den Weg begleitenden Dickichts erreicht hatte, suchte er den Horizont ab. Der dichte Regen erschwerte die Sicht.

Plötzlich sah er eine schwarze Rauchwolke in den Himmel steigen. Es musste ein mächtiges Feuer sein, das sich bei diesem Wetter entwickelt hatte. Was mochte im Moor so brennen? Und wie konnte er die Stelle erreichen? Ein Stück weiter führte der Holzsteg entlang, auf dem er der Naturfotografin begegnet war. Er ruderte mit den Armen, um das

Gleichgewicht zu halten und nicht von den rutschigen Bohlen abzugleiten.

Unvermutet knickte der Bohlenweg nach links ab. Der Feuerschein, den er jetzt erkennen konnte, lag aber geradeaus. Welcher Weg führte an diese Stelle, wenn man sie nicht außen herum erreichen wollte? Nach einem kurzen Zögern setzte er sich auf den Rand des Stegs und ließ sich in die braune Brühe gleiten. Es war ein Risiko, da nicht zu erkennen war, wie tief das Moor an dieser Stelle sein mochte. Große Jäger atmete durch, als er Boden unter die Füße bekam und das brackige Wasser bis knapp über die Knie reichte.

Mit den Armen führte er eine Art Schwimmbewegung aus und bahnte sich damit einen Weg durch das Ried. Vorsichtig setzte er einen Fuß vor den anderen, nachdem er festgestellt hatte, dass der Wasserstand variierte. Mal reichte das Wasser bis zu den Waden, dann wieder bis zum Schritt.

Es war kein Trost, dass er sich durch nährstoffreiches Grundwasser kämpfte, das ausschließlich durch Regenwasser gespeist wurde.

Diese Moore entstanden durch Torfbildung aus dem Einflussbereich des nährstoffreichen Grundwassers heraus. Dabei wuchsen sie nach oben und starben gleichzeitig in der Tiefe ab. Große Jäger lachte grimmig. Das ist wie in der Beamtenschaft, fiel ihm ein, als er sich den Aufbau eines Moores in Erinnerung rief. Und das Vorankommen ist genauso mühsam wie der Aufstieg im öffentlichen Dienst. Intakte Torfmoore wuchsen auf diese Weise jährlich um einen Millimeter. Aber wer zollte der Natur schon Respekt, wenn dieser Lebensraum von Menschen in kürzester Zeit vernichtet wurde?

Er kam näher an das Feuer heran. Zwischendurch wurde seine Aufmerksamkeit immer wieder abgelenkt. Seine Füße musste er vorsichtig vom unsichtbaren Grund lösen. Der morastige Boden saugte sich an den Schuhen fest. Wenn er zu schnell das Bein hob, bestand die Gefahr, dass er aus dem Schuh schlüpfte. Er würde das Gehwerkzeug nie wiederfinden. Und trotz Nässe und Dreck wollte er nicht barfuß weiterlaufen. Mittlerweile waren nicht nur die zuckenden Blaulichter und die Konturen der Feuerwehrwagen zu erkennen, sondern auch die umherhuschenden Schatten der Feuerwehrleute. Er hörte ihre Kommandorufe.

Im letzten Moment bemerkte er ein Wasserloch auf seinem Weg, bevor er den Fuß ins Nichts setzte. Wie tief mochte es sein? Er umging das unsichtbare Hindernis und registrierte dankbar, dass er eine offenbar flachere Stelle gefunden hatte. Als er noch etwa zehn Meter entfernt war, entdeckte ihn ein Feuerwehrmann.

»Was'n das da?«, rief er und zeigte auf Große Jäger.

»Das glaub ich nicht«, sagte einer zweiter. »Ist das der Moorgeist oder ein Irrer?«

Immerhin streckte ihm einer die Hand entgegen, damit er den leicht erhöhten Weg erklimmen konnte.

»Moin«, sagte Große Jäger und schüttelte sich wie ein nasser Hund. »Was ist hier los?«

Der erste Feuerwehrmann lachte. »Sieh dir das an. Da kommt einer durchs Moor gewatschelt und nimmt den direkten Weg, nur weil er neugierig ist.«

»Ich bin beruflich hier.«

»Ich zum Vergnügen«, meinte der Feuerwehrmann. »Es ist mein Hobby, bei diesem Scheißwetter hier zu löschen.«

»Was brennt?«

»Muss ich antworten?«

»Ja. Ich bin von der Polizei.«

Der Feuerwehrmann lachte lauthals auf und steckte damit seine Kameraden an.

»Undercover, was?«, sagte einer. »Ich meine, weil du hintenherum durch das Moor geschwommen kommst. Das geht auch einfacher.« Er zeigte nach links. »Da ist ein Weg.«

»Ich suche eine illegale Hütte«, erklärte Große Jäger. Er klopfte auf Bauch und Hose. »Ich bin dabei vom Weg abgekommen.«

Einer der Feuerwehrleute war zum Einsatzfahrzeug gegangen und kehrte mit einer Rettungsdecke wieder.

»Hier«, sagte er zu Große Jäger. »Leg dir das über die Schultern.«

Die metallisierte Plastikfolie tat gut. Er bedankte sich.

»Das mit der Hütte ... Da kommst du zu spät. Da drüben. Das ist sie. Nee. Besser, das war sie.«

»Warum löscht ihr nicht?«

»Da ist nichts mehr zu retten. Wir lassen sie kontrolliert abbrennen.« Der Mann zeigte zum Himmel. »Dank dem Regen ...«

»Des Regens, Holger«, rief ein Kamerad dazwischen.

»Was ist mit dem?« Als der andere abwinkte, setzte Holger neu an: »Wegen dem Regen ist alles nass, und das Moor brennt nicht. Die alte Hütte ... die vermisst keiner. War ja ohnehin ein illegaler Bau. Den hat irgendein Flüchtling nach dem Krieg errichtet. Oder ein Fahnenflüchtiger in den letzten Kriegstagen. Dann sind die Liebespaare hierher. Machen die aber schon lange nicht mehr. Die haben ja alle ein eigenes Auto.«

»Man sagte, in der Hütte hält sich gelegentlich ein alter Mann aus Hollbüllhuus auf.«

Der Feuerwehrmann nickte. »Ja, Harry Dreisaitl. Der kommt manchmal hierher. Aber nun ist es vorbei damit.«

»Weiß man schon, weshalb es gebrannt hat?«

»So fix geht das nicht.«

»Wer hat das Feuer gemeldet?«

»Einer aus Winnert. Der ist mit dem Auto ans Moor rangefahren und hat seinen Hund rausgelassen.« Er grinste breit.

»Ob der Köter Bock darauf hatte?«

»Ich würde mir das gern ansehen«, sagte Große Jäger.

»Da gibt's nicht viel zu gucken. Eine einfache Holzhütte, die brennt.« Er musterte Große Jäger. »Es erstaunt mich, dass die Polizei so schnell hier ist. Und dann ohne Uniform?« Er sah in Richtung Moor. »Da ist alles nass. Eigentlich ist das doch ein Fall für die Wasserschutzpolizei.«

»Ich bin aus einem anderen Grund hier.«

»Weil das ohne Baugenehmigung hingestellt wurde?«

Große Jäger ließ die Frage unbeantwortet.

Der Feuerwehrmann kratzte sich den Haaransatz unterm Helm. »Komisch. Ich weiß nicht, ob das einen Zusammenhang hat. Als wir anrückten, kam uns ein Motorrad mit zwei Gestalten entgegen. Auf dem Weg aus dem Moor raus.« Das mussten Kerimoğlu und Ayaz gewesen sein, überlegte Große Jäger. »Wir haben noch gescherzt. Wer kurvt bei diesem Wetter mit so einem Feuerstuhl durch die Gegend – und dann ins Moor? Jörg meint, eine der Gestalten war bestimmt eine Frau. Und wenn die sich mit ihrer Lederkleidung ins Gras legen ...«

»Ich möchte gern näher an die Hütte heran.«

»Komm mal mit«, forderte ihn Holger auf und ging voran. Vorsichtig tastete er sich durch das hohe Ried. Unterwegs drehte er sich häufig um und gab Anweisungen: »Links. Rechts. Vorsichtig – ist glitschig.«

Sie hatten sich der brennenden Hütte bis auf ein paar Meter genähert und stellten sich zu einer Gruppe Feuerwehrleute, die das Objekt beobachteten.

»Das ist einer von der Polizei«, stellte Holger ihn vor. Niemand fragte nach.

Die ganze Hütte stand in Flammen. Von ihr würde nur ein verkohlter Rest übrig bleiben. Es war ein einfaches Bauwerk. Vier Wände, eine Tür. Fenster und ein Satteldach.

»Das Dach?«, fragte Große Jäger.

»Dachpappe«, erwiderte einer der Umstehenden wortkarg.

»Und das da?« Große Jäger zeigte auf ein Gestell mit zwei größeren Rädern und einer Deichsel.

»Das sieht wie ein Klaufix aus«, sagte einer der Leute. »Das sind diese kleinen Anhänger, die man oft hinter poln—«

»Achim«, rief sein Nebenmann dazwischen. »Der ist von der Polizei.«

»Schon gut«, entschuldigte sich Achim. »Das ist nicht korrekt.«

»Der Anhänger«, meinte Große Jäger. »Könnte der Harry Dreisaitl gehören?«

»Stimmt«, pflichtete ihm Holger bei. »Harry hat so 'n Ding.«

»Habt ihr auch sein Moped gesehen?«

Die Feuerwehrleute sahen sich an. »Nein«, sagten sie übereinstimmend.

»Ich möchte mir die Rückseite der Hütte ansehen.«

»Das geht nicht«, erklärte ein Mann mittleren Alters, dessen Schulterklappe ihn als Löschmeister auswies. »Sie sind Zivilist.«

»Nein. Polizist.«

»Trotzdem.« Er zeigte auf Achim »Mach du das.«

Der kehrte kurz darauf zurück. »Nichts zu sehen. Aber in der Hütte – da ist so etwas Merkwürdiges.«

»Sieh mal nach«, beauftragte ihn der Löschmeister.

Achim verschwand erneut. Dann berichtete er atemlos. »Da liegt einer.«

»Das kann nicht sein«, sagte der Löschmeister stockend. »Wir haben doch …«

Große Jäger marschierte auf die Hütte zu. Niemand hielt ihn auf. Die Hitze war sengend. Je näher er kam, desto unerträglicher wurde sie. Jetzt erwies sich die Rettungsdecke als nützliche Hilfe. Er hielt sich den angewinkelten Arm vor das Gesicht. Die Hitze brannte auf der Haut.

Durch eines der geborstenen Fenster warf er einen Blick ins Innere. Da lag ein Mensch – oder besser dessen Überreste – in der sogenannten Fechterstellung, der hitzebedingten Beugekontraktur der Extremitäten durch Schrumpfung von Muskeln und Sehnen. Das waren häufig Anzeichen für postmortale Hitzeschäden. Das heißt, der Mensch war vermutlich schon tot gewesen, als das Feuer ausbrach. Wurde die Hütte in Brand gesteckt, um das Tötungsdelikt zu verbergen?

Er ging ein paar Schritte zurück und holte sein Handy hervor.

»Das kannst du vergessen«, sagte Holger. »Hier hast du keinen Empfang.«

Mit Hilfe der Feuerwehr gelang es, einen Kontakt zur Leitstelle Nord in Harrislee herzustellen. Große Jäger erklärte die Situation und forderte die entsprechenden Einsatzkräfte an: die Spurensicherung und die im Volksmund Mordkommission genannte Einheit.

Die Feuerwehrleute waren erschüttert. Immer wieder betonten sie, dass sie sich nicht erklären konnten, wie der Tote in die Hütte gelangen konnte. Sie hätten alles geprüft.

»Vermutlich war der schon tot, als das Feuer ausbrach«, versuchte Große Jäger, die Männer zu beruhigen.

Es waren Freiwillige, die nicht nur ihre Zeit für die Einsätze, Übungen und die Materialpflege opferten, sondern oft auch ihre Gesundheit oder gar ihr Leben riskierten.

Dann war das große Schweigen ausgebrochen, während sie auf die Flensburger warteten. Waren die Burners schneller gewesen und hatten Dunker gestellt? Hatten sie ihn ermordet und dann die Hütte angezündet? Als er zufällig Zeuge ihres Gesprächs wurde, hatten sie vom Einsatz einer Drohne gesprochen. Mit der konnten sie die Hütte entdeckt haben. Große Jäger hatte selbst erfahren, mit welchen Methoden die Burners Dunkers Spur verfolgten. Und ihn selbst. Das waren keine blutigen Laien. Blutig schon, dachte er, aber keine Laien. Und Burners ... Übersetzt hieß das Brenner. Das Symbol auf ihrer Kutte war eine Flamme. Hatten sie ihrem Vereinsmotto entsprechend gehandelt, als sie die Hütte in Brand setzten?

Noch etwas fiel ihm ein. Kerimoğlu und Ayaz hatten davon gesprochen, dass sie den »dicken Polizisten« erwischen wollten. Die Gefährlichkeit der Burners war unbestritten. Nun hatte der Fall eine komplett andere Wendung genommen. Das, was Große Jäger verhindern wollte, war eingetreten. Die Jagd auf Dunker war beendet, anders, als er sich das gewünscht hatte. Dafür hatte die Polizei dank seines unfreiwilligen Abtauchens ins Dickicht einen Hinweis auf die Mörder. Große Jäger malte sich aus, wie seine Lauschaktion bei der Aussage im Prozess gegen die Burners vor Gericht aufgenommen würde. Mit Sicherheit würde ihm auch die Frage gestellt werden, weshalb er sich versteckt hatte.

Es verging eine Ewigkeit, bis die Flensburger auftauchten.

»Wo ist Klaus?«, fragte er einen Beamten der Spurensicherung. Der zeigte auf den Wagen. »Der Chef sitzt im Auto und weigert sich, auszusteigen.«

Große Jäger ging hinüber und klopfte an die Scheibe. Klaus Jürgensen sah ihn durch das Glas an und schüttelte energisch den Kopf, als wolle er kundtun: Ohne mich.

Auch als Große Jäger die Tür öffnete, erklärte der kleine Hauptkommissar, dass die Nordfriesen und ihr scheußliches Wetter die Sache selbst in die Hand nehmen sollten.

»Und dann auch noch eine verkohlte Leiche«, ergänzte er, bevor er ausstieg und sich dem Fundort näherte. Auf dem Weg zur Hütte hörte Große Jäger ihn niesen.

Nach zwanzig Minuten kehrte Jürgensen zurück. »Du willst einen ersten Befund?«, fragte er Große Jäger.

Der nickte.

»Es hat gebrannt.«

»Toll. Und weiter?«

»Da liegt einer.«

»Was ist mit dem?«

»Der ist tot. Exitus totalis. Um deine erste Frage zu beantworten: Suizid schließe ich aus.«

Große Jäger zeigte dem Flensburger einen Vogel, während die umstehenden Feuerwehrleute dem Dialog mit offenem Mund folgten.

Jürgensen wurde ernst. »Das ist alles grob und unbestätigt. Außerhalb des Protokolls. Das Feuer wurde gelegt. Ich gehe davon aus, dass Brandbeschleuniger eingesetzt wurden.« Der kleine Hauptkommissar hob abwehrend beide Hände in die Höhe. »Frag mich nicht, welche. Wer auch immer dort liegt ... Es war kein Brandmord, sondern ein Mordbrand.«

»Er war also schon tot, als das Feuer gelegt wurde.«

»Ja«, bestätigte Jürgensen und wischte sich mit dem Unterarm über die Stirn. »Ganz schön heiß dort. Das ließ nur eine sehr oberflächliche Sicht zu. Aber die beiden Einschusslöcher im Kopf waren auch so zu erkennen.«

»Bist du dir sicher?«, fragte Große Jäger.

»Nein«, erwiderte Jürgensen. »Ich bin neu im Geschäft und rate einmal. In der Hütte selbst gibt es nicht viel zu sehen. Dort muss jemand gelebt haben. Es gibt eine schlichte verkohlte Einrichtung. Ich habe Gaskartuschen gesehen, die für Campingkocher benutzt werden. Oder auch für einen Gasgrill. Außerdem liegen dort Konserven. Ob die durch das Feuer essfertig aufbereitet wurden, kann ich noch nicht sagen.« Er sah Große Jäger an. »Hat da jemand gewohnt?«

Das zu erfahren interessiere ihn auch, versicherte Große Jäger und bat darum, dass Jürgensen und sein Team auch dieser Frage nachgingen.

Der Spurensicherer zeigte auf Große Jägers Schuhe und Hose. »Ist das dein neuer Freizeitlook?«

»Unsere nordfriesische Dienstkleidung. Immer voll im Einsatz.«

Dann verabschiedete sich Große Jäger und ließ sich von einem Feuerwehrmann erklären, wie er das Moor verlassen konnte, ohne erneut bis zum Bauchnabel durch den Morast waten zu müssen.

Es war lange nach Dienstschluss, als er die Dienststelle erreichte. Cornilsen hatte schon Feierabend gemacht, aber Mommsen empfing ihn. Der Kriminalrat zog die Stirn kraus, als er den verschmutzen Große Jäger sah. Er hörte sich dessen Bericht an und stimmte ihm zu, dass Kerimoğlu unter Tatverdacht stand.

»Ich glaube dir, dass du die beiden Burners belauscht und das Gespräch korrekt wiedergegeben hast. Vieles deutet auf deren Tatbeteiligung hin. Der Mopedanhänger könnte ein Hinweis darauf sein, dass Dreisaitl Vorräte dorthin geschafft hat.«

»Der Briefträger Thomsen hat gesagt, dass Dreisaitl gelegentlich für ein paar Tage in der Hütte gewohnt hat. Jetzt fehlt das Moped. Ist Dreisaitl damit unterwegs?«

»Wir sollten nach ihm suchen«, schlug Mommsen vor. »Nicht offiziell. Ihm wird nichts zur Last gelegt. Seine Aussage könnte aber unsere These bestätigen. Schade, dass wir keine Anhaltspunkte haben.«

Sie überlegten gemeinsam, was sich in der Hütte zugetragen haben könnte.

»Möglicherweise haben die Burners mit Hilfe der Drohne, von der sie sprachen, den Unterschlupf ausfindig gemacht. Dass sie intensiv nach Dunker suchten, haben wir oft feststellen können«, erklärte Große Jäger. »Die Hütte soll dort schon seit dem Ende des Zweiten Weltkrieges stehen. Ich gehe davon aus, dass die Moorhexe Tante Hedwig von ihrer Existenz wusste. Sie könnte sie damals Dunker gezeigt haben. Für Kinder ist das ein Abenteuer.«

»An das sich Dunker erinnerte«, stimmte Mommsen ihm zu. »Die Vorräte, die ihr dort gefunden habt, könnten natürlich auch von Dunker bei dem Einkauf in Schwabstedt beschafft worden sein, bei dem es den Zusammenstoß mit dem türkischen Ehepaar gab.«

»Ich habe eine Idee«, sagte Große Jäger und versuchte, Klaus Jürgensen zu erreichen. Der zeigte sich ungnädig, weil er bei der Arbeit gestört wurde. Dann bestätigte er aber, dass unter den gefundenen Vorräten auch Bierdosen waren. »Das spricht dafür, dass die Vorräte von Dunker dorthin geschafft wurden.«

Mommsen legte den Zeigefinger an die Nasenspitze. »Wo ist das Fahrrad, mit dem Dunker unterwegs war?«

Auf diese Frage wusste Große Jäger keine Antwort.

»Ich habe auch eine Idee«, sagte Mommsen und sprach mit der Wache im Erdgeschoss.

Eine halbe Stunde später lobte ihn Große Jäger. »Super, Harm. Die Streife hat das Fahrrad gefunden. Es sieht so aus, als sei es defekt gewesen und als habe Dunker es in den Graben geworfen.«

Mommsen sah auf die Uhr. »Viele Freunde gewinnen wir mit der nächsten Aktion nicht.«

Es war Mitternacht, als sie den richterlichen Beschluss vorliegen und sich mit Flensburg über den weiteren Ablauf abgestimmt hatten.

ZWÖLF

Hatte Klaus Jürgensen wirklich recht mit seiner Behauptung, an der Westküste sei alles schlimmer? Die Morde? Die Menschen? Das Klima? Und der Regen? Zumindest goss es hier nicht wie aus Eimern, auch wenn der leichte Nieselregen in Flensburg unangenehm war.

Das Aufstehen war ihm schwergefallen. Während Große Jäger im Badezimmer war, hatte sich Heidi in die Küche geschlichen und ihnen ein kleines Frühstück zubereitet. Besonders der Kaffee hatte seine Lebensgeister geweckt oder zumindest ein klein wenig angespornt.

Auf der Fahrt war ihm kaum ein Auto begegnet. Wer war schon an einem Sonnabend zu dieser frühen Stunde unterwegs? So fand er Zeit, sich unterwegs noch einmal dem laufenden Fall zu widmen. Für die Gang war es wichtig, Dunker zu finden und ihren Sergeant-at-Arms zu rächen. Sie hätten sonst an Autorität in der Szene und damit an Macht und Ansehen verloren. Deshalb war er den Burners mehr als nur ein Dorn im Auge. Sie hatten die Taktik entwickelt, sich an seine Fersen zu heften, um an Dunker heranzukommen. Er war selbst zum Gejagten geworden.

Hatte er einen Fehler begangen, sodass die Burners Dunker vor ihm ausfindig gemacht und ihn liquidiert hatten? Ihn plagten Selbstzweifel. Hätte er anders reagieren sollen, als er bemerkte, dass sie über ihn nach Dunker suchten? Jemand wie Hundt würde später den Finger in diese Wunde legen. Es würde heißen, dass eine Rockerbande erfolgreicher bei der Suche nach dem Ausbrecher war als er. Dabei blieb unerwähnt, dass nach Dunker von der gesamten Polizeiorganisation gefahndet worden war.

Er gähnte herzhaft. Die letzten Tage waren an die physische, aber auch an die psychische Substanz gegangen. Er wusste, dass ihn Dunkers Tod noch lange beschäftigen würde, auch wenn sie ziemlich sicher sein konnten, wer seine Mörder waren.

Sie hatten sich auf dem Parkplatz eines Discounters gegenüber der Petri-Schule in Flensburgs Norden verabredet. Große Jäger traf als Letzter ein. Zwei Kollegen von der BKI hatten das SEK instruiert. Ein mürrisch dreinblickender Staatsanwalt strahlte wenig Begeisterung aus. Der Groll über diesen Einsatz zu früher Stunde wurde auf ihm als dem Urheber abgeladen. Dann machte sich der Tross auf den Weg zur Wohnung Kerimoğlus. Unterwegs begegnete ihnen niemand. Die Zeitungsausträger waren noch nicht unterwegs, und selbst Flensburgs Hunde schienen noch zu schlafen.

»Wenn es morgens um fünf Uhr klingelt, ist es die Polizei«, hatte einmal jemand scherzhaft behauptet.

Die Straße lag friedlich im Morgenlicht. Große Jäger sah in die Runde. Nirgendwo lugte hinter einer Gardine ein verschlafener Blick hervor, als sie den Wohnblock erreichten. Ein Beamter hantierte kurz am Schloss der Haustür, dann hatten sie dieses Hindernis überwunden.

»Das hätte ich besser gekonnt«, sagte Große Jäger selbstzufrieden zu sich.

Die unter ihrer Einsatzkleidung verhüllten SEK-Männer, Frauen waren nicht vertreten, huschten dicht an die Wand gedrängt nach oben. Große Jäger war direkt hinter ihnen, gefolgt von den beiden Kripobeamten aus Flensburg. Der Staatsanwalt bildete das Schlusslicht. Sie blieben vor der Wohnungstür stehen. Der erste Beamte schob einen Spion unter der Tür hindurch, der an einem flexiblen Schlauch befestigt war. Am anderen Ende befand sich ein Bildschirm. Der Polizist drehte ein wenig an dem Gerät, dann raunte er kaum hörbar: »Nichts zu sehen. Alles ruhig. Schlafzimmer vermutlich zweite Tür rechts.«

Der Leiter des SEK sah noch einmal zum Staatsanwalt, der einen Absatz tiefer stand. Dieser hob den Arm und senkte ihn mit ausgestrecktem Zeigefinger. »*Go*«, bedeutete die Geste. »Man tau«, würden die Nordfriesen sagen. Es war das Okay für den Zugriff.

Ein vermummter Beamter baute sich vor der Tür auf. Nur seine konzentriert blickenden Augen waren hinter dem Visier zu sehen. Auf ein geflüstertes Kommando hin schwang er die Einmanntürramme zweimal hin und her, um sie dann auf das Türblatt krachen zu lassen. In der Stille des Morgens war der Knall ohrenbetäubend. Im Holz der Tür hatte sich ein Loch gebildet. Viel gravierender aber waren die Schäden am Türrahmen. Durch die Wucht des Rammstoßes war das Schloss herausgerissen worden. Tür und Rahmen zersplitterten. Im selben Moment, als die Tür gegen die Wand flog, sprangen die SEK-Beamten in den Flur. Aus vielen Kehlen erscholl der laute Ruf »Polizei«.

Die Zimmertüren wurden aufgerissen, und mehrere Beamte stürmten in das Schlafzimmer, die Heckler-und-Koch-Maschinenpistole im Anschlag. Kerimoğlu hatte kaum Zeit, sich im Bett aufzurichten. Er versuchte noch, die Schublade seines Nachttisches zu erreichen, in der die Polizisten eine geladene Pistole entdeckten, konnte aber vorher überwältigt werden. Drei Beamte stürzten sich auf ihn und drückten ihn im Bett nieder, während ein vierter sich um die aus dem Schlaf hochgeschreckte Ehefrau kümmerte, die am ganzen Leib zitterte. »Ganz ruhig«, sprach er besänftigend auf die blonde Frau ein. »Ganz ruhig. Alles ist vorbei.«

Kerimoğlu versuchte, sich zur Wehr zu setzen, war aber machtlos den Polizeigriffen ausgesetzt. Mit der Unterstützung eines weiteren Uniformierten gelang es, ihm Handfesseln anzulegen. Sie drückten ihn weiter auf der Matratze nieder, während er sich wie ein Aal wand. Ein Beamter hatte der Frau die Bettdecke um die Schulter gelegt und sie aus dem Raum geführt.

»Was wollt ihr Schweine?«, brüllte Kerimoğlu. »Ihr gottverdammten Bullenschweine.« Er hielt kurz inne, als ein Polizist den Raum betrat und sagte, dass im Nebenraum ein kleines

Kind hochgeschreckt sei und sich die Mutter darum kümmern werde. Zwischendurch erschallten Kommandos, dass die Wohnung sonst »frei« sei.

»Meine Tochter. Lasst das Kind los«, schrie Kerimoğlu mit sich überschlagender Stimme.

»Die ist bei der Mutter. Es geht beiden gut«, versicherte der SEK-Leiter.

Kerimoğlu begann erneut, sich zu winden. Es bedeutete selbst für die geschulten Einsatzkräfte Aufwand, ihn zu bändigen. Er tobte wie ein Berserker, als er Große Jäger erblickte. Seine Stimme überschlug sich, versagte zunächst. Der Speichel lief ihm aus den Mundwinkeln.

»Du Hurensohn, du dreckiges Schwein. Ich bringe dich um und zerreiße dich. Im Namen und zur Ehre meiner kleinen Tochter. Du hast mich in ihren Augen erniedrigt, zum Wurm gemacht.«

Große Jäger hätte gern geantwortet, Kerimoğlu sei eben ein Wurm, unterließ es aber in Gegenwart der anderen Polizisten und des Staatsanwalts. Es wäre ein unprofessionelles Verhalten. Außerdem würde man solche Äußerungen zugunsten Kerimoğlus werten. Den Einsatzbericht würde ein anderer schreiben. Und das Verhalten des Burners würde nicht folgenlos bleiben.

Große Jäger schenkte Kerimoğlu noch ein hämisches Grinsen. Das würde in keinem Protokoll erwähnt werden, reichte aber, die Wut des Mannes auf hohem Level zu halten.

Andere Beamte hatten begonnen, die Wohnung systematisch zu durchsuchen, während der sauertöpfisch dreinblickende Staatsanwalt Kerimoğlu die Gründe für den Zugriff und den richterlichen Beschluss einschließlich der Genehmigung zum Einsatz der Türramme vorlas.

Der Burner tobte und schrie. Seine Worte waren kaum verständlich. In jedem zweiten Satz war aber »der dicke Bulle« im Wechsel mit »fette Sau« und »Hurensohn« zu hören.

In einer kurzen Pause, in der Kerimoğlu Luft holen musste,

konnte der Staatsanwalt erklären, dass Kerimoğlu verdächtigt werde, im Wilden Moor eine Straftat gegen Leib und Leben begangen zu haben. Dunkers Name blieb dabei unerwähnt.

Große Jäger stand verdeckt im Flur und grinste, als sich der ursprünglich gegen ihn allein gerichtete Zorn gegen den gesamten »verfickten Apparat« richtete, in dem nur Leute agieren würden, denen man ins Gehirn geschissen habe. Welche Straftat? Und woher wollten die Scheißer wissen, dass er im Moor war? Spazieren war. Die hätten doch alle eine Gehirnerweichung.

Für zwei Atemzüge war es plötzlich still. Dann schien Kerimoğlu begriffen zu haben, wer ihn ans Messer geliefert hatte. »Ayaz«, brüllte er aus Leibeskräften. »Der war mit mir im Moor. Dieser räudige Hund. Der stinkende Verräter. Der hat euch diesen Dreck erzählt.«

Mochte Kerimoğlu glauben, was er wollte, dachte Große Jäger. Wenn man ein wenig Unfrieden in die Reihen der Burners tragen konnte, war das nicht verwerflich. Immerhin hatte Kerimoğlu begriffen, dass die Polizei ihm sehr schnell auf die Schliche gekommen war. Wenn das die Burners verunsicherte, war das ein guter Nebeneffekt.

Im Schlafzimmer entstand Bewegung. Kerimoğlu sollte beschreiben, wo die Beamten persönliche Gegenstände fanden, die sie für ihn einpacken und mitnehmen sollten. Er antwortete mit weiteren wüsten Beschimpfungen. Kerimoğlu verfügte über ein Repertoire an Fäkalausdrücken, da würde eine Kläranlage nicht ausreichen, sie zu waschen.

»Dann geht er eben ohne alles«, meinte der Einsatzleiter des SEK lakonisch. »Schmutzfink bleibt Schmutzfink.«

Große Jäger zog sich ins Wohnzimmer zurück, als Kerimoğlu abgeführt wurde. Er wollte ihm nicht von Angesicht zu Angesicht begegnen. Den Geräuschen nach war es ein schwieriges Unterfangen. Es klang so, als müssten die Beamten den Burner hinausschleifen. Trotz der frühen Stunde hatten sich neugierige Nachbarn im Treppenhaus eingefunden. Die Polizisten bemühten sich vergeblich, sie in ihre Wohnungen zurückzuschicken. Große Jäger hörte die Stimme eines älteren Mannes.

»Das wurde auch Zeit«, schimpfte der Mitbewohner.

»Warum unternimmt man nicht früher etwas?«

»Unternahm«, korrigierte ihn Große Jäger. »Was hat er Ihnen getan?«

»Mir? Sehen Sie ihn doch an. So ein Pack gehört nicht hierher. Der soll sofort samt Familie abgeschoben werden.«

»Das sind Deutsche, so wie Sie und ich«, belehrte ihn Große Jäger.

»Die? Niemals«, sagte der Mann entschieden und verschwand in seiner Wohnung. Dabei ließ er die Tür krachend ins Schloss fallen.

Große Jäger kehrte in die Wohnung zurück. Er bedauerte die Ehefrau, die in der Küche auf einem Hocker wie versteinert saß und ihre verängstigte Tochter ganz fest an sich drückte.

Die Beamten arbeiteten schweigend und gründlich. Sie hatten etwa fünfzig Gramm Cannabis gefunden, dazu Tabletten. Große Jäger vermutete Crystal Meth. Es überraschte ihn auch nicht, dass sie neben der Walther PPK aus dem Nachttisch einen Totschläger, mehrere Messer und einen Elektroschocker fanden. »PPK« stand für Polizeipistole Kriminal. Kerimoğlu scheute sich nicht, eine ursprünglich für die verhasste Polizei geschaffene Waffe zu benutzen.

War der Burner so naiv oder dumm, die Waffe, die er möglicherweise gegen Dunker eingesetzt hatte, zu Hause aufzubewahren? Oft erzielten die Ermittler Erfolge, weil die Täter sie unterschätzten.

Große Jägers Einsatz war beendet. Die beschlagnahmten Waffen und Rauschmittel würden ins Labor wandern. Kerimoğlu würden die Flensburger Kollegen verhören. Inzwischen war auch die Information eingetroffen, dass man Ayaz festgenommen hatte. Damit war der Fall für ihn abgeschlossen. Gelassen kehrte er nach Garding zurück.

Dort erreichte ihn am nächsten Morgen ein Anruf Dr. Diethers. Der Arzt sprach so undeutlich, dass Große Jäger mehrfach nachfragen musste. Schließlich war die Aussprache wieder klar. »Nun meckern Sie nicht«, sagte der Rechtsmediziner. »Wissen Sie, was heute für ein Wochentag ist?«

»Sonntag.«

»Das trifft auch auf Kiel zu, obwohl wir auf einem anderen Längengrad liegen. Manchmal habe ich das Gefühl, uns trennen Welten von der Westküste.«

»Und was hat das mit Ihrer Aussprache zu tun?«

»Von überall her wurde Druck gemacht, dass das Ergebnis schnell vorliegen sollte. Ich finde nicht einmal Zeit zum Essen. Das muss ich nebenbei erledigen.«

»Moment mal«, hinterfragte Große Jäger. »Wenn der Buchhalter am Arbeitsplatz isst, hat er das Brötchen auf dem Schreibtisch neben seinen Buchungsunterlagen liegen.«

»So ähnlich müssen Sie es sich bei mir vorstellen«, erwiderte Dr. Diether. »Nur dass ich kein Buchhalter bin.«

»Dann wollen Sie mir jetzt mitteilen, dass es sich um Mordbrand handelt.«

»Woher wissen Sie das?«, fragte Dr. Diether.

»Ich habe es aus der Fechterstellung der Leiche geschlossen.«

Der Rechtsmediziner knurrte etwas Unverständliches. »Sie glauben, aus der hitzebedingten Beugekontraktur und der Schrumpfung von Muskeln und Sehnen diese Schlüsse ziehen zu können? Durch die Verdampfung des Knochenmarks ergibt sich ein Schrumpfungskoeffizient von etwa zehn Prozent. Wir sprechen hier von den Hitzebrüchen der Röhrenknochen.«

»Die Spurensicherung hat aber Einschusslöcher im Kopf festgestellt«, widersprach Große Jäger.

Dr. Diether lachte meckernd. »So ist das, wenn Laien sich unterhalten. Von Ihnen heißt keiner Fritz, sonst könnte ich jetzt behaupten: So stellt es sich der kleine Fritz vor. Wissen Sie, was Hitzeschusslöcher sind?«

»Theoretisch ja«, gestand Große Jäger.

»Das sind lochähnliche Defekte im Schädel, die durch die Verdampfung des Hirngewebes und des Liquors entstehen. Die Knochen weisen eine erhöhte Brüchigkeit durch den hitzebedingten Verlust ihrer organischen Substanzen auf.«

»Also wurde der Tote nicht erschossen?«

»Aus dem, was Sie glaubten, gesehen zu haben, kann man das nicht schließen.«

Große Jäger hörte nur noch unkonzentriert zu, als der Arzt von postmortalen Veränderungen des Bildes von Brandleichen sprach, von der Brandzehrung und dem Wasserdampf.

»Hatten Sie als Kind eine Dampfmaschine? Dann wissen Sie, welche Kraft dahintersteckt. Oder Sie hätten sich die Feuerzangenbowle ansehen müssen. ›Wat ist eene Dampfmaschin?‹«

»Das ändert unseren Ermittlungsansatz«, sagte Große Jäger resignierend.

Dr. Diether ließ sich viel Zeit. »Seien Sie doch nicht so ungeduldig«, sagte er schließlich. »Sie hätten nur ein wenig genauer hinsehen müssen.«

»Was habe ich übersehen?«

Dr. Diether ließ ein dröhnendes Lachen hören. »Mensch, Big Hunter. Tragen Sie eigentlich eine Brille? Im Körper des Toten steckten vier Geschosse.«

»Bitte?«, fragte Große Jäger überrascht.

»Sie haben richtig gehört. Im Kopf gab es nicht nur zwei, sondern mehrere Löcher, um es laienhaft auszudrücken. Zum Teil sind sie dem Verdampfungsprozess geschuldet, aber zwei sind durch externe Einwirkung entstanden. Zwei weitere Geschosse habe ich im Rumpf gefunden.«

»Was für Geschosse?«

»So kleine«, wich Dr. Diether aus. »Mehr sage ich dazu nicht. Das ist Aufgabe des KTI.«

»Kaliber?«, bohrte Große Jäger weiter.

»Ja«, sagte der Rechtsmediziner und lachte. »Kaliber hatten die auch.«

Es half nichts. Mehr Vermutungen wollte der Arzt nicht

anstellen. Er versicherte, dass er natürlich auch eine DNA-Untersuchung initiiert habe.

»Aber das dauert. Schließlich ist Sonntag, und wir haben es mit Beamten zu tun.«

Große Jäger bedankte sich für den unkonventionellen Einsatz.

»Sagen Sie das aber nicht weiter, schon gar nicht als Empfehlung«, verabschiedete sich Dr. Diether.

Große Jäger sah gedankenverloren auf das Telefon. Auf den Toten, von dem er annahm, dass es sich um Dunker handelte, waren vier Schüsse abgegeben worden. Das war eine Hinrichtung. Dunker hatte in der JVA einen brutalen Angriff auf Orhan Günaydın verübt. Die Gabel im Auge war eine spektakuläre Aktion gewesen. Sie forderte eine entsprechende Strafmaßnahme heraus. Hatten die Burners Dunker aufgespürt und ihn mit einem Bauchschuss niedergestreckt? Kriegsteilnehmer fürchteten nichts so sehr wie einen Bauchschuss, der eine elendige Quälerei bedeutete. Große Jäger hielt es durchaus für denkbar, dass dies ein Teil der Rache war. Würde man Dunkers langsames und qualvolles Sterben ins Netz stellen, wäre das eine Rehabilitation der Osmanen Burners und die Botschaft an alle Gegner und Feinde, dass mit dieser Gruppe nicht zu spaßen ist.

DREIZEHN

Bei einem aufsehenerregenden Kriminalfall wird der Beitrag der wissenschaftlichen Mitarbeiter an der Aufklärung oft nur am Rande erwähnt. Bei der Darstellung in den Unterhaltungsmedien spielen die Kriminaltechniker und Forensiker kaum eine Rolle. Große Jäger dagegen wusste die Bedeutung der Kollegen aus Kiel richtig einzuschätzen. Frau Dr. Braun hatte ihren Bereich hervorragend organisiert. Nicht umsonst genoss das KTI einen weit über Schleswig-Holstein hinausgehenden exzellenten Ruf. So war auch der folgende Anruf aus Kiel hilfreich. Der KTI-Mitarbeiter bestätigte, dass beim Feuer im Moor Brandbeschleuniger eingesetzt worden waren.

»Darunter versteht der Laie oft etwas Spektakuläres«, erklärte der Kieler. »Hier waren es ganz trivial Lampenöl und Benzin.«

»Das kann man mischen?«, fragte Große Jäger.

Der Kieler lachte. »Wenn Sie Lust darauf haben. Der Brandstifter hat das Zeug offenbar nicht dorthin geschleppt, sondern es vor Ort gefunden. Das deutet auf eine spontane Aktion hin. Nach dem mir vorliegenden Tatortbericht hat die Spurensicherung in der Hütte die Überreste eines Gaskochers gefunden. Da lagen auch Kartuschen. Es gab aber auch Hinweise, dass dort ein Benzinkocher, offenbar ein älteres Modell, vorhanden war. Ich kann nicht sagen, weshalb dort zwei verschiedene Kochgelegenheiten parallel benutzt wurden.«

Das wird uns Dreisaitl erklären können, dachte Große Jäger. Ob man den inzwischen ausfindig gemacht hatte?

»Und das Lampenöl … Klar, welchem Zweck es diente. Aus meiner Sicht hat der Täter das Opfer erschossen und anschließend mit dem, was er dort fand, die Hütte in Brand gesetzt.«

Das entsprach dem, was Dr. Diether gestern schon vermutet hatte.

Große Jäger bedankte sich und nahm telefonisch Kontakt mit dem Sachgebiet 421 – Schusswaffen und Schusswaffenspuren – auf.

»Da haben Sie aber Glück«, empfing ihn Herr Drinkorn, wie er sich vorstellte. »Wir sind gerade fertig geworden. Der Rechtsmediziner hat im Körper des Toten vier Geschosse gefunden, zwei im Kopf und zwei im Rumpf. Welches Geschoss ihn zuerst traf? Das ist Spekulation. Es hat aber wenig Sinn, jemanden mit zwei Kopfschüssen niederzustrecken und anschießend noch zwei weitere Schüsse auf den Rumpf abzugeben. Es liegen auch keine Merkmale einer Übertötung vor. Es ist anzunehmen, dass zunächst zwei Mal auf das Opfer geschossen wurde und es final mit den beiden folgenden Kopfschüssen hingerichtet wurde.«

Dieser These konnte sich Große Jäger anschließen.

»Wir haben die Geschosse mit der Waffe, die man in Flensburg bei dem Rocker –«

»Kerimoğlu«, warf Große Jäger ein.

»Mag sein. Die dort sichergestellte Walther PPK ist nicht identisch mit der Tatwaffe, die beim Moortoten eingesetzt wurde. Wir prüfen jetzt, ob uns die Walther PPK aus früheren Straftaten bekannt ist. Aber das dauert noch.«

Es bestätigte Große Jägers Befürchtungen, dass Kerimoğlu doch nicht so dumm war, die Mordwaffe in seinem Nachttisch aufzubewahren. Drinkorn sagte, er habe gehört, dass auch ein DNA-Abgleich zur Identitätsfeststellung der Moorleiche durchgeführt worden war.

Große Jäger ließ sich weiterverbinden und erschrak, als sich am anderen Ende die forsche Stimme Frau Dr. Brauns meldete.

»Es ist Montagmorgen«, erklärte die resolute Wissenschaftlerin. »Und das ganze KTI hat über das Wochenende an nichts anderes gedacht als an die Ad-hoc-Aufträge von Ihnen.«

»Ich bin nur am Rande beteiligt«, verteidigte er sich. »Der Vorgang wird durch Flensburg bearbeitet.«

»Ich weiß«, erwiderte Frau Dr. Braun. »Sie sind *immer* nur

peripher involviert. Und trotzdem schaffen Sie es *immer* wieder, an allen Regeln und Strukturen vorbei Einfluss auf unsere Arbeit zu nehmen. Das schafft außer Ihnen nur ein einziger anderer in Schleswig-Holstein.«

Große Jäger vermied es, den Namen Lüder Lüders auszusprechen.

»Wissen Sie, wie lange es normalerweise dauert, bis ein DNA-Abgleich vorliegt?«

»Das ist aufwendig«, bestätigte er. »Deshalb bin ich ja auch jedes Mal erstaunt, wie schnell es bei Ihnen in Kiel geht. Das bringen nur Sie zustande.«

»Glauben Sie, mit solchen Schmeicheleien einen vorderen Startplatz zu erzielen?«

»Ja«, flüsterte er unhörbar für die Leiterin des KTI.

»Ich habe eine schlechte Nachricht für Sie«, fuhr Frau Dr. Braun fort. »Sie müssen weitersuchen.«

»Bitte?«

»Die Moorleiche ist nicht Hans-Dieter Dunker.«

»Das kann nicht sein«, entfuhr es Große Jäger.

»So«, antwortete die Kielerin spitz. »Dann kommen Sie her und erklären Sie uns unsere Arbeit. Dunkers DNA ist bei uns gespeichert. Sie weicht eindeutig von der des Opfers im Moor ab.«

»Ja – aber … wer ist es dann?«

»Das herauszufinden ist Ihre Aufgabe. Und das nächste Mal reihen Sie sich bitte ordnungsgemäß in die Schlange ein.« Damit schloss Frau Dr. Braun das Gespräch.

Was war im Wilden Moor geschehen? Und wenn es nicht Dunker war, wer war dort ermordet worden? Große Jäger rief in der Rechtsmedizin an. Es dauerte eine Weile, bis er Dr. Diether erreichte.

»Störe ich Sie beim Essen?«, fragte er.

Der Arzt verneinte es.

»Ist Ihnen bei der Obduktion des Brandopfers etwas aufgefallen?«

»Ja. Die Leiche war tot, als ich sie in die Hände bekam.«

»Da hat sie ja Glück gehabt«, erwiderte Große Jäger. »Ich wollte wissen, ob Sie etwas Außergewöhnliches gefunden haben.«

»Vermissen Sie etwas?« Dann wurde Dr. Diether ernst. »Meinen Sie ein kleines Stück Titan? Das Opfer hatte ein künstliches Hüftgelenk.«

»Danke. Sie haben mir sehr geholfen.«

»Das weiß ich. Das sagen alle Kunden, die auf meinem Tisch landen.«

Große Jäger verabschiedete sich »bis zum nächsten Mal«.

Er hatte einen Verdacht, um wen es sich bei dem Brandopfer handeln könnte. Der ehemalige Briefträger Thomsen hatte erwähnt, dass Harry Dreisaitl ein künstliches Hüftgelenk erhalten hatte. Das bedeutete, dass Dunker noch lebte. Möglicherweise waren die beiden Männer in der Hütte zusammengestoßen, und Dunker hatte Dreisaitl kaltblütig ermordet. Nachdem er die Hütte in Brand gesteckt hatte, war Dunker mit dem Moped geflohen. Das hatten sie nicht gefunden. So könnte der Ablauf gewesen sein. Demnach wären Kerimoğlu und Ayaz unschuldig.

Unschuldig? Sie hatten den Mord nicht begangen, aber für eine Verurteilung in anderen Fällen würden die aufgefundenen Beweismittel sicher reichen. Allerdings hatte Große Jäger durch den gestrigen Einsatz Kerimoğlus Hass gegen sich noch gesteigert. Der Burner schien unberechenbar und zu allem fähig zu sein.

Große Jäger nahm noch einmal Kontakt zum Kriminaltechniker Drinkorn auf und ließ sich bestätigen, dass die in der Leiche gefundenen Geschosse zu einer Glock 45 Crossover, Kaliber neun Millimeter Luger, gehören könnten. Eine solche Pistole hatte Dunker beim Einbruch auf dem Bauernhof von Bartels entwendet.

»Ich fahre noch einmal ins Moor«, sagte er zu Cornilsen, der seinen Aktivitäten aufmerksam gefolgt war.

»Du weißt jetzt, was passiert ist?«

Große Jäger nickte.

»Ich begleite dich.«

»Das geht nicht. Der Chef hat es deutlich gesagt. Ich hätte mich gefreut, wenn wir zu zweit hinausgefahren wären.«

Cornilsen zeigte sich nicht begeistert, aber er wusste, dass Mommsen seinen Einsatz nicht dulden würde.

Große Jäger nahm Kontakt zur Bezirkskriminalinspektion in Flensburg auf. Hauptkommissar Johannsen wirkte ziemlich unfreundlich.

»Nun ist das Pulver nass geworden, mit dem wir auf die Osmanen Burners schießen wollten. Das war eine kräftige Blamage. Du weißt, wie das läuft. Wir müssen jetzt vorsichtig taktieren und können nur noch bei einhundertfünfzig Prozent gegen die Burners vorgehen. Das Ding vom Sonnabend klebt uns wie Pech an den Hacken.«

»Es sprachen viele Aspekte für eine Täterschaft der beiden Burners.«

»Ist die Sache nicht ein bisschen zu groß für euch Provinzpolizisten aus Husum?«

Große Jäger schwieg lieber. Diesen Fall würde man ihm noch lange vorhalten. Er erfuhr, dass man Kerimoğlu bereits freigelassen hatte. Der sauertöpfische Staatsanwalt hatte darauf gedrängt, da er fürchtete, dass auch sein Ruf Kratzer abbekommen könnte. Es fehlt nur noch, dachte Große Jäger, dass man sich bei Kerimoğlu entschuldigt. Es war auch kein Trost, dass dieser bei seiner Freilassung noch einmal unverhüllt Morddrohungen gegen Große Jäger ausgesprochen hatte.

»Er hätte sich bestimmt noch umfangreicher geäußert«, meinte Johannsen, »wenn sein Anwalt ihn nicht gemäßigt hätte.«

»Wenn Kerimoğlu nun auch ins Moor fährt?«, gab Cornilsen zu bedenken.

»Ich glaube, der hat seit Sonnabend genug von solchen Gebieten. Das sollte ihm eine Lehre sein.«

Große Jäger hatte Zweifel, dass es Sinn hatte, noch einmal ins Moor zu fahren. Dunker konnte sich ausrechnen, dass die Polizei ihm sehr schnell auf die Schliche gekommen war und ihm den Mord an Dreisaitl und die Brandstiftung anlastete. Es fehlte das Moped. Wie weit kam man mit einer Tankfüllung? Bis zur Cousine in Lunden müsste es reichen. Sollte Große Jäger besser dorthin fahren? Es gab keine Anhaltspunkte, dass Dunker ein anderes Ziel ansteuern würde. Jeder Straftäter, mochte er noch so erfahren sein im Umgang mit den Ermittlungsbehörden, hatte irgendwo seine Schwächen. Dunker fühlte sich subjektiv im Moor sicher. Er könnte glauben, dass ihn niemand im Wilden Moor vermuten würde, schon gar nicht in der Nähe der abgebrannten Hütte.

Große Jäger lachte laut auf.

Cornilsen sah ihn fragend an und kniff die Augen zusammen. »Was hast du?«, wollte er wissen.

»Ich bin hellsichtig.« Er berichtete von seinen Überlegungen.

Cornilsen stimmte ihm zu. »So könnte es sein – oder anders.« Er stand auf und umarmte Große Jäger zu dessen Überraschung.

»So oder anders. Das sind immer die beiden Möglichkeiten, die wir haben«, entgegnete Große Jäger und machte sich auf den Weg.

Die Frau vom Ferienhof erkannte ihn wieder. »Sie kennen sich ja aus«, sagte sie augenzwinkernd, als er seinen Smart ein wenig abseits unterstellen wollte.

An der Barriere stand heute kein Fahrzeug, obwohl es aufgehört hatte zu regnen. Das Gras war immer noch nass, als er den mittlerweile vertrauten Weg ging. Kaum jemand würde ihm abnehmen, dass er einfach so in der letzten Zeit so viele »Wanderungen« unternommen hatte. Eine Libelle erregte kurz seine Aufmerksamkeit. Welch ein Kampf ums Überleben mochte im Verborgenen ausgetragen werden? Die Natur konnte grausam sein.

Der Weg erschien ihm unendlich. Schließlich hatte er die Stelle erreicht, von der aus die Feuerwehr bis zur Hütte vorgedrungen war. Alles war friedlich und still. Weshalb waren in diesem Idyll so wenige Naturfreunde unterwegs? Er unterdrückte ein Lächeln, als er ins Moor hineinsah. Dort irgendwo im Ried hatte er sich einen Weg gebahnt, als er sich zu den flackernden Blaulichtern vorgekämpft hatte. Nun suchte er den Pfad, der zur Hütte führte.

Zunächst folgte er dem Holzsteg, dann suchte er den Boden nach Spuren ab, die auf verschlungenem Pfad zur Ruine führen sollten. Zwischendurch tastete er immer wieder mit dem Fuß die Tragfähigkeit des Bodens ab. Gleichzeitig konnte er die verkohlten Reste sehen und riechen. Vor dem dichten Grün des Dickichts erhoben sich die Wände. Das Fenster war nur noch eine Höhle. Das Dach fehlte. Das Gras rundherum war niedergetrampelt. Das mussten die Feuerwehrleute und Klaus Jürgensen und sein Team verursacht haben. Irgendjemand würde sich jetzt um die Beseitigung des Schutts kümmern müssen. Dann konnte sich die Natur diesen Platz zurückerobern.

Als er in Husum aufgebrochen war, hatte der Regen aufgehört, und Wolken hingen wie Wattebäusche am Himmel. Die Helligkeit reichte, um für den Bruchteil einer Sekunde einen Lichtstrahl zu reflektieren. Eine Glasscherbe? Nein, fiel ihm ein. Dreisaitl und Dunker hatten Konserven- und Bierdosen eingekauft, kein Glas. Die Brandbekämpfer hatten mit Sicherheit nichts hinterlassen. Außerdem war durch das Feuer alles rußgeschwärzt.

Abrupt blieb er stehen und versuchte, erneut die Stelle der Reflexion zu finden. Es war nur ein kleines Stück, das hinter der Hüttenruine hervorragte. Das Katzenauge am hinteren Schutzblech des Mopeds, das dort abgestellt war, hatte den Lichtstrahl verursacht. Große Jäger erstarrte. Muskeln und Sinne waren schlagartig angespannt. Instinktiv beugte er sich herab und machte sich klein.

Die Möglichkeit, dass Dunker hierher zurückkehren würde, hatte er nicht ausgeschlossen. Das reale Aufeinandertreffen war aber etwas anderes. Er zog seine Dienstwaffe und lud sie durch. Für einen kurzen Augenblick überlegte er, dass es falsch wäre, sich hier auf ein tödliches Duell mit Dunker einzulassen. Gleichzeitig tauchten die alten Bilder vor seinem geistigen Auge auf. Er sah sich in die Abstellkammer des einsamen Hauses kommen, er sah Christoph an die Wand gelehnt liegen. Er blickte ihn mit gebrochenen Augen an. Große Jäger sah das Loch in seiner Stirn. Dann erschienen die Sequenzen, als er Dunker am Deich verfolgte und sie sich mit gezückten Waffen gegenüberstanden. Dunker hatte nicht gezögert, auf ihn zu schießen, bis ihm die Munition ausgegangen war. War das Schicksal so grausam, dass sich diese Situation wiederholen sollte?

Er zuckte zusammen, als es knallte. Das war eindeutig das Aufbellen einer Schusswaffe. Kurz darauf folgte der nächste Schuss. Er fixierte über den Lauf seiner Waffe die Stelle. Dann äugte er zur Hütte hinüber. Es mochten zwanzig, vielleicht fünfundzwanzig Meter sein, die ihn von dort trennten. Das war für Handfeuerwaffen eine gefährliche Distanz. Und für ihn gab es keine Deckung. Er hatte lediglich die Option, sich zu ducken. Er glaubte, hinter der Rückwand eine Bewegung wahrgenommen zu haben. Dunker schien sich dort verschanzt zu haben.

»Dunker«, rief Große Jäger. »Komm raus. Hier ist dein Leben zu Ende.« Er ließ offen, ob er damit das Leben in Freiheit meinte.

»Meins? Ich hätte dich damals am Deich erschießen sollen«, rief Dunker.

»Dazu bist du zu blöd. Einfach unfähig. Eine Niete. Ein Versager. Wenn ich dich gleich überwältige, werde ich dich im Moor ersäufen.«

Bei den letzten Worten war Große Jäger in die Knie gegangen. Er hatte richtig kalkuliert, dass Dunker durch die Worte

258

gereizt werden würde. Der Flüchtige gab zwei weitere Schüsse auf ihn ab.

»He, Dunker. Du kannst gar nichts. Nicht einmal treffen. Du bist einfach eine Null. Deshalb bist du auch im Knast der letzte Arsch.«

Prompt schoss Dunker erneut.

Sportschützen wissen, dass auf dem Schießstand nur Geduld und Konzentration zum Erfolg führen. Wut war ein schlechter Ratgeber.

Große Jäger überschlug es kurz. Als Dunker die Glock stahl, war sie mit sechzehn Schuss munitioniert, sofern Bauer Bartels sich nicht irrte. Auf Große Jäger und die Fotografin Heinke Jensen wurden drei Schuss abgegeben. Es blieben dreizehn. Mit vier Schuss wurde Dreisaitl ermordet. Das ergab einen Rest von neun. Hier hatte Dunker fünf Mal abgedrückt.

Große Jäger richtete sich auf und spreizte die Beine ein wenig. Er federte in den Knien, fasste die Walther beidhändig, streckte die Arme vor und winkelte sie an. Er legte den Kopf leicht schief, holte tief Luft, atmete aus und drückte ab. In den Knall mischte sich das metallene »Pling«, als das Geschoss auf das Hinterteil des Mopeds traf.

»Wenn ich dir in den Wanst schieße, klingt das anders«, rief er zur Hütte hinüber. »Dann zischt der Lebensgeist aus deinem sackartigen Körper wie bei einem kaputten Luftballon.«

Dunker musste hinter der Hütte die Position gewechselt haben. Zunächst der Kopf, dann tauchte auf der linken Seite der halbe Oberkörper auf. Das dauerte viel zu lange. Große Jäger hätte die Gelegenheit nutzen können, auf ihn zu schießen.

Stattdessen richtete er sich auf und rief: »Du triffst nicht einmal einen Elefanten.«

Noch während des Satzes hatte er sich wieder geduckt und einen halben Ausfallschritt gemacht. Er wurde kurz abgelenkt, weil er in den Morast zu gleiten drohte. Die Strategie, Dunker zu reizen, zahlte sich aus. Erneut wurde auf ihn geschossen.

Allerdings schwieg danach die gegnerische Pistole. Auf weitere Provokationen reagierte Dunker nicht mehr.

Große Jäger bog das Ried ein wenig auseinander, um ein besseres Sichtfeld zu haben. Dann tastete er mit dem Fuß den Boden seitlich ab, fand Halt und kauerte sich dort nieder. Er zog nach einigem Zögern seine Lederweste aus, knüllte sie zusammen und fasste sie am unteren Ende. Beim ersten Versuch knickte das Bekleidungsstück ab. Er drehte sie noch weiter zusammen und hob sie, seitlich von sich, in die Höhe. Er hatte Glück, dass sie kein zweites Mal abknickte. Dann bewegte er sie vorsichtig hin und her.

Es dauerte einen Moment, bis Dunker die Bewegung im Ried entdeckt hatte und auf den vermeintlichen Feind schoss.

»Du Trottel hättest mehr Wildwestfilme sehen müssen«, flüsterte Große Jäger zu sich selbst und zog die Weste zurück. Er zählte unhörbar bis dreißig. Dann bewegte er sich etwa zwei Meter auf die Hütte zu. Erneut drehte er die Weste und schob sie in die Höhe.

»Dunker, du Krähe, du Stinktier, du Knastratte«, rief er laut und hielt die Luft an. Als die Pistole bellte, schrie er laut: »Ahhhh. Du hast mich getroffen. Verflixt.«

Von der Hütte drang ein schmutziges Lachen herüber.

Große Jäger wartete ein paar Herzschläge, dann stöhnte er laut. Dunker antwortete mit erneutem Lachen.

»Hilf mir. Es sieht nicht gut aus«, rief Große Jäger und verlieh seiner Stimme einen jämmerlichen Klang.

»Wo bist du?«

»Hier.« Große Jäger blieb aber in Deckung.

»Ich sehe dich nicht.«

»Nicht schießen, ich komme hoch«, rief der Hauptkommissar klagend und erhob sich in Zeitlupe. Er holte tief Luft und ließ sich vornüberfallen. Im selben Augenblick knallte es. Große Jäger hatte nicht erwartet, dass Dunker ihm helfen würde. Dreisaitls Mörder war darauf aus, auch ihn zu töten.

Mühsam stemmte sich Große Jäger in die Höhe. Mit seiner

Walther im Anschlag ging er langsam auf die Hütte zu. Als er die kleine Fläche erreichte, verharrte er. Nichts rührte sich. Weiträumig umrundete er die rußgeschwärzten Wände, bis er die Rückseite erreichte. Dunker kauerte mit den Rücken gegen das verbrannte Holz und starrte ihn entgeistert an.

»Ich denke, du Hund bist getroffen.«

Große Jäger grinste.

»In meinem Innersten, ja.«

»Du hast doch so getan, als ob ...«

»Manchmal lüge ich. So wie du auch.«

Dunker hob die Glock, zielte auf Große Jäger und drückte ab. Ein metallisches Klicken ertönte.

»Scheiße, verdammte Scheiße«, fluchte Dunker. »Woher weißt du das?«

Großes Jägers Berechnungen über den Patronenverbrauch waren ein Vabanquespiel gewesen. Er hatte Glück gehabt.

»Los. Du legst dich flach auf den Boden, die Hände in den Nacken und die Beine gespreizt. Du kennst es ja«, forderte er Dunker auf.

»Und wenn nicht? Wir sind hier ganz allein.«

»Eben«, entgegnete Große Jäger, legte die Waffe an, zielte und schoss etwa zehn Zentimeter neben Dunkers Knie ins Holz. Es splitterte.

Dunker riss die Hände vors Gesicht. »Spinnst du?«, schrie er entsetzt.

»Du sagtest doch, wir sind hier ganz allein. Ich könnte dich jetzt umbringen und im Moor versenken. Du wirst nie eine hübsche Moorleiche, aber immerhin. Oder ich schieße dir beide Knie kaputt. Dann kannst du im Knast nicht einmal mehr vor den Burners auf die Knie fallen und um Gnade bitten. Weglaufen geht ohnehin nicht. Man wird dich nach Lübeck zurückschicken. Dort wartet Orhan Günaydın auf dich.«

»Der Einäugige?« Dunker lachte trocken auf.

»Kennst du Mustafa Kılıç?«, erfand Große Jäger einen Namen. »Der sitzt dort ein. Es ist ein türkischer Berufskiller. Der hat für siebzehn Morde lebenslänglich bekommen. So wie du. Was man in seiner Situation auch macht – es kann nicht schlimmer werden. Kılıç ist gelernter Koch. Er wird dich braten. Warum hast du den alten Mann hier in der Hütte erschossen?«

»Warum nicht?«

Mehr wollte Dunker nicht als Begründung anführen. Was war das für ein Mensch? Große Jäger sah die vor ihm kauernde Gestalt an. Was hatte dieser Mann für Schuld auf sich geladen? Drei Menschen getötet. Die alte Frau missbraucht. Und vieles andere mehr.

Große Jäger hob die Waffe und zielte auf Dunkers Kopf.

»Du widerwärtige Kreatur. Jetzt schieße ich dir das Auge aus. Links oder rechts?«

Dunker kroch zwanzig Zentimeter zur Seite. »Das kannst du nicht.«

»Doch. Ich bin mehrfacher Deutscher Polizeimeister im kombinierten Präzisionsschießen.«

»Im was?«

»Ich zeige es dir.« Große Jäger zielte neben das andere Knie. Singend fuhr das Geschoss ins morsche Holz. »Los, leg dich auf den Bauch.«

Plötzlich hatte es Dunker eilig und legte sich auf den Boden.

»Wenn du dich rührst, schieße ich dir zwischen die Arschbacken. Dann kannst du für den Rest deines Lebens aus den Ohren kacken«, drohte Große Jäger. »Und Probleme mit der Prostata bekommst du auch nie mehr.«

Er war überrascht, dass Dunker sich jetzt widerstandslos die altmodischen Handschellen auf den Rücken binden ließ.

»Hoch jetzt«, befahl ihm Große Jäger.

»Wie denn?«

»Dann kriechst du den Weg auf dem Bauchnabel.«

Die Drohung reichte. Ächzend stemmte sich Dunker in die Höhe.

»Abmarsch.«

Schweigend machten sich die beiden Männer auf den Weg.

Es waren ungefähr noch zehn Meter bis zum Halteplatz der Feuerwehr, als Dunker abrupt abbremste, sodass Große Jäger fast auflief. Im selben Augenblick sah auch er die beiden in Leder gekleideten Männer. Beide hatten das dunkle Visier hochgeklappt. Ayaz stand ein wenig versetzt im Hintergrund, während Kerimoğlu breitbeinig den Zugang zum Holzsteg versperrte, der zur Hütte führte. Der Burner hielt eine Pistole auf Dunker gerichtet. In der linken Hand ließ er einen Totschläger lässig gegen die Wade prallen. Seine Augen funkelten.

Kerimoğlu hatte es auf beide abgesehen, auf Dunker und ihn. Es gab nicht mehr viel zu sagen. Der Burner wollte nur noch töten.

Es war eine instinktive Handlung, dass Große Jäger Dunker packte, zur Seite schob und sich vor ihn stellte.

»Was soll das denn?«, lachte Kerimoğlu. »Willst du als Held sterben?«

Dunker rückte dicht an Große Jäger heran.

»Schieß«, stieß Dunker atemlos hervor. »Mach ihn kalt. Ich will nicht sterben.«

Kerimoğlu und Große Jäger hatten ihre Waffen jeweils auf halber Höhe. Der Ausgang eines Schusswechsels war ungewiss. Auf dieser Distanz konnte man den Gegner eigentlich nicht verfehlen. Jeder konnte einen Treffer landen.

»Das Ganze ist sinnlos. Dunker ist ein Verbrecher«, erklärte Große Jäger. »Ich habe ihn gefasst. Er wird sich vor Gericht für seine Taten verantworten müssen.«

»Eure Scheißgesetze interessieren uns nicht«, antwortete Kerimoğlu. »Wir bestimmen, wie wir ihm das Fell abziehen. Stück für Stück.«

»Tu was«, winselte Dunker in Große Jägers Rücken. »Der Hund meint es ernst.«

»Ich möchte gern nach dir sterben«, raunte Große Jäger über die Schulter zurück. »Ich will unbedingt sehen, was sie mit dir anstellen.«

»Du bist Polizist. Du musst mich retten.«

Ayaz sagte etwas auf Türkisch.

»Sprich Deutsch mit mir«, fluchte Kerimoğlu.

»Er hat den Bastard erwischt. Lass es gut sein«, sagte Ayaz.

Kerimoğlu drehte ein wenig den Kopf in Ayaz' Richtung.

»Es ist erst gut, wenn der Hund in der Hölle schmort.«

Es wäre eine gute Gelegenheit für Große Jäger gewesen, zu schießen. Der Burner war kurz abgelenkt. Große Jäger wäre im Vorteil gewesen und hätte abdrücken können. Immer wieder wurde über den finalen Rettungsschuss diskutiert. In diesem Fall wäre es Notwehr gewesen.

Dunker hatte es auch mitbekommen. Er nutzte den kurzen Augenblick und sprang in die morastige Brühe. Ehe Große Jäger reagieren konnte, schoss der Burner ins Wasser und schien Dunker getroffen zu haben. Alles spielte sich während der Dauer eines Lidschlags ab.

Jetzt musste der Hauptkommissar handeln. Er riss seine Walther hoch und wollte den Abzug durchziehen, als es knallte. Kerimoğlu schien augenblicklich zur Salzsäule zu erstarren. Er sah Große Jäger aus weit aufgerissenen Augen an. In Zeitlupe öffnete sich seine rechte Hand, und die Waffe glitt auf den Boden. Dann sackte die rechte Schulter kraftlos nach unten. Der Burner schien vergessen zu haben, dass er noch den Totschläger in der anderen Hand hielt. Es herrschte absolute Verwirrung.

»Du hast ihn erwischt. Mach ihn ganz kalt. Bring ihn um, das Türkenschwein«, meldete sich Dunker, von dem nur noch der Kopf aus dem Wasser ragte. Dunker tat das, was er die letzten Tage erfolgreich gemacht hatte: Er tauchte ab.

Große Jäger hatte Mühe, sein Erstaunen zu verbergen. Er hatte nicht abgedrückt. Ayaz war ein halbes Dutzend Schritte zurückgewichen. Kerimoğlu hatte den Mund geöffnet und blickte ziemlich dümmlich drein. Er schien die Welt überhaupt nicht mehr zu verstehen, während Große Jäger des Rätsels Lösung erblickte und befreit aufatmete. Cornilsen bahnte sich einen Weg aus dem Dickicht heraus.

»Mensch, Hosenmatz. Wo kommst du denn her?«, fragte Große Jäger und ärgerte sich, dass seine Stimme noch nicht die gewohnte Festigkeit zurückgewonnen hatte.

Cornilsen lachte lausbübisch und zeigte über die Schulter. »Von da.«

Ayaz streckte bereitwillig seine Hände vor und ließ sich Einmalfesseln anlegen. Kerimoğlu stöhnte auf, als er an der Reihe war. Cornilsens Schulterdurchschuss musste ihm höllische Schmerzen bereiten.

»Hol mich raus«, meldete sich Dunker aus dem Morast.

Große Jäger bedeutete Cornilsen mit der Pistole, dass er sich und die beiden Burners umdrehen sollte. Dann stellte er Dunker den Fuß auf den Kopf und drückte ihn unter Wasser. Nur zwei oder drei Sekunden.

Dunker tauchte wieder auf. Er musste Wasser geschluckt haben. Nachdem er sich freigehustet hatte, fluchte er mit erstickender Stimme: »Du wolltest mich umbringen. Mehrfach.«

Große Jäger lachte. »Du bist so bescheuert, dass du nicht einmal in der Scheiße gerade stehen kannst.« Er zeigte auf den Weg. »Wate dort entlang. Vielleicht bekommst du festen Grund unter deine Füße. Dein Risiko.« Große Jäger wandte sich ab und hörte nicht auf die Mischung aus Fluchen und Flehen.

»Hosenmatz. Das war nicht nur ein Meisterschuss. Wie kommt es, dass du ...«

Cornilsen griente breit. »Ich habe mir das Moor und die Lage der Hütte auf der Karte angesehen.«

»Ja – aber ... du musstest doch in Husum bleiben.«

Cornilsen schüttelte den Kopf. »Wir ahnten, was du vorhattest.«

»Wir?«

»Na ja. Der Chef und ich.«

Jetzt bewegte Große Jäger den Kopf. »Harm Mommsen«, murmelte er.

»Außerdem ...«

»Was, außerdem?«

»Als du aufgebrochen bist, da habe ich dich in den Arm genommen.«

»Das hat mich sehr verwundert. Solche Gefühlsausbrüche passen nicht zu Nordfriesen und auch nicht zu den Leihdänen wie dir, die sich als Minderheit hier breitgemacht haben.«

»Es war ja auch kein Gefühlsausbruch«, gestand Cornilsen ein. »Wie sonst hätte ich dir den GPS-Tracker zustecken können?«

»Du hast ...« Große Jäger knuffte Cornilsen freundschaftlich in die Seite. »Du verdammter Zauberkünstler.«

»Einen Zweck muss das Hobby doch erfüllen.«

Dunker hatte den Weg erreicht. Er sah wie der Mohr aus dem Tintenfass im »Struwwelpeter« aus. Durfte man eigentlich noch Mohr sagen?

»Sieh dich um«, sprach ihn Große Jäger an. »Das ist das letzte Mal, dass du das Moor siehst. Du bist eine Schande für Tante Hedwig.«

»Eines sage ich dir. Ich breche wieder aus.« Dunker kniff die Lippen zusammen und blies Wassertropfen davon.

»Und ich werde dich hetzen. Bis zum Tod, wenn dich nicht der Krebs vorher holt.«

Dunker wurde leichenblass. »Das ist unfair, einen todkranken Menschen so zu schocken.«

Große Jäger erinnerte sich an Dr. Diethers Einschätzung. Sicher gab es Menschen, die von der bösartigen Krankheit gefangen waren und ihr nicht mehr entkommen konnten. Dunker gehörte nicht dazu. Aber Große Jäger sah keine Veranlassung, dem Schwerverbrecher Trost zuzusprechen.

»Du bist ein Künstler, Dunker. Wer darf so ein aufregendes Leben führen? Hinter jeder Ecke wartet jemand darauf, dich umzubringen. Die Osmanen Burners, der Krebs oder ich. Wie dumm, dass du kein Frosch bist.«

»Wieso?«

»Der kann in alle Richtungen gleichzeitig gucken. Du wirst nie wissen, was hinter deinem Rücken geschieht.«

Große Jäger breitete die Arme aus wie ein Gänsehirt, der die Herde vor sich hertreibt.

»Auf geht's«, sagte er. »Der Knast wartet auf euch.«

»Ich bin verletzt. Ich kann nicht laufen«, klagte Kerimoğlu.

»Und ob du laufen kannst. Das ist erst der Anfang von *the road to hell*. Oder?« Die Frage galt Cornilsen.

»Für die drei.«

»Wie gut, dass bei uns wieder der Polizistenalltag einkehrt.« Große Jäger klang erleichtert.

Cornilsen hob zustimmend den Daumen in die Höhe.

»Na denn dann.«

Dichtung und Wahrheit

Die Handlung und alle Figuren sind frei erfunden und haben kein reales Vorbild. Wo eine Ähnlichkeit vermutet werden kann, habe ich Aktionen und Aussagen ersonnen, die rein fiktional sind. Einrichtungen, Institutionen oder Örtlichkeiten sind der fiktiven Handlung dieses Romans angepasst worden. Ich danke Carolin Jacobs für ihre Inspiration zu Mooraufenthalten.

Die Rechtsanwälte Elvira Wischniewski und Walter Schwarz-Wischniewski haben mir bei der Gestaltung der juristischen Finessen geholfen. Für Genauigkeitsfanatiker und Juristen sei angemerkt, dass ich im Urteilstext die »eigentlich unabdingbaren« exakten Datumsangaben aus dramaturgischen Gründen modifiziert habe.

Wie immer hätte ich den Roman ohne sachkundigen Rat von Birthe und Dr. Marion Heister nicht vollenden können. Der Dank gilt auch all jenen, die namentlich nicht genannt sind, ohne deren Sachverstand im Hintergrund aber kein Buch erscheinen kann.

Die Erfolgsserie des Bestsellerautors Hannes Nygaard:

Alle Titel sind auch als eBook erhältlich.

Hinterm Deich Krimis:

Tod in der Marsch
ISBN 978-3-89705-353-3

Vom Himmel hoch
ISBN 978-3-89705-379-3

Mordlicht
ISBN 978-3-89705-418-9

Tod an der Förde
ISBN 978-3-89705-468-4

Tod an der Förde
Hörbuch, gelesen von Charles Brauer
ISBN 978-3-89705-645-9

Todeshaus am Deich
ISBN 978-3-89705-485-1

Küstenfilz
ISBN 978-3-89705-509-4

Todesküste
ISBN 978-3-89705-560-5

Tod am Kanal
ISBN 978-3-89705-585-8

www.emons-verlag.de

www.emons-verlag.de

Das einsame Haus
ISBN 978-3-95451-787-9

Stadt in Flammen
ISBN 978-3-95451-962-0

Nacht über den Deichen
ISBN 978-3-7408-0069-7

Im Schatten der Loge
ISBN 978-3-7408-0200-4

Hoch am Wind
ISBN 978-3-7408-0275-2

Das Kreuz am Deich
ISBN 978-3-7408-0393-3

Rache im Sturm
ISBN 978-3-7408-0524-1

Falscher Kurs
ISBN 978-3-7408-0668-2

Das Böse hinterm Deich
ISBN 978-3-7408-0804-4

Das Weiße Haus am Meer
ISBN 978-3-7408-0920-1

www.emons-verlag.de

Niedersachsen Krimis:

Mord an der Leine
ISBN 978-3-89705-625-1

Niedersachsen Mafia
ISBN 978-3-89705-751-7

Das Finale
ISBN 978-3-89705-860-6

Auf Herz und Nieren
ISBN 978-3-95451-176-1

Tod dem Clan
ISBN 978-3-7408-0438-1

Kurzkrimis:

Eine Prise Angst
ISBN 978-3-89705-921-4

www.emons-verlag.de